मानवता के प्रणेता

महर्षि अरविंद

मानवता के प्रणेता
महर्षि अरविंद

रमेश पोखरियाल 'निशंक'

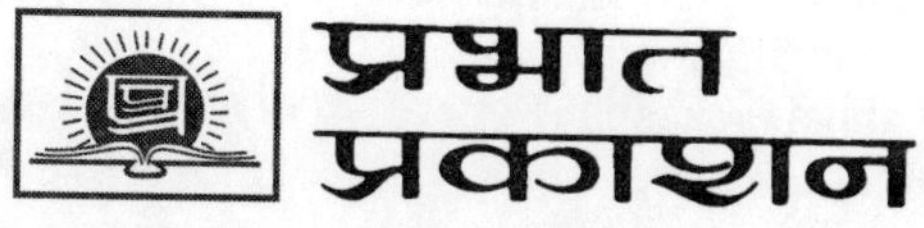

प्रकाशक • **प्रभात प्रकाशन प्रा. लि.**
4/19 आसफ अली रोड,
नई दिल्ली-110002

संस्करण • प्रथम, 2021
मूल्य • चार सौ रुपए
मुद्रक • आर-टेक ऑफसेट प्रिंटर्स, दिल्ली

Manavata Ke Praneta : MAHARSHI ARVIND
by Shri Ramesh Pokhriyal 'Nishank' ₹ 400.00
Published by Prabhat Prakashan Pvt. Ltd., 4/19 Asaf Ali Road, New Delhi-2
e-mail: prabhatbooks@gmail.com ISBN 978-93-90366-64-4

प्रस्तावना

आज से करीब सौ से भी अधिक साल पहले, वर्ष 1908 में अंग्रेज सरकार ने स्वतंत्रता संग्राम के एक युवा क्रांतिकारी नेता को गिरफ्तार किया था और उनके खिलाफ कलकत्ता कोर्ट में मुकदमा चलाया था। उसके बचाव में पैरवी की जिम्मेदारी सी.आर. दास ने सँभाली थी, जो उस समय के एक युवा वकील थे। इन विद्वत्तापूर्ण शब्दों के साथ उन्होंने अपनी दलील समाप्त की थी—

"अपनी मृत्यु के कई वर्षों के बाद भी उन्हें (श्रीअरविंद) देशभक्ति की रचना लिखनेवाले एक कवि, राष्ट्रवाद के अग्रदूत और मानवता से प्रेम करनेवाले व्यक्ति के रूप में देखा जाएगा। उनके शब्दों की गूँज न केवल भारत बल्कि सात समुंदर पार दूर-दूर के देशों में बारंबार सुनाई देगी।"

वर्ष 1928 में जब श्रीअरविंद पुडुचेरी आए थे और अपने आपको योगाभ्यास में लीन कर लिया था, तब कवि और नोबेल पुरस्कार विजेता गुरुदेव रवींद्रनाथ टैगोर उनसे मिलने आए थे और उन्होंने कहा था, "आपके पास अनमोल शब्द हैं, जिन्हें हम आपसे सुनने की प्रतीक्षा कर रहे हैं। आपकी वाणी के माध्यम से भारत पूरी दुनिया से बात करेगा, मेरी यह बात सब सुन लें!"

ऐसी भविष्यवाणियाँ आज सच हो रही हैं और भारत के साथ ही पूरी दुनिया भी कठिनाई भरे इस समय में ज्ञान और शक्ति के लिए श्रीअरविंद का अनुसरण कर रही है। श्रीअरविंद के एक समर्थक और अनुयायी के रूप में मैं उनके सपने को सच करने के प्रति समर्पित हूँ। इस कारण, मैं असीम आनंद के साथ श्री रमेश पोखरियाल 'निशंक' द्वारा लिखित इस पुस्तक का स्वागत करता हूँ। श्री पोखरियाल भी श्रीअरविंद से काफी प्रेरित हैं, जिसका अनुभव आपको इस पुस्तक को पढ़ने पर होगा।

मैं अपनी बात कहूँ तो इस पुस्तक का प्रकाशन इस विशेष समय पर होना मेरे लिए अनेक कारणों से काफी महत्त्वपूर्ण हो जाता है।

पहला यह कि यह समय की माँग है, क्योंकि भारत ही नहीं, विश्व को भी ऐसी पुस्तक की आवश्यकता है।

दूसरा, इस पुस्तक को स्वयं भारत के एक केंद्रीय मंत्री ने लिखा है, क्योंकि उन्हें ऐसा लगता है कि इस बेशकीमती और महत्त्वपूर्ण संदेश को पूरी दुनिया तक पहुँचाने की आवश्यकता है।

तीसरा, श्री पोखरियाल भारत के शिक्षा मंत्री हैं, वहीं श्रीअरविंद भी अपने जीवन के हर दौर में शिक्षा के साथ गहराई से जुड़े रहे। इंग्लैंड में एक छात्र के रूप में कैंब्रिज में उनका प्रदर्शन शानदार रहा और उनके शिक्षकों ने भी उनकी काफी प्रशंसा की। गुजरात के बड़ौदा में एक प्रोफेसर के रूप में और फिर कलकत्ता में नए-नए खुले बंगाल नेशनल कॉलेज के पहले प्राचार्य के रूप में उन्हें छात्रों की सराहना मिली और उनके लिए वह एक प्रेरणास्रोत थे।

आखिर में, श्रीअरविंद और श्रीमाँ ने पुडुचेरी में 'इंटरनेशनल सेंटर ऑफ एजुकेशन' की स्थापना की, जिसने इंटीग्रल एजुकेशन और मुक्त प्रगति के माध्यम से शिक्षा के प्रति एक नए दृष्टिकोण के साथ अग्रणी कार्य किया है।

चौथा यह कि श्रीअरविंद का मानना था कि स्थायी परिवर्तन लाने और मानवता को उसके पहले से नियत भविष्य की ओर ले जाने के लिए सच्ची शिक्षा सबसे सशक्त माध्यमों में से एक है।

इतना ही नहीं, इसके प्रकाशन का समय भी काफी महत्त्वपूर्ण है। 15 अगस्त, 2022 को हम भारत की स्वतंत्रता की 75वीं वर्षगाँठ मना रहे होंगे। कम ही लोग जानते हैं कि उस दिन हम श्रीअरविंद की 150वीं जयंती मनाएँगे, क्योंकि भारत उनके 75वें जन्मदिन पर स्वतंत्र हुआ था और उस समय श्रीअरविंद ने भारत को अपना प्रसिद्ध संदेश दिया था, जिसमें उन्होंने अपने पाँच सपनों की बात की थी— स्वतंत्र और एक भारत, एशिया का उदय, विश्व को भारत की ओर से अध्यात्म की भेंट, मानवता की एकता और मानव चेतना में उन्नति का अगला कदम। उन्होंने यह भी बताया था कि किस प्रकार भारत इस दिशा में एक महत्त्वपूर्ण और निर्णायक भूमिका निभा सकता है।

इतनी सारी और महत्त्वपूर्ण बातों का एक साथ होना मात्र संयोग नहीं होता। मुझे लगता है कि यह सब भारत माता की बनाई योजना है और उनकी कृपा से श्री पोखरियाल को नए भारत का निर्माण करने के इस महान् यज्ञ में आहुति देने के लिए चुना गया है।

उन्होंने इस पुस्तक की प्रस्तावना लिखने का आग्रह मुझसे किया, जिसके लिए मैं उनका आभारी हूँ और सम्मानित अनुभव करता हूँ। मैं आशा करता हूँ कि इसका अनुवाद अधिक-से-अधिक भाषाओं में किया जाएगा और प्रिंट के साथ-साथ डिजिटल माध्यमों से भी यह पूरी दुनिया में अधिक-से-अधिक लोगों तक, विशेष रूप से छात्रों और युवाओं तक पहुँच सकेगी। मुझे विश्वास है कि इस पुस्तक से लोगों और युवाओं को श्रीअरविंद को जानने का अवसर मिलेगा और वे श्रीअरविंद के सपनों को पूरा करने की दिशा में अपना योगदान करने के लिए प्रेरित होंगे।

—विजय पोद्दार
श्रीअरबिंदो सोसाइटी
पुडुचेरी

मेरी बात

जुलाई 2018 में अपनी यूरोप यात्रा के दौरान पेरिस में 'इंडिया हाउस' में अपने उद्बोधन के पश्चात् मैंने भारतीय विद्यार्थियों से बातचीत की तो उन्होंने भारतीय दर्शन, अध्यात्म, संस्कृति, महर्षि अरविंद से जुड़े अनेक प्रश्न पूछे। भारत से हजारों मील दूर विदेशी धरती पर श्रीअरविंद की लोकप्रियता देखकर मैं विस्मित था।

वहीं पर मुझे बताया गया कि जब श्रीअरविंद पर आधारित पुस्तक 'एडवेंचर ऑफ कॉन्शियशनेस' को पहली बार फ्रांस में प्रकाशित किया गया, तो वह काफी माँग में थी और उसके कई संस्करण निकाले गए। तत्कालीन सोवियत संघ के विघटन के बाद, जब यह पुस्तक रूसी भाषा में लेनिनग्राद विश्वविद्यालय द्वारा प्रकाशित की गई तो कुछ ही दिनों में इसकी एक लाख प्रतियाँ बेच दी गई थीं। फिर और एक लाख प्रतियाँ दोबारा छपी थीं।

श्रीअरविंद घोष प्रत्येक भारतीय को अपने उच्च जीवन मूल्यों से जोड़कर आध्यात्मिक लक्ष्य की प्राप्ति के लिए जागरूक करना चाहते थे। श्रीअरविंद महान् भारतीय दार्शनिक, आध्यात्मिक गुरु, पथ-प्रदर्शक, राष्ट्रकवि, भारतीय पुनर्जागरण के पुरोधा, राष्ट्रवादी नेता, आध्यात्मिक राष्ट्रवाद के अग्रदूत एवं मानवता के महान् पुजारी थे। उनका मानना था कि भारत का कल्याण तभी संभव है, जब भारतवासियों पर पाश्चात्य संस्कृति का रंग न चढ़े और वे हर दृष्टि से भारतीय बने रहें।

देखा जाए तो श्रीअरविंद का राष्ट्रवाद पश्चिमी राष्ट्रवाद की तरह मात्र

राजनीतिक अवधारणा तक सीमित न होकर राजनीति की आध्यात्मिक अवधारणा का संगम है। मेरा व्यक्तिगत मानना है कि राजनीति का अध्यात्मिकरण श्रीअरविंद की भारतीय एवं वैश्विक चिंतन को अनुपम देन है।

श्रीअरविंद की सामाजिक, राजनीतिक विषयों पर गहरी पकड़ और चेतना के विकास की उनकी असाधारण समझ का मैं सदैव कायल रहा हूँ। इस दृष्टिकोण से श्रीअरविंद के प्रति मेरा बहुत सम्मान है। सबसे अधिक उल्लेखनीय बात यह है कि कई अन्य प्रबुद्ध आत्माओं के विपरीत, वह भारत के स्वतंत्रता आंदोलन के लिए संघर्षरत रहे और यहाँ तक कि अंग्रेजों द्वारा दी गईं जेल यातनाएँ भी उन्हें विचलित न कर सकीं।

महर्षि विलक्षण प्रतिभा के धनी थे। उनकी विशिष्ट कार्यक्षमता, योग की अभिन्न प्रकृति का अद्‌भुत अध्ययन, ज्ञान के पथ का उनका अत्यंत सूक्ष्म संश्लेषण, भक्ति पर, कर्म पर उनका दूरदर्शी दृष्टिकोण और सबसे महत्त्वपूर्ण भूमिका इंटीग्रल योग अर्थात् पूर्ण योग का अहसास करवाने की उनकी दक्षता के कारण मैं उन्हें भगवान् बुद्ध, भगवान् महावीर, रामकृष्ण जैसी प्रबुद्ध आत्माओं की श्रेणी का मानता हूँ।

श्रीअरविंद प्रत्येक व्यक्ति को एक जीवित आत्मा के रूप में संबोधित करते हैं और उनके व्यक्तित्व की महानता देखिए कि उन्होंने श्रीमाँ को अपने सहयोगी के रूप में स्थापित किया। श्रीमाँ को 'यूनिवर्सल माँ' का सम्मान देकर इस बात को साबित किया कि मनुष्य अपने समर्पण, अपनी कड़ी मेहनत, अपनी प्रतिभा से शीर्ष पर पहुँच सकता है।

श्रीअरविंद आरंभ से ही बिल्कुल भिन्न और मौलिक चिंतक थे। उनकी राजनीति राष्ट्रनीति थी। वह भारत को भारत के वास्तविक स्वरूप में देखना चाहते थे। उनका विश्वास था कि यदि भारत अपनी लुप्त प्राचीन आध्यात्मिक महानता, प्राचीन आर्यों की सर्वसमावेशी आत्मिक और भौतिक उदात्त श्रेष्ठता पुनः प्राप्त कर ले, तो वह विश्वगुरु बन जाएगा।

उन्होंने यूरोप में अपने अध्ययन काल में वहाँ के इतिहास और वहाँ के निवासियों के मनोविज्ञान का गहरा अध्ययन किया था। भारत आने पर भारत के समृद्ध अतीत और वर्तमान तामसिक स्थिति को भी उन्होंने निकट

से देखा। इन दोनों के परिप्रेक्ष्य में स्वाधीनता संग्राम की जो रणनीति उन्होंने अपनाई, वह त्रिविध योजना उनके अपने मौलिक चिंतन का ही परिणाम थी। श्रीअरविंद भारतीय संस्कृति, भारतीय मूल्यों, सनातन धर्म के लिए पूर्णतया समर्पित थे। वे भारतीयों की प्रतिभा, उनकी विलक्षण क्षमता पहचानते थे और प्रत्येक देशवासी को इससे अवगत कराना चाहते थे। मैं मानता हूँ श्रीअरविंद का पृथ्वी पर आना एक दैवीय योजना थी। ईश्वरीय प्रेरणा के चलते उन्होंने संपूर्ण विश्व को आत्मोत्थान की नई राह दिखाई।

उन्होंने 'वंदे मातरम्' में 'भारतीय पुनरुत्थान तथा यूरोप' शीर्षक के अपने लेख के अंतर्गत लिखा, 'यदि भारत यूरोप का बौद्धिक उपनिवेश बन जाता है, तब वह कभी भी अपनी स्वाभाविक महानता को अर्जित नहीं कर सकता या अपनी अंतर्निहित संभावना को परिपूर्ण नहीं कर सकता···जब भी, जहाँ भी, किसी राष्ट्र ने अपनी सत्ता का प्रयोजन त्याग दिया, तब उसकी संवृद्धि रुक गई। भारत को भारत ही रहना होगा, यदि इसे अपनी नियति का पालन करना है। और न ही यूरोप को भारत पर अपनी सभ्यता थोपकर कुछ लाभ होगा, क्योंकि यदि भारत, जो यूरोप की बीमारियों का वैद्य है, स्वयं रोग की पकड़ में आ जाए, तो रोग ठीक नहीं हो पाएगा।'

वर्तमान चुनौतीपूर्ण परिदृश्य में श्रीअरविंद के विचारों को जनसामान्य तक पहुँचाने की बड़ी आवश्यकता है। इसके लिए यह आवश्यक है की उनके लेखन, उनकी अभिव्यक्ति को विभिन्न भाषाओं में अत्यंत सरल, व्यावहारिक रूप में देश-विदेश तक पहुँचाया जाए। स्वयं श्रीमाँ ने श्रीअरविंद के विषय में कहा था, "हम सभी मानते हैं कि श्रीअरविंद जो लिखते हैं, उसे पढ़ना कठिन है, क्योंकि उनकी अभिव्यक्ति अत्यधिक बौद्धिक है और भाषा बहुत अधिक साहित्यिक और दार्शनिक है। मस्तिष्क को वास्तव में इसे समझने में सक्षम होने के लिए एक तैयारी की आवश्यकता होती है और आम तौर पर ऐसी तैयारी में समय लगता है, जब तक कि किसी को विलक्षण प्रतिभा न मिली हो।" श्रीअरविंद ने खुद लिखा है—"लोग यह नहीं समझते हैं कि मैं क्या लिखता हूँ, क्योंकि बुद्धि अपने आपसे परे चीजों को समझ नहीं सकती है···प्रत्येक मन अपने विचारों को सत्य के स्थान पर

रखता है।" (एक शिष्य को पत्र, 6.6.1936)।

प्रस्तुत पुस्तक श्रीअरविंद के अद्वितीय और अद्भुत योगदान का पाठकों से परिचय करा पाएगी, ऐसा मेरा विश्वास है।

इस पुस्तक में पाठकों को श्रीअरविंद के व्यक्तित्व को आसानी से समझने में आनेवाली आकर्षक, उपयोगी और रोचक सामग्री मिल जाएगी, जिनसे उनके जीवन में नई ऊर्जा और सकारात्मकता का प्रादुर्भाव होगा।

महर्षि अरविंद भारतीय राजनीति यानी भारतीय स्वाधीनता आंदोलन में 1905 से 1910 तक केवल पाँच वर्ष रहे और इतनी अल्पावधि में देश के जनमानस को राजनीतिक रूप से इतना समर्थ बना दिया कि वह अपनी वास्तविक हस्ती को पहचान सके और अपने अतीत की खोई गरिमा और महिमा को पुन: अर्जित करने के लिए समर्पित हो। इस पुस्तक के माध्यम से मैं देश की युवा पीढ़ी को अत्यंत सरल भाषा में श्रीअरविंद के विचारों को पहुँचाना चाहता हूँ, क्योंकि नवभारत के निर्माण की जिम्मेदारी हमारी युवाशक्ति पर है। इस पुस्तक को समस्त भारतीय भाषाओं एवं प्रमुख विदेशी भाषाओं में अनुवादित किया जा रहा है।

मेरा विश्वास है जनसंख्यकीय लाभांश के चलते युवा देश भारत में असीम संभावनाएँ हैं। भारत को उसका पुराने वैभव दिलाने और देश को ज्ञान-आधारित महाशक्ति बनाने हेतु श्रीअरविंद जैसे मनीषियों के विचार उत्प्रेरक की भूमिका निभाएँगे।

—रमेश पोखरियाल 'निशंक'

अनुक्रम

प्रस्तावना *5*

मेरी बात *9*

1. श्रीअरविंद से महर्षि अरविंद 15
2. श्रीअरविंद : जन्म और प्रारंभिक अवस्था 22
3. बड़ौदा में श्रीअरविंद 37
4. श्रीअरविंद का राजनीतिक जीवन 50
5. पुडुचेरी : आध्यात्मिक जागृति का केंद्र 111
6. योगी श्रीअरविंद 121
7. श्रीमाँ : जीवन यात्रा और आध्यात्मिक कार्य 171

1

श्रीअरविंद से महर्षि अरविंद

श्रीअरविंद का कोई क्या परिचय दे? शब्दों की अपनी सीमाएँ होती हैं, वैसे भी हर भाव, हर गुण, हर व्यक्तित्व शब्दों के माध्यम से व्यक्त नहीं किया जा सकता। श्रीअरविंद के विषय में लिखते हुए कुछ ऐसे ही भाव मन में आते हैं, लेखनी ठिठक जाती है और हाथ रुक जाता है कि कहाँ से शुरू करें?

श्रीकृष्ण जन्माष्टमी 15 अगस्त, 1872 को कलकत्ता के डॉ. श्रीकृष्णधन घोष के यहाँ जनमा बालक ज्ञान एवं अध्यात्म में पूरे विश्व का नेतृत्व करेगा और भारत-माता को परतंत्रता की बेड़ियों से मुक्त कराने में महत्त्वपूर्ण योगदान देगा, यह किसने सोचा होगा? इतिहास इस बात का साक्षी है कि श्रीअरविंद के समग्र चिंतन, उनके विराट् व्यक्तित्व, जीवन के सर्वथा पृथक् पहलुओं के कारण ही उन्हें 'महर्षि' के रूप में स्थापित किया गया। राजनीतिक, शैक्षिक और आध्यात्मिक तीनों क्षेत्रों में श्रीअरविंद ने जिस प्रखरता, विद्धत्ता, समर्पण और रणनीतिक कौशल से अपनी भूमिका का निर्वाह किया, उसका उदाहरण इतिहास में अन्यत्र कहीं नहीं मिलता। इंग्लैंड में श्रीअरविंद ने अपनी अद्भुत विद्धता से सबको आश्चर्यचकित कर दिया। अपनी प्रखरता, शालीनता से उन्होंने अपने साथियों के बीच पहचान बनाने में सफलता पाई, विशेषकर उनके लेखन, भाषाओं पर उनकी पकड़ से सब प्रभावित थे। ओजपूर्ण कविता से, प्रभावशाली लेखन से किस प्रकार लोगों को प्रेरित किया जा सकता है, इसका जीता-जागता उदाहरण श्रीअरविंद की रचनाएँ हैं।

जितना अधिक मैंने श्रीअरविंद के बारे में अध्ययन करता हूँ, हमेशा उनके विराट् व्यक्तित्व का कोई-न-कोई नया पक्ष उजागर होता है। उनके जीवन की

प्रत्येक घटना से कुछ-न-कुछ सीखने को मिलता है। अत्यंत व्यावहारिक, सहज और सरल रूप से आत्मिक उत्थान का जो रास्ता श्रीअरविंद ने दिखाया, वह इतिहास में अन्यत्र नहीं मिलता। भारत लौटने के बाद श्रीअरविंद ने जहाँ भारतीय क्रांतिकारी आंदोलन के एक अग्रणी नेता की भूमिका में देशवासियों के भीतर राष्ट्रप्रेम की भावना को पोषित किया, वहीं आध्यात्मिक उन्नयन का अत्यंत पुण्य मार्ग प्रशस्त कर उनके भीतर देवत्व विकसित करने का महान् कार्य भी किया।

मेरा मानना है, अन्य विचारकों के विपरीत, श्रीअरविंद ने भारतीय परंपरा में उपलब्ध आंतरिक ज्ञान, अनुभव और मनोवैज्ञानिक ज्ञान के आधार पर श्रेष्ठ सामाजिक व्यवस्था के निर्माण का संकल्प उस समय लिया, जब इसकी सर्वाधिक आवश्यकता थी। श्रीअरविंद के बारे में सबसे श्रेष्ठ बात यह रही कि उन्होंने अध्यात्म की ऊँचाइयों को तो अर्जित किया, पर उनका यह ज्ञान उन्हें दुनिया से दूर नहीं ले जा सका। उन्हें मानवता के अतीत और वर्तमान की कमियों के बारे में अच्छी तरह से पता था, इसीलिए उन्होंने पारंपरिक भारतीय मूल्यों के आधार पर भारतवासियों को आध्यात्मिक ऊँचाइयों पर ले जाने का प्रयास किया। उनका मानना था कि हमारे वेदों, ब्राह्मण ग्रंथों, आरण्यकों, उपनिषदों, पुराणों, महाकाव्यों एवं पारंपरिक संस्कृत वाङ्मय के ग्रंथों में असीम ज्ञान निहित है और उसका उपयोग होना चाहिए।

श्रीअरविंद प्रारंभ में सक्रिय राजनीति में आए और फिर वे गीता, उपनिषद् एवं वेदों के अध्ययन में इतना खो गए कि यही उनके जीवन का एकमात्र लक्ष्य हो गया। क्रांतिकारी श्रीअरविंद ने योग, दर्शन और आध्यात्मिक उत्कृष्टता का एक नया अध्याय सृजित किया, जिसकी प्रेरणा के प्रकाश से आज भी करोड़ों लोगों का जीवन आलोकित है। क्रांतिकारी विचार, अध्यात्म, दर्शन और सामाजिक दायित्व का ऐसा अद्भुत संगम हमें इतिहास में देखने को नहीं मिलता। कितने ही लोगों ने उनकी प्रेरणा से अपना घर-बार छोड़ दिया और स्वाधीनता संग्राम में शामिल हो गए। कई लोगों ने हँसते-हँसते उनकी प्रेरणा से स्वाधीनता की लड़ाई में फाँसी के फंदे चूमे। श्रीअरविंद ने अपने आध्यात्मिक बल पर ही विश्व के सबसे शक्तिशाली साम्राज्य से टक्कर ली और अपनी आध्यात्मिक शक्तियों के माध्यम से उन्होंने दुनिया के क्रूर एवं घमंडी साम्राज्य को यह सोचने पर मजबूर

कर दिया कि भले ही विश्व के कुछ भागों में उनका शासन चलता हो, परंतु संपूर्ण दुनिया को चलानेवाली परम सत्ता कोई और ही है। यही सत्ता है, जो पूरे विश्व को संचालित करती है और इसी सत्ता के आधार पर बड़े-से-बड़े कार्य किए जा सकते हैं। श्रीअरविंद के बारे में सबसे महत्त्वपूर्ण बात यह है कि उन्होंने हर किसी के लिए आत्मिक उत्थान का मार्ग निर्धारित किया और सबसे अच्छी बात यह है कि उन्होंने व्यक्ति विशेष के लिए उनकी आवश्यकता अनुसार मार्ग निर्धारित किया, जो अत्यंत प्रमाणिक, वैज्ञानिक, व्यावहारिक एवं सरलता से परिपूर्ण साबित हुआ।

सनातन धर्म के अतिरिक्त श्रीअरविंद ने भारत की पूर्ण स्वतंत्रता के लिए जीवनपर्यंत कार्य किया। उनकी सक्रियता एक ऐसे समय में आई, जब देश एक ओर गुलामी की बेड़ियों में जकड़ा था और देशवासी पराधीनता के कारण अपने अजर-अमर भारतीय सांस्कृतिक मूल्यों को पूरी तरह से विस्मृत कर चुके थे।

श्रीअरविंद ने 'पूर्ण योग' का दर्शन विकसित किया। एक ऐसा योग, जिसमें जीवन के सभी पहलुओं को समाहित किया गया और आध्यात्मिकता तथा प्रकाश को मानव जीवन में लाने में सफलता पाई। श्रीअरविंद को मैं एक देवदूत मानता हूँ, जो पराधीनता की बेड़ियों में कैद सुप्त भारतीय जनमानस के पुनर्जागरण के लिए विशेष रूप से इस धरा पर आए। उनके बारे में विशेष बात यह है कि उन्होंने न केवल सामाजिक, आर्थिक स्वतंत्रता की बात की, बल्कि वे समस्त देश के नागरिकों को आध्यात्मिक रूप से जाग्रत् करना चाहते थे, क्योंकि उनका मानना था, जब तक हमारा आत्मिक विकास नहीं होगा, तब तक हम स्वतंत्र नहीं हो सकते।

आज हमारे सम्मुख अनेक वैश्विक चुनौतियाँ हैं। मौसम परिवर्तन, महामारी, बढ़ता प्रदूषण, आतंकवाद, गरीबी, भुखमरी, गिरते मानवीय मूल्य से विश्व त्रस्त है। वैश्विक सभ्यता, जिसे हम अपने चारों ओर देखते हैं, वह तेजी से एक ऐसी व्यवस्था के सृजन में संलग्न है, जहाँ अनिवार्य रूप से हर चीज में बर्बर, इच्छाचालित भौतिकवाद और स्वार्थ भरा हुआ दिखाई देता है। प्रवृत्तियाँ और उच्च आकांक्षाओं के इस दौर में हम अपनी आध्यात्मिक विकास-यात्रा से विमुख हैं। ऐसी विकट परिस्थितियों में श्रीअरविंद का दर्शन, उनका चिंतन प्रेरणा

का महत्त्वपूर्ण स्रोत है। श्रीअरविंद ने पश्चिमी दुनिया देखी थी। पश्चिमी ज्ञान ने उन्हें भारतीय प्राच्य ज्ञान-विज्ञान को नए ढंग से विश्लेषित करने की क्षमता प्रदान की। उन्होंने इस बात को माना कि हम सबको आंतरिक ज्ञान प्राप्त कर अपने लक्ष्य की तरफ अग्रसर होना चाहिए। प्रसन्नता का विषय है कि आज श्रीअरविंद का नाम ज्ञान और आत्मिक शांति का पर्याय बन गया है। महर्षि अरविंद एक ऐसा नाम है, जो न केवल भारत में, बल्कि विश्वभर में लोगों को प्रेम, शांति, सहिष्णुता, समरसता और आध्यात्मिक उत्थान के लिए प्रेरित करता है।

दुनिया भर में फैले हुए श्रीअरविंद के 300 से अधिक आश्रम ज्ञान एवं अध्यात्म की तपस्थली के रूप में विकसित हैं, जहाँ लोग आज भी अपनी ज्ञान-पिपासा शांत करने हजारों मील दूर की यात्रा करके आते हैं। एक रहस्यवादी, दार्शनिक, कवि और आध्यात्मिक गुरु के रूप में उन्होंने भारतीय इतिहास में अपनी स्वर्णिम उपस्थिति दर्ज की है। प्रथम विश्वयुद्ध की ऊँचाई पर श्रीअरविंद ने आध्यात्मिक विकास के अपने दार्शनिक और मानव स्वभाव को परमात्मा में बदलने की आशा के साथ अपनी दार्शनिक कृति **'द लाइफ डिवाइन'** को प्रकाशित किया।

श्रीअरविंद ने पश्चिमी दुनिया देखी थी, इसका लाभ यह हुआ कि उन्होंने भारतीय ज्ञान और दर्शन को न केवल विदेशियों की समझ के अनुरूप साझा किया, बल्कि उसे तथ्यात्मक रूप से प्रस्तुत भी किया। भारतीय ज्ञान, पश्चिमी अनुभव और उनके त्रिविध ज्ञान ने उन्हें भारतीय प्राच्य ज्ञान-विज्ञान को नए ढंग से विश्लेषित करने की क्षमता प्रदान की। उन्होंने इस बात को समझाने का प्रयत्न किया कि प्रत्येक व्यक्ति का आंतरिक ज्ञान प्राप्ति के लक्ष्य की तरफ अग्रसर होना चाहिए। उन्होंने मानव प्रकृति के परिवर्तन और पृथ्वी पर जीवन के विभाजन की भी माँग की। श्रीअरविंद ने 'पूर्ण योग' का दर्शन विकसित किया। एक ऐसा योग, जिसमें जीवन के सभी पहलुओं को समाहित किया गया और आध्यात्मिकता और प्रकाश को मानव जीवन में लाने में सफलता पाई।

यह प्रसन्नता का विषय है कि श्रीअरविंद का नाम आत्मिक शांति का पर्याय बन गया है। भारत के लिए गौरव का विषय है कि 50 से अधिक देशों में श्रीअरविंद के विचारों के प्रचार-प्रसार का तंत्र स्थापित है, जिससे विश्व भर में

लोगों को प्रेम, शांति, सहिष्णुता, समरसता और आध्यात्मिक उत्थान के लिए प्रेरित किया जा रहा है। श्रीअरविंद सक्रिय राजनीति में आए और फिर वे गीता, उपनिषद् और वेदों में इतना खो गए कि यही उनके जीवन का लक्ष्य हो गया। श्रीअरविंद का हर आश्रम आज के युग का तीर्थस्थल है, जहाँ लोग आज भी अपनी ज्ञान-पिपासा शांत करने हजारों मील दूर की यात्रा करके आते हैं। मुझे नहीं लगता कि पूरे विश्व में कहीं और क्रांतिकारी विचारधारा और अध्यात्म का एक ऐसा अद्भुत संगम हमें देखने को मिलता होगा। इतिहास साक्षी है कि श्रीअरविंद के कहने पर कितने लोगों ने हँसते-हँसते फाँसी के फंदे चूम लिये। अपने आध्यात्मिक बल पर ही उन्होंने विश्व के सबसे शक्तिशाली साम्राज्य को टक्कर दी।

जितना मैं श्रीअरविंद के विषय में सोचता हूँ, उतना अधिक हतप्रभ रह जाता हूँ। वे हर क्षेत्र में शीर्ष पर ये, चाहे उनका अध्यापन रहा हो, विद्यार्थी काल रहा हो, राजनीतिक जीवन हो या आध्यात्मिक गुरु की भूमिका रही हो, उन्होंने सर्वत्र नए प्रतिमान स्थापित किए।

श्रीअरविंद की सबसे महत्त्वपूर्ण बात यह है कि उन्होंने हर किसी के लिए आत्मिक उत्थान का मार्ग निर्धारित किया था और सबसे अच्छी बात यह है कि व्यक्ति विशेष के लिए बताया गया मार्ग अत्यंत व्यावहारिक एवं सरलता से परिपूर्ण है। बहुत से लोगों का मानना है कि श्रीअरविंद एक युवा के रूप में पूर्ण विदेशी रंग में रँगकर भारत आए। यह दैवीय कृपा ही थी कि वे भारत आकर पूर्णतः भारतीय परिवेश में ढल गए। अपने साथ एक ऐसी विश्लेषणात्मक क्षमता लेकर आए, जिससे उन्होंने हमारे पारंपरिक ग्रंथों का अध्ययन कर उनसे अमृत निकालकर साधारण जनमानस के समक्ष अत्यंत सरल भाषा में रखा।

श्रीअरविंद के विषय में कोई भी विवरण तब तक अधूरा है, जब तक श्रीमाँ के विषय में न बताया जाए। जब श्रीअरविंद ने सांसारिक जीवन त्याग दिया और एकांत में चले गए, देवी शक्ति स्वरूपा के रूप में उन्होंने अरविंद आश्रम का कार्यभार सँभाला। 'मीरा अल्फासा' से 'द मदर' तक की उनकी यात्रा काफी उतार-चढ़ाव से भरी रही। फ्रांस से आकर श्रीअरविंद की आध्यात्मिक सहयोगी तक की यात्रा उनकी अद्भुत आध्यात्मिक क्षमता, उनके समर्पण, निष्ठा, भक्ति भाव की कहानी बयाँ करती है।

स्वयं श्रीमाँ के अनुसार, 'उन्होंने सांसारिक जीवन में रुचि खो दी।' जब वह अपने बचपन में थीं और उसके बाद से उन्होंने ध्यान और आध्यात्मिकता के मार्ग पर अपनी यात्रा शुरू की। ग्यारह और तेरह वर्ष की आयु के बीच उन्हें कई मानसिक और आध्यात्मिक अनुभव हुए। मदर के अनुसार, उन्नीस और बीस वर्ष की उम्र के बीच उन्हें बिना किसी पुस्तक या शिक्षकों की मदद के ज्ञान प्राप्त हुआ। बाद में उन्होंने आध्यात्मिकता के पथ पर आगे बढ़ने के लिए 'राज योग' और 'भगवद्गीता' का सहारा लिया। ऐसा कहा जाता है कि जिस क्षण मीरा ने श्रीअरविंद को देखा, उसने उन्हें एक ऐसे व्यक्ति के रूप में पहचाना, जिसे उन्होंने एक अँधेरे एशियाई व्यक्ति के दर्शन में देखा था।

सबसे महत्त्वपूर्ण बात यह रही कि श्रीअरविंद के निधन के बाद श्रीमाँ ने उसी शक्ति, उत्साह, उमंग के साथ साधकों के मनोवैज्ञानिक और शारीरिक परिवर्तन का काम जारी रखा। इस पुस्तक में एक अध्याय श्रीमाँ के लिए समर्पित है, जो उनकी अद्‌भुत आध्यात्मिक यात्रा का वृत्तांत प्रस्तुत करने के साथ अरविंद आश्रम को नई ऊँचाइयों तक ले जाने के उनके महत्त्वपूर्ण योगदान की जानकारी देता है। एक लंबे समय से श्रीअरविंद के विषय में लिखने की इच्छा थी। इच्छा को क्रियान्वित करने का अवसर तब मिला, जब यूनेस्को की महानिदेशक अपनी भारत यात्रा में मुझसे मिलने आईं। वार्त्ता के दौरान उन्होंने बताया कि किस प्रकार संपूर्ण विश्व में हमारे युवा अपने मूल उद्‌देश्यों से भटककर गलत रास्ते पर जा रहे हैं। उनकी मुख्य चिंता हमारे शैक्षिक परिसरों में हो रही हिंसा, नशाखोरी की लत और व्यवहार में मानवीय मूल्यों की सर्वथा उपेक्षा करने पर थी। इन सब समस्याओं का समाधान सुझाते हुए मैंने उन्हें कहा कि किस प्रकार हम अपनी शिक्षा में मूल्य आधारित शिक्षा का समावेश कर अपने विद्यार्थियों के अंदर मानवीय मूल्यों को स्थापित कर सकते हैं।

इस बात पर वह भी सहमत थीं कि पूरे विश्व की युवा पीढ़ी को मानवीय मूल्यों पर आधारित शिक्षा ही नहीं देनी चाहिए, बल्कि मूल्य आधारित जीवन जीने के लिए उन्हें प्रेरित भी करना चाहिए। मुझे लगता है कि मूल्य आधारित शिक्षा देने में भारत पूरे विश्व का नेतृत्व कर सकता है। तैंतीस साल बाद सबसे बड़े वैश्विक विमर्श के पश्चात् बनी नई शिक्षा नीति में इस बात पर पूरा ध्यान

दिया गया है कि हमारी शिक्षा हमारी अजर-अमर भारतीय संस्कृति के शाश्वत मूल्यों पर आधारित हो। चाहे श्रीअरविंद और श्रीमाँ भौतिक रूप से हमारे मध्य नहीं हैं फिर भी वे हमारा मार्गदर्शन करते है आज पुडुचेरी और विल्ले में हजारों लोग रहते हैं। बड़ी संख्या में पूरे विश्व से लोग वहाँ एकत्रित होते हैं।

हमें इस बात का विशेष ध्यान रखना है कि हमारी शिक्षा संस्कार युक्त हो और हम विद्यार्थियों को वैश्विक प्रतिस्पर्धा के लिए तैयार करें। इस सबके बीच यह भी ध्यान में आया कि हमें मूल्य आधारित शिक्षा सुनिश्चित करने हेतु प्रयास करने पड़ेंगे। इसका एक कारगर माध्यम यह हो सकता है कि हम अपने महापुरुषों के जीवन की घटनाओं को अपने विद्यार्थियों तक ले जाने का प्रयास करें। विभिन्न प्रकार की विषम परिस्थितियों में इन महापुरुषों ने किस प्रकार देश और समाज को सर्वोपरि रखते हुए अपना सर्वस्व परहित के लिए अर्पित कर दिया, हमें यह सीखने को मिल सकता है।

कुछ इन्हीं विचारों के साथ श्रीअरविंद के जीवन पर यह पुस्तक आपके हाथों में सौंप रहा हूँ, इस पुस्तक की कोई भी बात अगर आपको प्रेरित कर सके तो मेरा यह प्रयास सफल होगा।

पुस्तक में कई ऐसी घटनाओं का वर्णन है, जहाँ पर श्रीअरविंद मानवता के सच्चे प्रणेता के रूप में उभरे हैं। मुझे नहीं लगता कि संपूर्ण विश्व के इतिहास में आध्यात्मिकता, राष्ट्रवाद और मानव उत्थान के लिए इस सीमा तक समर्पित व्यक्तित्व मिलना कठिन है।

□

2

श्रीअरविंद : जन्म और प्रारंभिक अवस्था

श्रीअरविंद बीसवीं शताब्दी में राजनीति और आध्यात्मिकता के क्षेत्र में अति महत्त्वपूर्ण व्यक्ति थे। इस अध्याय में श्रीअरविंद के जीवन के पहले भाग—बचपन से लेकर बंगाल में उनके उतार-चढ़ाव भरे राजनीतिक जीवन तक—के बारे में उल्लेख किया गया है। इसके बाद के अध्यायों में पुडुचेरी में उनके योग के उन विवरणों के बारे में बताया गया है, जिसे उन्होंने 'पूर्ण योग' या 'इंटीग्रल योग' की संज्ञा दी है।

श्रीअरविंद का प्रारंभिक जीवन

श्रीअरविंद का जन्म 15 अगस्त, 1872 को, सूर्योदय से लगभग चौबीस मिनट पहले 10, थिएटर रोड, कलकत्ता (अब कोलकाता) में सुबह 5 बजे हुआ था। उनके पिता का नाम कृष्णधन घोष था, जो हुगली जिले के छोटे से गाँव कोन्नगर के प्रतिष्ठित घोष परिवार से थे।

श्रीकृष्णधन ने स्थानीय स्कूल से कलकत्ता विश्वविद्यालय की प्रवेश परीक्षा उत्तीर्ण की। उन्होंने कलकत्ता मेडिकल कॉलेज में प्रवेश लिया। जब वे 19 साल के थे और मेडिकल कॉलेज में पढ़ ही रहे थे, तभी उनका विवाह ऋषि राजनारायण बोस की सबसे बड़ी बेटी स्वर्णलता देवी के साथ हुआ। श्रीकृष्णधन कलकत्ता विश्वविद्यालय के मेडिकल कॉलेज से अपनी डिग्री लेने के पश्चात् चिकित्सा की उच्च शिक्षा के लिए इंग्लैंड चले गए। वे अपने रूढ़िवादी समाज के प्रतिबंधों के विरुद्ध बंगाल से इंग्लैंड जानेवाले प्रारंभिक भारतीयों में से एक थे।

श्रीकृष्णधन ने एबरडीन विश्वविद्यालय से एम.डी. की उपाधि प्राप्त की

कलकत्ता स्थित श्रीअरविंद का जन्मस्थान

और 1871 में भारत लौट आए; किंतु इस दौरान पाश्चात्य सभ्यता और संस्कृति के प्रभाव से उनके व्यक्तित्व में परिवर्तन आया और वे पाश्चात्य सभ्यता व संस्कृति के बड़े प्रशंसक बन गए। वह क्रमशः भागलपुर, रंगपुर और खुलना जिलों में सिविल सर्जन के रूप में तैनात रहे। वे बहुत उदार और दानवीर व्यक्ति थे। उन्होंने जहाँ भी काम किया, वे न केवल सम्मानित रहे, बल्कि उन्होंने लोगों का स्नेह भी प्राप्त किया। वे लोगों की जरूरतों और आकांक्षाओं को पहचानकर, उनके काम को अपना मानकर पूरा करते थे। उन्होंने नागरिक जीवन में बहुत महत्त्वपूर्ण भूमिका निभाई और स्कूलों, अस्पतालों, नगर पालिकाओं और अन्य सार्वजनिक निकायों के कार्यों में रुचि दिखाई। खुलना के लोगों ने बाद में उनके नाम पर स्कूल शुरू किया और उनकी तस्वीर को टाउन हॉल में रखा गया। ऐसा कहा जाता है कि उन्होंने खुलना शहर का पूरा नक्शा ही बदल दिया था।

श्रीअरविंद की माता स्वर्णलता देवी शिक्षित महिला थीं। वे कहानियाँ और नाटक लिखती थीं। वे मधुर और मिलनसार स्वभाव की थीं और अपने पति के विपरीत। बहुत धार्मिक प्रकृति की महिला थीं। अपने आकर्षक व्यक्तित्व और

सुसंस्कृत प्रभाव के कारण उन्हें 'रंगपुर के गुलाब' के रूप में जाना जाता था; लेकिन दुर्भाग्य से वे अपनी पारिवारिक बीमारी हिस्टीरिया की शिकार हो गईं, जिसके कारण उन्हें और उनके पति दोनों को ही बहुत दु:ख मिला।

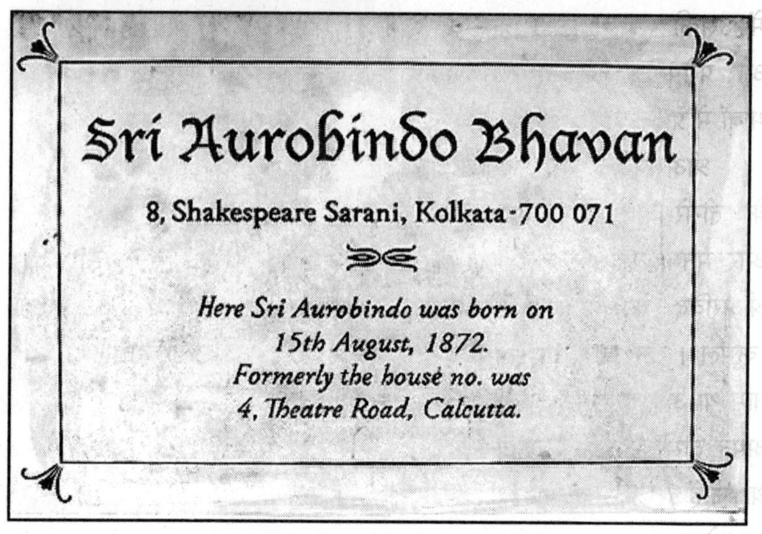

श्रीअरविंद का जन्मस्थान पर लगी पट्टिका

श्रीअरविंद के नाना ऋषि राजनारायण बोस माइकल मधुसूदन दत्त के समकालीन थे। राजनारायण बोस हेनरी डेरोजियो और डेविड हैरे के विद्यार्थियों के साथ पूर्व और पश्चिम के प्रारंभिक संश्लेषक में से एक थे। अपने जीवन के सुनहरे दिनों में उन्होंने 'देश की—वैदिक, इसलामिक और यूरोपीय मिश्रित संस्कृति—का प्रतिनिधित्व किया'। उन्हें 'अपने देश के क्रांतिकारी रक्षक, सत्य के विजेता और कृत्रिमता का निष्ठुर विरोधी कहा जाता था'। अपने स्वर्णिम दिनों में वह 'ब्रह्म समाज' के नेता थे। देवेंद्रनाथ टैगोर ने उनकी पुस्तकों के बारे में कहा है, "राजनारायण बाबू के होंठों से जो कुछ भी निकलता है, वह देश में भारी सनसनी पैदा करता है।" निस्संदेह आधुनिक बंगाल के निर्माताओं में से एक, उन्हें 'भारतीय राष्ट्रवाद के दादा' के रूप में वर्णित करना गलत नहीं है। इसके साथ ही आध्यात्मिकता की अग्नि उनके भीतर लगातार जलती रही और भारत के

श्रीअरविंद के स्मृति में
भारत सरकार द्वारा जारी डाक टिकट

लिए उनका प्रबल प्रेम, विचारों को आकार देने की उनकी क्षमता और भविष्य में देश को दिशा देने के बारे में उसकी दृढ़ भावना मित्रता, प्रेम और परोपकार जैसे कई रचनात्मक भावों में प्रकट हुई।

श्रीअरविंद अपने माता-पिता के तीसरे पुत्र थे। बेनोय भूषण और मनमोहन उनके बड़े भाई थे। श्रीअरविंद का मतलब होता है 'कमल'। उन दिनों यह असामान्य नाम था और इसीलिए उनके पिता ने अपने तीसरे बेटे के लिए इसे चुना था। उन्हें इस बात का भान था कि भाषा के गूढ़ अर्थ में 'अरबिंद' ईश्वरीय चेतना का द्योतक है। शायद ही किसी ने सोचा होगा कि भविष्य में यह बालक संपूर्ण विश्व में ईश्वरीय चेतना के माध्यम से मानव उत्थान का नया अध्याय लिखेगा!

अपने समकालीन अन्य सभी शिक्षित भारतीयों के मध्य प्रचलित चलन के अनुरूप ही श्रीअरविंद को भी अंग्रेजी भाषा और अंग्रेजी चमक-दमक ने आसानी से पूर्णाविश में ले लिया था। डॉ. कृष्णधन ने भी अपने बच्चों को पूरी तरह से पाश्चात्य शिक्षा और परिवेश देने का निर्णय लिया। बच्चों के पास अंग्रेजी आया मिस पैगेट थी और उन्होंने आसानी से अंग्रेजी सीख ली; लेकिन वे बंगाली नहीं बोल सकते थे, हालाँकि बटलर से उन्होंने थोड़ी-बहुत हिंदुस्तानी सीख ली थी। जब श्रीअरविंद पाँच साल के थे तो उन्हें अपने दो बड़े भाइयों के साथ आयरिश नन द्वारा संचालित दार्जिलिंग के लोरेटो कॉन्वेंट स्कूल में भेज दिया गया। वहाँ तीनों भाइयों के दोस्त और साथी केवल यूरोपीय लड़के थे, क्योंकि यह विद्यालय यूरोपीय बच्चों के लिए ही था।

इंग्लैंड में श्रीअरविंद

श्रीअरविंद के पिता डॉ. कृष्णधन घोष पूर्णत: कटिबद्ध थे कि उनके बच्चों को पूरी तरह से यूरोपीय परवरिश मिले। वे अपने तीनों बेटों[1] को इंग्लैंड ले गए और इस सख्त निर्देश के साथ उन्हें अंग्रेजी पादरी तथा उनकी पत्नी (श्री और श्रीमती ड्रेवेट) के साथ रखा कि उन्हें किसी भी भारतीय से संपर्क बनाने की अनुमति न दी जाए तथा किसी भी प्रकार का भारतीय प्रभाव उन पर न पड़े। इन निर्देशों का अक्षरश: पालन किया गया और श्रीअरविंद भारत, इसके लोगों, इसके धर्म और इसकी संस्कृति के बारे में पूरी अनभिज्ञता के साथ बड़े हुए[2]।

लंदन में श्रीअरविंद

श्रीअरविंद के बड़े भाइयों बेनोय भूषण और मनमोहन को मैनचेस्टर ग्रामर स्कूल में भेजा गया, जबकि श्रीअरविंद को श्री और श्रीमती ड्रूवेट ने निजी तौर पर शिक्षा दी, क्योंकि वे बहुत छोटे थे। श्री ड्रूवेट एक निपुण लैटिन विद्वान् थे। उन्होंने श्रीअरविंद को लैटिन और अंग्रेजी सिखाई, जबकि श्रीमती ड्रूवेट ने उन्हें

1. पूरा परिवार इंग्लैंड चला गया—डॉ. घोष, श्रीमती घोष और उनके तीन बेटे तथा बेटी सरोजिनी। चौथे पुत्र बरींद्र का जन्म इंग्लैंड में हुआ
2. 'श्रीअरविंद स्वयं और माता के बारे में' से, श्रीअरविंद आश्रम द्वारा प्रकाशित

इतिहास, भूगोल, अंकगणित और फ्रेंच पढ़ाई। इन विषयों के अलावा श्रीअरविंद ने स्वयं बाइबिल, शेक्सपियर, शेली, कीट्स आदि पढ़े। श्री डूवेट ने श्रीअरविंद को लैटिन भाषा में इतना निपुण बना दिया कि जब श्रीअरविंद लंदन में सेंट पॉल स्कूल में गए तो उस स्कूल के प्रधानाध्यापक ने उन्हें ग्रीक में निपुण बनाने का जिम्मा ले लिया और फिर उन्हें तेजी से स्कूल में कक्षोन्नति प्रदान कर दी गई।

श्रीअरविंद ने मैनचेस्टर और सेंट पॉल में क्लासिक्स पर ध्यान दिया; यहाँ तक कि सेंट पॉल में व्यतीत तीन वर्षों में उन्होंने बस, अपने स्कूल के पाठ्यक्रम की पढ़ाई की और अपना अधिकांश खाली समय सामान्य अध्ययन में लगाया; विशेष रूप से अंग्रेजी कविता, साहित्य और कथा-साहित्य, फ्रांसीसी साहित्य और प्राचीन, मध्यकालीन और आधुनिक यूरोप का इतिहास। उन्होंने कुछ समय इतालवी, जर्मन और स्पेनिश सीखने में भी व्यतीत किया। उन्होंने कविता लिखने में भी बहुत समय लगाया। इस अवधि में स्कूल की पढ़ाई उनका बहुत कम समय लेती थी; वे उसमें पहले से ही कुशल थे और उन पर अधिक श्रम करना अनावश्यक मानते थे।

इंग्लैंड में बालक अरविंद

श्रीअरविंद ने फ्रेंच में महारत हासिल की और दांते और गेटे की मौलिक रचनाओं को पढ़ने के लिए पर्याप्त इतालवी और जर्मन भाषा भी सीखी। क्लासिक्स, अंग्रेजी और फ्रेंच साहित्य में उनका अध्ययन और यूरोप का पूरा इतिहास न केवल व्यापक था, बल्कि असाधारण रूप से गहरा भी था, जिसका प्रमाण उनके बाद के उत्कृष्ट विशाल साहित्यिक, ऐतिहासिक, दार्शनिक, राजनीतिक, सांस्कृतिक और समाजशास्त्रीय लेखन में मिलता है। श्रीअरविंद ने बहुत कम उम्र से कविता लिखना शुरू कर दिया था। यहाँ तक कि जब वे मैनचेस्टर में थे, तब भी उन्होंने 'फॉक्स फैमिली' पत्रिका के लिए छंद लिखे थे, लेकिन सेंट पॉल में उन्होंने 16 से 18 वर्ष के बीच की उम्र में ही अंग्रेजी कविता लिखना शुरू कर दिया था। यह ऐसी गतिविधि थी, जो उनके कैंब्रिज जाने पर और जीवनपर्यंत साथ बनी रही।[3]

अपने माता-पिता, भाई-बहिन के साथ बालक अरविंद

---

3. श्रीअरविंद इन इंग्लैंड—ए.बी. पुराणी

श्री ड्रेवेट की माँ ने तीनों भाइयों का धर्मांतरण कर ईसाई बनाने की कामना की, लेकिन श्री ड्रेवेट ने इस पर आपत्ति जताई, जो कि एक व्यावहारिक व्यक्ति थे और फिर मिसेज ड्रेवेट को अपना परोपकारी विचार छोड़ना पड़ा। सन् 1885 में श्री ड्रेवेट ऑस्ट्रेलिया चले गए और तीनों भाई कुछ समय के लिए श्री ड्रेवेट की माँ के साथ लंदन में रहे, लेकिन धर्म के बारे में उनके और मनमोहन के बीच हुए झगड़े के बाद उन्होंने उन्हें छोड़ दिया।

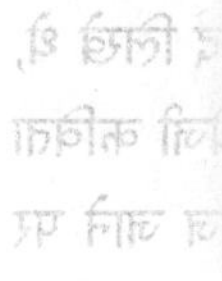

अपने भाइयों एवं विनय के साथ अरविंद

अविचलित भाव के साथ सभी कठिनाइयों का मुकाबला

श्रीमती ड्रेवेट के साथ झगड़े के बाद श्रीअरविंद और उनके सबसे बड़े भाई बेनोय भूषण 'साउथ केंसिंग्टन लिबरल क्लब' में एक कमरे में आ गए, जहाँ सर

कैंब्रिज विश्वविद्यालय

हेनरी, जो कुछ समय के लिए बंगाल के उपराज्यपाल थे, के भाई श्री जे.एस. कॉटन सचिव थे और बेनोय ने उनके काम में उनकी सहायता की। मनमोहन लॉज में चले गए। यह सबसे बड़ी पीड़ा और गरीबी का समय था। वर्षपर्यंत सुबह सैंडविच के एक या दो स्लाइस, ब्रेड के साथ मक्खन और एक कप चाय तथा शाम को एक पेने सेवलॉय ही उनका भोजन था। यह स्थिति इसलिए उत्पन्न हुई, क्योंकि भारत से उनके पिता द्वारा भेजे गए रुपए निर्धारित समय पर नियमित नहीं पहुँच पाते थे। लेकिन श्रीअरविंद ने शिकायत करना नहीं जाना, न तो अपनी युवावस्था में और न ही बाद में। अपनी पढ़ाई में डूबे रहकर उन्होंने शांति से अविचलित भाव के साथ सभी असुविधाओं और कठिनाइयों का डटकर मुकाबला किया। इसके बाद श्रीअरविंद कैंब्रिज में निवास करने तक अलग-अलग स्थानों में रहे। सेंट पॉल और कैंब्रिज में श्रीअरविंद का नाम 'श्रीअरविंद एकॉरोइड घोष' के रूप में पंजीकृत किया गया था, क्योंकि जब वे पैदा हुए थे, तो मिस एनेट ऑकेराइड, जिन्होंने बाद में रंगपुर के तत्कालीन जिला और सत्र न्यायाधीश हेनरी बेवरिज के साथ शादी की थी; उनके नामकरण समारोह में उपस्थित थीं और डॉ. के.डी. घोष ने उनसे बच्चे को कोई अंग्रेजी नाम देने का अनुरोध किया था। उन्होंने अपने पिता का नाम बच्चे के संरक्षक के रूप में दिया, लेकिन श्रीअरविंद ने इंग्लैंड छोड़ने से पहले अपने नाम से 'एकरोइड' हटा दिया

और फिर कभी इसका प्रयोग नहीं किया।

श्रीअरविंद ने किंग्स कॉलेज, कैंब्रिज में शामिल होने पर £ 80 प्रतिवर्ष की वरिष्ठ क्लासिकल विद्यार्थी वृत्ति प्राप्त की। इससे उनकी समस्याएँ कुछ हद तक कम हो गईं। कैंब्रिज में श्रीअरविंद ने ऑस्कर ब्राउनिंग का ध्यान आकृष्ट किया, जो वहाँ प्रसिद्ध व्यक्ति थे। ब्राउनिंग द्वारा अपनी प्रतिभा-सराहना के संबंध में श्रीअरविंद ने अपने पिता को लिखा, "पिछली रात को मुझे डॉनों के साथ कॉफी पीने के लिए आमंत्रित किया गया था और उनके कमरे में मुझे महान् ओ.बी. ऑस्कर ब्राउनिंग से मिलने का मौका मिला, जो किंग्स के विशिष्ट व्यक्ति हैं, अर्थात् वे बेहद प्रशंसापूर्ण हैं। कोंटीलिस (फ्रेंच शास्त्रीय नृत्य) के विषय में बात करते-करते जब वह छात्रवृत्ति के विषय पर पहुँच गए तो उन्होंने मुझसे कहा, 'मुझे लगता है कि शायद आपको यह ज्ञान है कि आपने इस उत्कृष्ट परीक्षा में असाधारण सफलता प्राप्त की है। मैंने तकरीबन परीक्षा के तेरह प्रश्न-पत्र जाँचे हैं, किंतु इस दौरान मैंने इतने उत्कृष्ट उत्तर-पत्र पहले कभी नहीं देखे। (अर्थात् वह मेरी छात्रवृत्ति परीक्षा के शास्त्रीय प्रश्न-पत्र की बात कर रहे थे) जहाँ तक आपके निबंध की बात है, वह शानदार था।' इस निबंध में (जो कि मिल्टन व शेक्सपियर के बीच तुलनात्मक अध्ययन था)।

कैंब्रिज विश्वविद्यालय के उत्कृष्ट पूर्व छात्रों में शुमार श्रीअरविंद

प्रतिष्ठित किंग्ज कॉलेज

मैंने अपने प्राच्य-रस को उनके रुझान से ऊपर स्थान दिया, जो कि समृद्ध कल्पना से ओत-प्रोत था। इसमें अलंकारों और सूक्तियों का प्रचुरता से प्रयोग था तथा मैंने अपनी भावनाएँ बिना किसी दु:ख के निडरता से व्यक्त की थीं। संभवत: यह मेरे द्वारा किए गए अब तक के सर्वोत्तम कार्यों में से एक है, किंतु यदि विद्यालय स्तर पर होता तो निश्चय ही अपने अत्यंलकरण व शब्दांडबरों के लिए निंदा का पात्र होता। श्री ओ.बी. ने बाद में मुझसे पूछा कि मैं कहाँ रहता हूँ और जब मैंने उत्तर दिया था तो उन्होंने कहा, 'वह मनहूस स्थान!' (और) फिर महाफी की ओर मुड़कर बोला, 'हम अपने विद्यार्थियों के प्रति कितने कठोर हैं! हम चाहते हैं कि वह यहाँ शानदार मस्तिष्क लेकर आएँ और फिर हम उन्हें उस बॉक्स में बंद कर देते हैं! मुझे लगता है कि शायद ऐसा उनका आत्म-सम्मान गिराने के लिए किया जाता है।'

हृदयहीन ब्रिटिश सरकार से परिचय

बालक अरविंद का हृदयहीन ब्रिटिश सरकार से परिचय उनके पिता ने

करवाया। उनके पिता ने अंग्रेजों द्वारा भारतीयों के साथ दुर्व्यवहार से संबंधित मामलों को चिह्नित करते हुए 'द बंगाली' नामक अखबार भेजना शुरू किया और अपने पत्रों में उन्होंने भारत में ब्रिटिश सरकार को 'हृदयहीन सरकार' कहा। ग्यारह साल की उम्र में श्रीअरविंद को यह आभास पहले से ही हो गया था कि दुनिया में आम तौर पर उथल-पुथल और बड़े क्रांतिकारी बदलावों का दौर आ रहा है और वे खुद भी इसमें हिस्सा लेने के लिए तैयार थे। उनका ध्यान अब भारत की ओर आकृष्ट हुआ। उन्होंने इस भावना को जल्द ही अपने देश की मुक्ति के विचार में बदल दिया, लेकिन इस 'दृढ़ निर्णय' की परिणति लगभग चार वर्ष बाद हुई। हालाँकि इसकी भूमिका तभी बननी आरंभ हो गई थी, जब वे कैंब्रिज गए और वहाँ भारतीय मजलिस के सदस्य के रूप में और कुछ समय के लिए उसके सचिव के रूप में उन्होंने कई क्रांतिकारी भाषण दिए, जोकि बाद में उन्हें भारतीय सिविल सेवा से बाहर करने का कारण बने।

सिविल सेवा परीक्षा में विफलता केवल अवसर था, कुछ अन्य मामलों में इस दोष को दूर करने का अवसर भारत में ही दिया गया था। लंदन में भारतीय छात्रों ने गुप्त रूप से एक 'लोटस और डैगर' नामक संस्था बनाने के लिए मुलाकात की, जिसमें प्रत्येक सदस्य ने भारत की मुक्ति के लिए आम तौर पर काम करने और उस दिशा में अंत तक आगे बढ़ने के लिए कुछ विशेष कार्य करने की कसम खाई थी। श्रीअरविंद ने किसी संस्था का गठन नहीं किया, लेकिन वे अपने भाइयों के साथ इसके सदस्य बन गए, लेकिन वह संस्था मृतप्राय ही थी। यह भारत लौटने से ठीक पहले हुआ और जब उन्होंने कैंब्रिज छोड़ा था, उस समय भारतीय राजनीति डरपोक और उदारवादी थी और इंग्लैंड में भारतीय छात्रों द्वारा इस तरह का यह पहला प्रयास था।[4]

बढ़ती राष्ट्रवादी भावनाओं के कारण प्रशासनिक सेवा का परित्याग

डॉ. घोष की इच्छा थी कि श्रीअरविंद को भारतीय सिविल सेवा में जाना चाहिए। अपने पिता की इच्छा के सम्मान में श्रीअरविंद ने आई.सी.एस. के लिए उम्मीदवार के रूप में प्रवेश लिया, जब वे सेंट पॉल में थे। उन्होंने आई.सी.

4. जीवनी-संबंधी टिप्पणियाँ

एस. परीक्षा पास कर ली और क्लासिक्स में बहुत अधिक अंक हासिल किए। लेकिन उनका दिल इस सेवा में नहीं था। यह बस अपने पिता की इच्छा का अनुपालन करना था कि उन्होंने इसके लिए अध्ययन किया था। उनकी बढ़ती राष्ट्रवादी भावनाओं ने उन्हें इस सेवा के विरुद्ध कर दिया।

बड़ौदा के श्री सायाजी–III राव गायकवाड़ महाराज

"...उन्होंने अपने घुड़सवारी के सबक की उपेक्षा की और अंतिम सवारी परीक्षण में असफल रहे, जैसा कि अकसर किया जाता है कि उन्हें पास होने का एक और मौका दिया गया, लेकिन वे परीक्षण के लिए उपस्थित ही नहीं हुए, अतः उन्हें अयोग्य घोषित कर दिया गया; हालाँकि इसी तरह के मामलों में सफल अभ्यार्थियों को भारत में अर्हता प्राप्त करने का एक और मौका दिया जाता था, किंतु उन्होंने महसूस किया कि आई.सी.एस. उनके लिए नहीं है और वे इस बंधन से बचने की तलाश करते रहे। इसलिए परीक्षा को अस्वीकार करने के बजाय, उन्होंने खुद को इसके लिए अयोग्य होने दिया, क्योंकि उनका परिवार पहली बात को स्वीकार न करता।"

वे भारत की ओर आकर्षित हुए। इंग्लैंड छोड़ने का उन्हें कोई अफसोस नहीं था। न उन्हें अतीत के प्रति कोई लगाव था, न ही भविष्य के लिए कोई गलतफहमी थी। इंग्लैंड में कुछ दोस्त अवश्य बने थे, लेकिन कोई भी बहुत अंतरंग नहीं था; क्योंकि उनका मानसिक वातावरण अधिक सहायक नहीं रहा।

बड़ौदा राज्य के गायकवाड़ उस समय इंग्लैंड में थे। वे उस समय के

साथी अधिकारियों के साथ बड़ौदा में श्रीअरविंद (गोले में)

सबसे प्रबुद्ध भारतीय शासकों में से एक थे। सर हेनरी कॉटन के भाई जेम्स कॉटन, जो घोष भाइयों से अच्छी तरह से परिचित थे, उनमें रुचि ले रहे थे। उन्होंने अब श्रीअरविंद की ओर से गायकवाड़ के साथ बातचीत की। वार्ता का परिणाम यह था कि श्रीअरविंद को बड़ौदा की राजकीय नियुक्ति प्राप्त हो गई।"

उनके लिए दो सौ रुपए प्रतिमाह का वेतन तय हुआ और जेम्स कॉटन जैसा चालाक व्यक्ति इस चतुराई पर गौरवान्वित महसूस करता था कि मैंने आई.सी.एस. की योग्यता व क्षमतावाले व्यक्ति को इतने तुच्छ पारिश्रमिक पर राजी कर लिया! किंतु श्रीअरविंद लेन-देन के मामले में उदासीन ही रहते थे। उन्हें तत्कालीन परिदृश्य का कोई ज्ञान नहीं था।

गलत जानकारी से पिता को घातक झटका

श्रीअरविंद ने जनवरी 1893 में इंग्लैंड छोड़ दिया था। हालाँकि उनके पिता डॉ. घोष को श्रीअरविंद की आई.सी.एस. प्रवेश परीक्षा में सफलता पर निराशा हुई थी, लेकिन जब उन्होंने बड़ौदा राज्य सेवा में उनकी नियुक्ति और तत्काल भारत वापसी के बारे में सुना तो मन में खुशी की लहर जाग उठी। डॉ. घोष विशेष रूप से श्रीअरविंद को पसंद करते थे और वे अपने पुत्र के शानदार भविष्य की उम्मीद करते थे। लेकिन क्रूर भाग्य को कुछ और ही मंजूर था।

उन्हें मैसर्स ग्रिंडले एंड कंपनी द्वारा सूचित किया गया था कि जिस स्टीमर से श्रीअरविंद आ रहे थे, वह पुर्तगाल के तट पर डूब गया है। जानकारी गलत थी, लेकिन इसने उनके पिता को घातक आघात दिया और उन्होंने अपने होंठों से अपने प्यारे बेटे का नाम लेकर आत्महत्या कर ली। हालाँकि श्रीअरविंद अन्य स्टीमर से भारत सुरक्षित पहुँच गए और फरवरी 1893 में बंबई में उतरे। विधि के विधान को कोई नहीं बदल सकता, जिस पुत्र की आँखें बिछाए प्रतीक्षा कर रहे थे, जिसके लिए उन्होंने कई सपने देख रखे थे, पर उसके आने से पहले ही वे विदा ले लेंगे, किसी ने कल्पना तक नहीं की थी।

□

3

बड़ौदा में श्रीअरविंद

सन् 1893 में श्रीअरविंद इंग्लैंड से वापस आ गए। जब सात वर्ष की आयु में उन्होंने भारत छोड़ा तो वे बालक थे और संभवत: अपनी बाह्य सुमधुर छवि के पीछे दिव्यमान प्रदीप्ति से अनभिज्ञ थे; जब वह लौटे तो वह 21 वर्षीय युवक थे, जो अपने सपनों तथा परिकल्पना को साकार करने के लिए व्यग्र था। हालाँकि उनके जीवन का सबसे प्रभावशाली और कर्मशील हिस्सा पश्चिम में बीता था, लेकिन उनकी आत्मा इससे अछूती रही। उनका प्यार भारत के लिए अनवरत बहता रहा और उसकी आजादी के लिए लड़ने और सबकुछ सहने के लिए उनकी इच्छा बढ़ती रही। तब तक उन्हें भारत के बारे में ज्यादा जानकारी नहीं थी, लेकिन उन्होंने इसके प्रति रहस्यमयी आकर्षण महसूस किया, ऐसा आकर्षण, ज़ो उनका मन शायद ही उन्हें समझा सके। उन्होंने बाद में इसके बारे में कहा, "यह स्वाभाविक आकर्षण था, उस भारतीय संस्कृति और जीवनशैली और सभी के लिए स्वभावगत प्राथमिकता, जो कि भारतीय थी।"

जीवन की उथल-पुथल और मार्ग में आनेवाली अपरिचित उठापटक के बीच उनके भीतर एक गहरी शांति उतरती चली गई, जो महीनों तक छाई रही। इस संबंध में एक बार उन्होंने अपने शिष्य को लिखा—"मेरे अपने जीवन में, मेरे भारत आने के बाद से, मेरा योग हमेशा से साथ रहा है, यह शांति पूर्णत: लौकिक या पारलौकिक न होकर दोनों में ही विद्यमान थी। मुझे लगता है, यह सांसारिक और उनमें से ज्यादातर मेरे मानसिक क्षेत्र में प्रवेश कर चुके हैं और कुछ राजनीति की तरह, मेरे जीवन में, लेकिन एक ही समय में, जब से मैंने बॉम्बे में अपोलो बंदरगाह पर भारतीय भूमि पर पैर रखा, तब से मुझे आध्यात्मिक

अनुभव होने लगा है, लेकिन यह इस दुनिया से अलग नहीं थे, आंतरिक और अनंत थे, जैसे अनंत व्याप्त भौतिक स्थान की भावना और भौतिक पदार्थों और पिंडों में स्थायी निवास। उसी समय मैंने खुद को आधिभौतिक दुनिया के लिए पाया, इसलिए मैं कोई तेज अलगाव या अपरिवर्तनीय विरोध नहीं कर सकता था, जिसे मैंने अस्तित्व के दो छोरों और उन सभी के बीच झूठ कहा है। मेरे लिए सभी ब्राह्मण हैं और मुझे हर जगह ईश्वरीय लगती है।"[5]

स्वागत कार्यक्रम में श्रीअरविंद

"मुझे पहले से कई संदेह थे। मेरा पालन-पोषण पूर्णतः विदेशी वातावरण में विदेशी विचारों व मूल्यों के साथ हुआ।...मुझमें अनीश्वरवाद था, नास्तिकता थी, संशय था और मुझे इस पर ईश्वर जैसी किसी शक्ति पर विश्वास ही नहीं था।" शिष्य को पत्र में उन्होंने लंदन में पूर्व-यौगिक अनुभव का उल्लेख किया, लेकिन उन्होंने इसकी प्रकृति का वर्णन नहीं किया, इसलिए अपोलो बंदरगाह के पास जो अनुभव था, वह उनके मार्ग में आनेवाला अप्रतिबंधित, किंतु निर्णायक यौगिक अनुभव; मातृभूमि की भेंट स्वरूप था। माँ भारती से इस दैवीय अनुभव से मानो अपने पुत्र का स्वागत किया हो।

5. योगा पर, लेखक श्रीअरविंद, पृष्ठ, 129

बड़ौदा के सेटलमेंट विभाग से नई पारी शुरू

बड़ौदा में श्रीअरविंद को पहले सेटलमेंट विभाग में रखा गया, अधिकारी के रूप में नहीं, बल्कि काम सीखने के लिए, फिर डाक टिकटों और राजस्व विभागों में; उन्हें कुछ समय के लिए सचिवालय में काम करने के लिए लगाया गया। कॉलेज में शामिल हुए बिना और अन्य काम करते हुए वे कॉलेज में फ्रेंच

बड़ौदा में श्रीअरविंद

के लेक्चरर थे और आखिरकार उनके अनुरोध पर उन्हें वहाँ अंग्रेजी के प्रोफेसर के रूप में नियुक्त किया गया। जब भी कुछ सावधानीपूर्वक लिखना होता था तो महाराजा उन्हें बुलाते थे। उन्होंने उन्हें अपने कुछ सार्वजनिक भाषणों और साहित्यिक या शैक्षिक प्रकार के अन्य कार्यों को पूरा करने के लिए भी नियुक्त किया। बाद में श्रीअरविंद कॉलेज के उप-प्राचार्य बने और कुछ समय तक इसके कार्यवाहक प्राचार्य रहे। महाराजा के लिए अधिकांश व्यक्तिगत कार्य अनौपचारिक रूप से किए गए; उनकी निजी सचिव के रूप में कोई नियुक्ति

नहीं की गई थी। उन्हें आमतौर पर महल में महाराजा के साथ नाश्ता करने के लिए आमंत्रित किया जाता था, परंतु कार्यक्रमों के चहले कई बार वे सम्मिलित नहीं होते थे।

बड़ौदा कॉलेज में श्रीअरविंद का कक्ष

श्रीअरविंद को बड़ौदा कॉलेज में उनके छात्रों द्वारा बहुत प्यार और सम्मान दिया गया, न केवल अंग्रेजी साहित्य के उनके गहन ज्ञान और अंग्रेजी कविता की उनकी शानदार मौलिक व्याख्याओं के लिए, बल्कि उनके संत चरित्र और कोमल तथा शालीन शिष्टाचार के लिए भी उन्हें सम्मान दिया गया। श्रीअरविंद विनम्रता की प्रतिमूर्ति थे। उनके व्यक्तित्व में चुंबकत्व था उदात्त आदर्श की अगोचर आभा एवं उनके बारे में शक्तिशाली उद्‌देश्य, जिसने उनके संपर्क में आनेवाले सभी लोगों पर गहरी छाप छोड़ी, विशेष रूप से युवा दिलों और अपरिष्कृत दिमागों पर। शांत, अंतर्मुखी, सौम्य और परोपकारी श्रीअरविंद जहाँ भी रहते, आसानी से सम्मान तथा आकर्षण का केंद्र बन जाते। उनके करीब होने के लिए शांत और त्वरित होना होता था; उन्हें सुनने के लिए ज्वलंत और प्रेरित होना होता था। वास्तव में, उनकी उपस्थिति में कुछ ऐसा था, जो जीवंत और उन्नयन करनेवाला था। उनकी शक्ति, उनकी अडिगता, शांत, चिंत, बरवस सबको अपनी ओर आकर्षित कर लेता था। पुरुषों पर उनकी पकड़ का रहस्य उनके आत्म-विलोपन में था। उनकी महानता वसंत की कोमल साँसों की तरह थी—अदृश्य लेकिन अप्रतिरोध्य। यह उन सभी को छूती थी, जो उनके आसपास थे और उनके चारों ओर नए सिरे से जीवन और रचनात्मक ऊर्जा का शानदार अनुभव करते थे।

उत्तर प्रदेश के पूर्व राज्यपाल, डॉ. के.एम. मुंशी ने, जो बड़ौदा कॉलेज में श्रीअरविंद के विद्यार्थी थे, उनसे एक बार पूछा था कि राष्ट्रवाद कैसे विकसित

हो सकता है ? श्रीअरविंद ने दीवार पर मानचित्र की ओर इशारा किया और इस आशय से कुछ कहा, “उन नक्शे को देखें। भारतमाता के चित्र को जानें। शहर, पहाड़, नदियाँ और वन ऐसी सामग्री हैं, जो इसके शरीर को बनाते हैं। हमारा साहित्य उनकी स्मृति और भाषण है। हमारी संस्कृति इसकी आत्मा है। इसके बच्चों की खुशी और स्वतंत्रता उनकी मुक्ति है। माँ भारती जीवित माता है, उसका ध्यान करें और भक्ति के नौ गुना तरीके से उनकी पूजा करें।”

बड़ौदा कॉलेज में श्रीअरविंद के कक्ष के साथ सभागार

श्रीअरविंद ने 1902 में अहमदाबाद राष्ट्रीय कांग्रेस, 1904 में बॉम्बे कांग्रेस और 1905 में बनारस (वाराणसी) राष्ट्रीय अधिवेशनों कांग्रेस में भाग लिया। कांग्रेस के इन सभी सत्रों में, उन्होंने पूरी आजादी की लड़ाई लड़ने के लिए नेताओं को प्रभावित करने की कोशिश की, जो अंग्रेजों से मुक्त हो, नियंत्रण और कोई समझौता न करें। उन्होंने 'नो कंप्रोमाइज' नामक घोषणा-पत्र लिखा और इसे बंगाल में प्रसारित किया। विभिन्न तरीकों से, उन्होंने बंगाल के प्रगतिशील राजनीतिक दिमाग को सभी ब्रिटिश सामानों और ब्रिटिश संस्थानों के बहिष्कार, असहयोग और निष्क्रिय प्रतिरोध, गाँवों के पुनर्निर्माण, राष्ट्रीय स्कूलों और कॉलेजों की स्थापना आदि के लिए प्रेरित किया, बंगाल का विभाजन, जिसे लॉर्ड कर्जन ने बंगाल में तेजी से बढ़ती राजनीतिक चेतना और राष्ट्रवादी भावना को विफल करने का जो फैसला लिया था, जो अब उलटा पड़ने लगा था।

विभाजन के ठीक बाद श्रीअरविंद का सक्रिय राजनीतिक जीवन शुरू हुआ, हालाँकि उन्होंने इसकी नींव बहुत पहले रखी थी। उन्होंने नौकरशाही के दमन और उसकी तामसिक क्रूरता को पूरी जनता के सामने रखा। प्रार्थनाओं

1905 में बंगाल का विभाजन

और निवेदन की पूरी निरर्थकता और लगातार राष्ट्रवाद की भावना तथा निष्क्रिय या सक्रिय क्रांति को आगे बढ़ने में श्रीअरविंद ने असीम सफलता पाई। उन्होंने विकासशील स्थिति की माँग की, और पूर्ण स्वतंत्रता का आग्रह किया। बंगाल विभाजन के उन दिनों में तूफान और तनाव के अतिरिक्त, अराजक बाधा और पेचीदा ताकतों के धुँधलेपन के बावजूद राष्ट्र अपने राजनीतिक भाग्य के लिए रास्ता बना रहा था।

1905 में बंगाल का विभाजन

इस प्रकार, भगवान् ने गूढ़ तरीकों से श्रीअरविंद को योग का अभ्यास करने के लिए प्रेरित किया, जिससे वे इतने लंबे समय जीवन-विरोधी और अव्यावहारिक समझते हुए दूर रहे। "लेकिन यह अभी तक योग का आध्यात्मिक पहलू नहीं था, बल्कि केवल प्रारंभिक स्नायु-भौतिक और मनोभौतिक अनुशासन था। बड़ौदा के इंजीनियर ने, जो ब्रह्मानंद के शिष्य थे, ने मुझे दिखाया कि यह कैसे करना है, और मैंने अपने दम पर शुरू कर दिया। इसके साथ कुछ उल्लेखनीय परिणाम आए। सबसे पहले, मैंने अपने चारों ओर एक प्रकार की बिजली महसूस की। दूसरा कुछ मामूली प्रकार के लक्ष्य थे। तीसरा, मुझमें कविता का बहुत तेज प्रवाह शुरू हुआ। पूर्व में मैं कठिनाई से लिख पाता था। कभी प्रवाह बढ़ जाता था, फिर से सूख जाता था। अब यह आश्चर्यजनक उत्साह के साथ पुनर्जीवित हो गया और मैं गद्य और कविता दोनों जबरदस्त गति से लिख सका। यह प्रवाह अब तक समाप्त नहीं हुआ। अगर मैंने बहुत समय से नहीं लिखा, तो ऐसा इसलिए था, क्योंकि मुझे कुछ और करना था। लेकिन जिस क्षण मैं लिखना चाहता हूँ, यह उपस्थित हो गया। चौथा, प्राणायाम-अभ्यास का समय था, जिसके लिए मैंने मेहनत करनी शुरू की। पहले मैं बहुत क्षीण था।

मेरी त्वचा भी सौम्य और गोरी होने लगी और लार में अजीब नया पदार्थ था, जिसके कारण ये परिवर्तन हो रहे थे। और आश्चर्य की बात जो मैंने देखी, वह यह थी कि जब भी मैं प्राणायाम के लिए बैठता था, तो मच्छर भी मुझे नहीं काटते थे, हालाँकि चारों ओर मच्छरों की भरमार थी। मैंने अधिक-से-अधिक प्राणायाम किया, लेकिन आगे कोई परिणाम नहीं आया। यह वह समय था, जब मैंने शाकाहारी भोजन अपनाया, जिसने हलकापन और कुछ शुद्धि दी।"

यह आम तौर पर माना जाता है, और यह भी सच है, कि श्रीअरविंद का योग बड़ौदा में शुरू हुआ। लेकिन सत्य यह है कि उसका बीज उनके पास था और इंग्लैंड में पहली बार अंकुरित हुआ था, यह निम्नलिखित द्वारा साबित होता है, "लंदन में श्रीअरविंद ने जब मैक्समूलर द्वारा वेदांत के अनुवाद को पढ़ा तो उस समय उन्हें वेदों को महत्ता का पता नहीं था। भारत आकर कुछ वर्षों के अंतराल में उन्हें पता चला कि वेद-विचारों और अध्यात्मिक अनुभव की स्वर्णिम खान है।"

इस प्रकार, श्रीअरविंद ने न केवल भारत, बल्कि संपूर्ण मानव जाति को पुन: उत्पन्न करने और बदलने के लिए गतिशील आध्यात्मिक बल की निर्विघ्न धारा शुरू की। उनका राष्ट्रवाद अंतरराष्ट्रीयतावाद से अधिक था, यह आध्यात्मिक सार्वभौमिकता थी, जैसा कि हम पहले भी कह चुके हैं। और इस आध्यात्मिक सार्वभौमिकता के केंद्र में भारत था। भारत के बहुसंख्यक हिंदू हैं और वे अपने आध्यात्मिक मिशन में विश्वास करते हैं।

ब्रिटिश सांसद, हेनरी डब्ल्यू नेविंसन ने, जो अपने खुले मन और खुली आँखों के साथ भारत में व्यापक रूप से यात्रा करते थे, और उनके मन ने सहानुभूतिपूर्वक जीवन के विभिन्न पहलुओं पर ध्यान दिया, उन्होंने पूरे भारत को समग्रता में देखा। कलकत्ता में श्रीअरविंद के साथ बातचीत की। वे फिर से भारतीय राष्ट्रीय कांग्रेस के प्रसिद्ध सत्र के दौरान सूरत में उनसे मिले। वे अपनी पुस्तक 'द न्यू स्प्रिट इन इंडिया' में लिखते हैं—"वे युवा व्यक्ति थे, मुझे अभी भी तीस से कम उम्र के बारे में सोचना चाहिए। गहरी काली आँखों ने उनके पतले, स्पष्ट-कटे चेहरे को गंभीरता से देखा, जो अचल लग रहा था, लेकिन आँकड़ा और असर अंग्रेजी स्नातक के थे।...उन्होंने बंगाल के विभाजन को भारत में राजनैतिक पूर्नजागरण हेतु सबसे बड़ा आशीर्वाद माना।

कोई भी अन्य उपाय राष्ट्रीय भावना को इतनी गहराई से नहीं भड़का सकता था या पिछले वर्षों की सुस्ती से अचानक इसे समाप्त कर सकता था। '1830 के बाद से,' उन्होंने कहा, 'प्रत्येक पीढ़ी ने हमें भेड़-बकरियों और फटे हुए बछड़ों की स्थिति में अधिक-से-अधिक छोटा कर दिया।' उन्होंने लंबे समय तक शांति को बनाए रखा; श्रीअरविंद घोष की बहुत विशेषता है...उनके लिए राष्ट्रवाद राजनीतिक वस्तु या भौतिक सुधार के साधन से कहीं अधिक था। उनके लिए यह महिमा की धुंध से घिरा हुआ था...तीव्रता, भाग्य या राय की परवाह किए बिना,...वे उनमें से एक थे, जिनसे सपने देखनेवाले बनते हैं, लेकिन सपने देखनेवाले लोग, जो अपने सपनों को निभाएँगे, साधनों के प्रति उदासीन रहते हुए।"

मदर इंडिया का प्यार और ईश्वर का प्यार अब श्रीअरविंद में हिलोरे मारकर बह रहा था, वे दिव्यता लिये अति उत्साही जुनून के साथ कार्य में

लगे रहते वे भौतिक दुनिया की इच्छा और उद्देश्य की पूर्ति में संलग्न नहीं हो गए। लेकिन यह देखना दिलचस्प है कि कैसे देशभक्ति के आग्रह ने उन्हें आध्यात्मिकता के लिए प्रेरित किया!

"...भारत का कार्य प्रकाश और नवीकरण के बारहमासी स्रोत के साथ दुनिया को आपूर्ति करना है। जब भी ऊर्जा का पहला खेल समाप्त होता है और पृथ्वी पुराने और थके रूप में बढ़ती है, भौतिकवाद से भरी, समस्याओं से भरी, जिसे वह हल नहीं कर सकती, तो भारत का कार्य युवाओं को मानव जाति को बहाल करने और अमरता का आश्वासन देना होता है। वह अपने शरीर से प्रकाश भेजता है, जो पृथ्वी और स्वर्ग में बाढ़ ला देता है और मानव जाति जीवन के कुएँ में सेंट जॉर्ज की तरह स्नान करती है, और आशा और पुनरावृत्ति करती है। अपने लंबे तीर्थ के लिए जीवन शक्ति। ऐसा समय अब हाथ में है। दुनिया को भारत की जरूरत है..."

महान् राष्ट्रवादी नेताओं में से एक, बाल गंगाधर तिलक, जो श्रीअरविंद को अच्छी तरह से जानते थे और उनकी मित्रता और सम्मान के आत्मविश्वास

श्री बाल गंगाधर तिलक के साथ श्रीअरविंद

का आनंद लेते थे, उन्होंने उनके बारे में केशरी में अपने संपादकीय टिप्पणियों में लिखा। उनके व्यक्तित्व से जुड़े उद्धरण निश्चित रूप से उनकी श्रेष्ठता सिद्ध करते हैं—"आत्म-त्याग, ज्ञान और ईमानदारी में श्रीअरविंद के बराबर कोई नहीं है...अगर कोई उन्हें देखता है, तो कोई यह नहीं सोचता कि यह श्रीअरविंद है... शरीर से इतना कमजोर तथा कपड़े और असर में इतनी सरल...यह है, सौम्य प्रोविडेंस का फैलाव कि श्रीअरविंद जैसे व्यक्तियों को राष्ट्रीय कार्य के लिए आकर्षित किया गया है...भारतीय सिविल सेवा परीक्षा में उनकी विफलता परोक्ष रूप से एक आशीर्वाद थी...उनका पांडित्य, सात्त्विक स्वभाव, धार्मिक मन और आत्म-बलिदान...वह पारलौकिक प्रेरणा, सात्त्विक बुद्धिमत्ता और अडिग निश्चय से लिखता है।"

लाजपत राय, जो उन्हें जानते थे तथा उनसे कलकत्ता में मिले थे और भारतीय राष्ट्रीय कांग्रेस के कुछ सत्रों में, उनकी पुस्तक 'यंग इंडिया' में उनके बारे में बोलते हैं, "...बौद्धिक कौशल में और विद्वत्तापूर्ण उपलब्धियों में वे शायद हर दृष्टि से श्रेष्ठ हैं, लेकिन सबसे पहले वे गहरे धार्मिक और आध्यात्मिक हैं। वे कृष्ण के उपासक हैं और उच्च कोटि के वेदांतवादी हैं"...जीवन और नैतिकता की उनकी धारणाएँ लालाजी को अत्यंत प्रभावित कर गई।

"उन्होंने भारत के ब्रिटिश वाणिज्यिक और औद्योगिक शोषण के बारे में विस्तार से वर्णन करते हुए 'देशेर कथा' नामक पुस्तक प्रकाशित की। इस पुस्तक का बंगाल में बहुत अधिक प्रभाव हुआ। इसने युवा बंगाल के मस्तिष्क पर कब्जा कर लिया और स्वदेशी आंदोलन की तैयारी में किसी दूसरी चीज से अधिक सहायता की। श्रीअरविंद ने खुद को हमेशा इस आर्थिक स्थिति को झकझोरने और भारतीय व्यापार व उद्योग के विकास को क्रांतिकारी प्रयास का आवश्यक सहवर्ती माना था।"

1904 में श्रीअरविंद को बड़ौदा कॉलेज का उप-प्राचार्य नियुक्त किया गया था और 1905 में उन्होंने इसके प्राचार्य के रूप में कार्य किया। अगर वे बड़ौदा कॉलेज में सेवा जारी रखते तो वे आसानी से वहाँ का सर्वोच्च पद—शैक्षिक या प्रशासनिक ग्रहण कर लेते। महाराजा ने उनका सम्मान किया तथा उनकी

बौद्धिक प्रतिभा और चहुँमुखी क्षमताओं के बारे में उनकी राय उच्च थी। वास्तव में वे उन्हें छोड़ने के लिए बिल्कुल तैयार नहीं थे।

भारत में विदेशी माया के प्रभाव

बड़ौदा कॉलेज में अपने काम के संबंध में उन्होंने एक बार अपने कुछ शिष्यों से टिप्पणी की—"…मैं प्रोफेसर के रूप में इतना कर्तव्यनिष्ठ नहीं था। मैं कभी नोट्स को नहीं देखता था और कभी-कभी मेरे स्पष्टीकरण उनके साथ बिल्कुल सहमत नहीं होते थे। जो मेरे लिए आश्चर्य की बात थी, वह यह थी कि विद्यार्थी हर चीज को शब्दाडंबर में उतारने और उन्हें खोदने के लिए इस्तेमाल करते थे। इंग्लैंड में ऐसा कभी नहीं हुआ होगा।

श्रीअरविंद देशवासियों को हमेशा से विदेशी दुषप्रभावों के प्रति सचेत करते रहते थे। वे अपने विद्यार्थियों को अजर-अमर भारतीय संस्कृति से प्रेरणा लेने के लिए प्रेरित करते थे, "हम भारत में विदेशी माया के प्रभाव में आ गए, जो पूरी तरह से हमारी आत्माओं पर छा गई थी। यह विदेशी शासन की माया थी, विदेशी सभ्यता, विदेशी लोगों की शक्तियाँ और क्षमताएँ, जो हमारे ऊपर शासन करने के लिए घटित होती हैं। ये इस तरह थीं, मानों बहुत सारी झोंपड़ियाँ, जो हमारे भौतिक, बौद्धिक और नैतिक जीवन को बंधन में डालती हैं। हम विदेशियों के

बड़ौदा कॉलेज, जहाँ श्रीअरविंद उप-प्राचार्य के रूप में कार्यरत रहे

साथ स्कूल गए, हमने विदेशियों को हमें सिखाने और अपने मन को उन सभी से दूर करने की अनुमति दी, जो हम में महान् और अच्छे थे। हमने खुद को अयोग्य माना। स्वशासन और राजनैतिक जीवन, हमने इंग्लैंड को अपने अनुकरणीय के रूप में देखा और उन्हें अपने उद्धारकर्ता के रूप में लिया। और यह सब माया और बंधन था''हमने उनकी मदद की, भारत में जो जीवन था, उन्हें नष्ट करने के लिए। हम उनकी पुलिस के संरक्षण में थे और अब हमें पता है कि उन्होंने हमें क्या सुरक्षा दी है! नहीं, हम खुद ही हमारे बंधन के यंत्र बन गए। हम बंगालियों ने विदेशियों की सेवाओं में प्रवेश किया। हम विदेशियों को लाए और उनका शासन स्थापित किया। गिरते-गिरते हम जैसे थे, हमें दूसरों की जरूरत थी कि वे हमारी रक्षा करें, हमें सिखाएँ भी और हमें खिलाएँ भी।[6]"

श्रीअरविंद अत्यंत प्रखर विद्वान् थे। उनके छात्र हमेशा उनकी विद्वत्ता से प्रभावित रहते। अपने संस्मरण में उनके छात्रों ने उनके उत्कृष्ट अध्यापन को बराबर स्मरण किया है, ऐसे ही उनके एक छात्र शंकर बलवंत ने उनकी अद्‍भुत अध्यापन शैली और मातृभूमि के समर्पण को याद करते हुए अपने पत्र में लिखा है—

श्रीअरविंद का वड़ोदरा में निवास

6. श्रीअरविंद के भाषण, पृष्ठ 99-100

"मैं 1906 में बी.ए. कक्षा में था। उस समय श्रीअरविंद हमें (अंग्रेजी के साथ जूनियर बी.ए. के छात्रों को अंग्रेजी के नोट्स) दे रहे थे। कॉलेज सुबह 11:00 बजे शुरू हुआ, लेकिन श्रीअरविंद बाबू ठीक 11:30 बजे आए, सीधे अपने कमरे में गए और पढ़ाना शुरू किया।...उनके पास कोई किताब या नोट्स नहीं थे, सबकुछ एक्सटंपोर था। यह प्रक्रिया डेढ़ घंटे तक चली। ये नोट्स अंग्रेजी साहित्य के अगस्तन एज पर थे।

"उसी वर्ष बंगाल में आंदोलन शुरू हुआ और उनका ध्यान इस ओर गया। वे छुट्टी पर चले गए और 'बंदेमातरम' पेपर की स्थापना हुई। हम कॉलेज रीडिंग-रूम में इसकी सदस्यता ले रहे थे। छुट्टी से लौटने के बाद हमने पूछा कि क्या वे दूर जा रहे हैं? उन्होंने नकारात्मक में उत्तर दिया, लेकिन यह निश्चित था कि वे जा रहे थे। इसलिए हमने उन्हें विदा करने के बारे में सोचा। प्रिंसिपल क्लार्क ने कॉलेज हॉल के उपयोग की अनुमति देने से इनकार कर दिया, इसलिए हमने एक तसवीर लेने का फैसला किया और विशद कला स्टूडियो में जलपान किया।"[7]

यह जुलाई 1906 का समय था। श्रीअरविंद ने बिना वेतन के अनिश्चितकालीन अवकाश ले लिया और बड़ौदा छोड़ दिया। वे अब बंगाल में थे। बड़ौदा में आत्म-निर्माण का शांतिपूर्ण जीवन समाप्त हो चला था तथा तूफान व तनाव का नया अध्याय शुरू हो गया था। बंगाल के विभाजन ने पूरे देश को जगा दिया था। राष्ट्रवाद अब पवित्र भावना या बौद्धिक आकांक्षा नहीं थी, बल्कि लोगों की आत्मा का अपरिवर्तनीय आग्रह बन गई थी। श्रीअरविंद ने पूरे बंगाल पर जादू कर दिया था।

□

7. कलेक्टेड वर्क्स ऑफ श्रीअरबिंदो (छात्र शंकर बलवंत के पत्र से)

4

श्रीअरविंद का राजनीतिक जीवन

बंगाल के विभाजन के विचार ने श्रीअरविंद के जीवन में मन मस्तिष्क में अजीब हलचल पैदा कर दी थी। श्रीअरविंद ने इसे भारतीय राजनीतिक पुनर्जागरण का बड़ा कारण बताया। श्रीअरविंद का मानना था कि कोई भी अन्य घटना राष्ट्रीय भावना को इतनी गहराई से नहीं भड़का सकती थी। सुप्त अवस्था में पड़े बेड़ियों में जकड़े भारतीय जनमानस को झकझोरने का बड़ा कार्य इस घटना ने किया। बंगाल के विभाजन के बारे में श्रीअरविंद ने कहा था—

"यह एक अजीब विचार है, एक मूर्खतापूर्ण विचार है...यह सोचने के लिए कि एक राष्ट्र जो एक बार जाग्रत् हो गया, एक बार भगवान् की आवाज से उठ गया हो, केवल शारीरिक दमन द्वारा रोक दिया जाएगा, ऐसा न तो किसी राष्ट्र के इतिहास में कभी हुआ है और न ही भारत के इतिहास में ऐसा होगा। आज हमारे ऊपर तूफान आ गया है। मैंने इसे आते देखा है। मैंने आँधी-विस्फोट एवं बारिश की हड़बड़ी को देखा, और जैसा कि मैंने देखा कि यह मेरे लिए एक विचार है। यह कौन सा तूफान है जो इतना शक्तिशाली है और हमारे ऊपर यह किस तरह का रोष है ?[8]"

अगर देखा जाए तो श्रीअरविंद की राजनैतिक गतिविधियों का केंद्र कलकत्ता ही रहा। जहाँ उनकी इग्लैंड यात्रा को उनके विद्यार्थी जीवन से जोड़ा जा सकता है, वहीं बड़ौदा प्रवास उनके शिक्षक रूप को उजागर करता है। कलकत्ता की राजनीति के पश्चात् उन्होंने पुडुचेरी में अध्यात्म की ऊँचाइयों को स्पर्श किया।

---

8. श्रीअरविंद के भाषणों से 99-100

एक जीवनी लेखक के अनुसार, श्रीअरविंद ने सबसे पहले कलकत्ता के कनिधर लेन में 'युगांतर' कार्यालय में काम किया। बंगाल नेशनल कॉलेज की

स्वधीनता आंदोलन को समर्पित युगांतर

शुरुआत अगस्त, 1906 में हुई थी। संभवत: 15 अगस्त को अपने जन्मदिन पर श्रीअरविंद कॉलेज में प्रथम प्राचार्य के रूप में शामिल हुए थे।

यहाँ स्वामी प्रत्यागत्मानंद का (उनका पूर्व-संन्यास नाम श्री प्रमथनाथ मुखोपाध्याय था) नेशनल कॉलेज में श्रीअरविंद के सान्निध्य को याद करते-करते बताते हैं—

बंगाल में श्रीअरविंद राजनीतिक पारी की शुरुआत

"एक दिन नेशनल कॉलेज के शिक्षकों की बैठक थी। श्रीअरविंद बनारस कांग्रेस सम्मेलन से लौटने के कुछ समय बाद छुट्टी लेकर बंगाल चले गए। वे जून, 1906 तक वहाँ रहे। कलकत्ता से वे बारिसल सम्मेलन में भाग लेने गए, जहाँ उन्होंने 'वंदे मातरम्' की राष्ट्रीय आवाज के विद्युतीकरण प्रभाव को देखा, फिर बंगाल के कस्बों और गाँवों से होते हुए उन्होंने ब्रिटिश राज की घोर अमानवीयता को देखा, जो देशभक्ति की भावना को कुचलने पर तुले हुए थे। इस क्रूर तथ्य ने उनकी दूरदर्शिता की पुष्टि की। इसने उनकी आध्यात्मिक शक्तियों का फव्वारा खोल दिया। उनकी आत्मा की अग्नि उनके देश और ब्रिटिश नौकरशाही पर समान रूप से बरसती थी, जो सुस्त दिल को शांत करती थी और पूर्व के उदासीन अंगों को नष्ट कर देती थी और दिमाग में ऊर्जा भर देती थी। उनकी कलम ने आग उगली। जहाँ श्रीअरविंद ने अपने देशवासियों में अंग्रेजों के खिलाफ रोष उत्पन्न करने में सफलता पाई, वहीं उन्होंने देशवासयों की उत्सुकता जाग्रत् कर उनके भीतर देश भक्ति का जज्बा उभारा। व्याकुल और अनावश्यक नौकरशाही की हताश त्रुटियों पर जोर देते हुए उन्होंने भारतियों के भीतर राष्ट्रवाद उत्पन्न किया।

बारिसाल से श्रीअरविंद अपनी क्रांतिकारी योजना और प्रांत की सामान्य राजनीतिक स्थिति की संभावनाओं का अध्ययन करने के लिए पूर्वी बंगाल के दौरे पर बिपिन पाल के साथ गए। अब यह महसूस किया गया कि हिंसक विद्रोह के विचार को लोकप्रिय बनाने के लिए एक शाखा की तत्काल आवश्यकता थी और इसलिए एक बंगाली अखबार, 'युगांतर' को शुरू किया गया था। यह बरिन की परियोजना थी, जिसे श्रीअरविंद द्वारा स्वीकृत किया गया था। यह खुले विद्रोह और ब्रिटिश शासन के पूर्ण खंडन को प्रचारित करना और छापामार युद्ध

के निर्देशवाले लेखों की शृंखला के रूप में ऐसी वस्तुओं को शामिल करना था। श्रीअरविंद ने स्वयं शुरुआती अंकों में कुछ लेख लिखे थे और उन्होंने हमेशा सामान्य नियंत्रण बनाए रखा।

श्रीअरविंद ने बाद में कहा, "मेरा विचार पूरे भारत में सशस्त्र क्रांति था। उस समय उन्होंने जो किया, वह बहुत ही बचकाना था, मजिस्ट्रेट वगैरह को मारना। बाद में यह आतंकवाद और डकैती में बदल गया, जो मेरे विचार और लक्ष्य में बिल्कुल नहीं था। बंगाल बहुत भावुक है, त्वरित परिणाम चाहता है और वर्षों के लंबे समय के माध्यम से तैयारी नहीं कर सकता।"

कुछ दिनों के लिए श्रीअरविंद वापस बड़ौदा आए। उनका मन बदल गया था। उन्हें लगा, बंगाल को उनकी जरूरत है। यह उनके राजनीतिक कार्य का क्षेत्र बनना था। उनका मार्ग उनके समक्ष स्पष्ट था—दु:ख और बलिदान के माध्यम से भारत माता की आराधना का मार्ग। अपेक्षित आह्वान बंगाल से आया। उन्हें कलकत्ता में नव-स्थापित बंगाल नेशनल कॉलेज की कमान सँभालने के लिए आमंत्रित किया गया था। उन्होंने फिर से छुट्टी ले ली, इस बार दिव्य माँ भवानी, जो सर्वोच्च शक्ति हैं, उसका आह्वान कर उसकी सृजन-शक्ति और विनाश की शक्ति के सहारे श्री अरबिंद ने विश्व के सबसे शक्तिशाली साम्राज्य से टक्कर ली।

राजनीति में प्रवेश

श्रीअरविंद के राजनीतिक विचारों और गतिविधियों के तीन पक्ष थे। सबसे पहले वह कार्यवाही थी, जिसके साथ उन्होंने गुप्त क्रांतिकारी प्रचार और संगठन शुरू किया था, जिसमें केंद्रीय वस्तु सशस्त्र विद्रोह की तैयारी थी। दूसरे, पूरे राष्ट्र को स्वतंत्रता के आदर्श में बदलने के लिए सार्वजनिक प्रचार था, जब उन्होंने राजनीति में प्रवेश किया तो भारतीयों के विशाल बहुमत द्वारा अलोकतांत्रिक और असंभव, लगभग पागल कल्पना के रूप में माना जाता था। यह सोचा गया था कि ब्रिटिश साम्राज्य बहुत शक्तिशाली था और भारत इस तरह के प्रयास की सफलता के सपने देखने के लिए बहुत कमजोर, प्रभावी रूप से निरस्त्र और नपुंसक था। तीसरा, सार्वजनिक और एकजुट विपक्ष को आगे

बढ़ाने तथा बढ़ते असहयोग एवं निष्क्रिय प्रतिरोध के माध्यम से विदेशी शासन को गौण करने के लिए लोगों का संगठन था। श्रीअरविंद इन क्रांतियों के पीछे दैवीय कारण मानते थे।

उनका हमेशा यह मानना रहा कि ईश्वर बुद्धि की इच्छा ही क्रांतियाँ लाती हैं और हम केवल उसका माध्यम मात्र हैं। दूसरे शब्दों में, अपना सर्वस्व अर्पित करने की प्रेरणा हम किसी सम्मान या किसी स्वार्थ के लिए देश के लिए काम नहीं करते। सच्चा देशभक्त वही है, जो देश के लिए जिए और देश के लिए मरे। सर्वस्व समर्पण ही देशभक्तों की पहचान है।

महाराजा के साथ कश्मीर दौरा बहुत खुशगवार साबित नहीं हुआ। महाराजा ने उनके महान् चरित्र, उनकी शांत और मर्मज्ञ बुद्धि तथा उनकी प्रतिभा, तेज और दक्षता के लिए उनका सम्मान किया और उनकी प्रशंसा की, लेकिन अकसर श्रीअरविंद ने समय की पाबंदी और नियमितता के अभ्यास की कमी महसूस की; और यह वह कमी थी, जिसके कारण 'दौरे के दौरान उनके बीच बहुत अधिक विरोध रहा।' अध्ययन और विश्राम के समय अतिक्रमण करना और दिन के सभी घंटों में या जब भी उन्हें बुलाया गया, महाराजा पर नृत्य की उपस्थिति को स्वीकार करना, श्रीअरविंद के स्वभाव में नहीं था।

सन् 1901 में श्रीअरविंद ने बंगाल जाकर भूपाल चंद्र बोस की बेटी श्रीमती मृणालिनी बोस से शादी की। बंगवासी कॉलेज, कलकत्ता के प्रिंसिपल गिरीश चंद्र बोस ने संपर्क के रूप में काम किया था। मृणालिनी देवी उस समय चौदह वर्ष की थीं और श्रीअरविंद उनतीस के थे। यह विवाह हिंदू संस्कारों के अनुसार किया गया और इस समारोह में महान् वैज्ञानिक सर जगदीश चंद्र बोस, भगवान सिन्हा, बैरिस्टर ब्योमकेश चक्रवर्ती आदि ने भाग लिया।

अपनी शादी के बाद श्रीअरविंद देवघर गए और वहाँ से वे, उनकी पत्नी और उनकी बहन उत्तराखंड में हिमालय के अत्यंत रमणीक पहाड़ी स्थल नैनीताल गए।

उनके विवाहित जीवन और उनकी पत्नी के साथ उनके संबंधों के बारे में बंगाली में लिखे गए उनके पत्रों से ज्यादा कोई खुलासा नहीं करता। इसके अलावा अपनी पत्नी के साथ किए गए व्यक्तिगत पत्राचार हेतु लिखे गए

ये पत्र श्रीअरविंद के विश्वास की पहली स्वीकारोक्ति है, उनकी आत्मा की बेचैन आकांक्षा का पहला मौखिक बयान है। यहाँ हम ईश्वर के लिए उनकी अनुभवहीन प्यास, उन्हें देखने की उनकी तीव्र उत्कंठा और उनके अनमनेपन को अपने हाथों में निर्दोष साधन मानने का संकल्प पाते हैं। हम महसूस करते हैं कि उनके उग्र राष्ट्रवाद की उछाल और चमक के पीछे आध्यात्मिक उद्देश्य की धधकती हुई आग थी। हम कुछ समझ पाते हैं कि उनका क्या मतलब है, बाद में, अपने उत्तरपाड़ा के भाषण में, उन्होंने कहा, "मैं बहुत पहले बड़ौदा में आया था, स्वदेशी आंदोलन शुरू होने से कुछ साल पहले और मैं सार्वजनिक क्षेत्र में तैयार किया गया था।" और फिर से, जब उन्होंने भाषण में ही कहा, "सनातन धर्म, यही राष्ट्रवाद है।" उनकी अद्भुत देशभक्ति उनकी आत्मा की आध्यात्मिक अग्नि की चिनगारी थी। वे भारत माता को इस तरह के स्वयंभू अर्घ्य से प्यार करते थे, क्योंकि उन्होंने दिव्य माँ को अपने पीछे देखा था; और दिव्य माँ के लिए प्यार उनमें निहित था, जो उनके हर तंतु में झलक रहा था। यह उनकी आत्मा का अति उत्साही जुनून था और यह दिव्य के लिए प्यार था—शुरुआत में यह बड़ौदा में अपने प्रवास के दूसरे वर्ष में, यानी 1894 में, श्रीअरविंद के पास एक और आध्यात्मिक अनुभव था, जो उसी अप्रत्याशित तरीके से मिला था, जैसा जब वे अपोलो बंदरगाह में आए थे। एक दिन, जब वे घोड़ागाड़ी में जा रहे थे, उन्होंने अचानक खुद को दुर्घटना के खतरे में पाया, लेकिन उन्हें उसी क्षण दैवीय शक्ति खतरे को कम करती दिखी। निश्चित रूप से पूर्ण शांति के पिछले अनुभव की तुलना में यह अधिक गतिशील अनुभव था और जिसने उन पर शक्तिशाली प्रभाव छोड़ दिया।

श्रीअरविंद ने पश्चिम से लौटने के बाद पहली बार 1894 में बंगाल का दौरा किया। श्रीअरविंद देवघर गए और अपने नाना राजनारायण बोस और अन्य रिश्तेदारों से मिले तथा कुछ दिनों के लिए उनके साथ रुक गए।

यह उच्च पदस्थ राष्ट्रभक्त, बंगाल के अग्रणी राष्ट्रवादी और धार्मिक व समाज सुधारक ऋषि राजनारायण बोस, तब देवघर के शांतिपूर्ण रिट्रीट में अपनी वृद्धावस्था गुजार रहे थे। श्रीअरविंद ने उनके साथ धनिष्ठ संबंध महसूस किया। 'राजनारायण बोस', ने जैसा कि बिपिनचंद्र पाल कहते हैं, देश की आजादी

के लिए श्रीअरविंद के साथ कंधे-से-कंधा मिलाकर काम किया है और वे आधुनिक बंगाल के निर्माताओं में से थे। उन्होंने सामाजिक और धार्मिक सुधारक के रूप में जीवन की शुरुआत की। बल्कि अनुसार यह केवल हिंदू धर्म की भावना नहीं थी, जो यूरोपीय ईसाइयत के हमले के खिलाफ उठती थी, लेकिन भारतीय संस्कृति और मानवता की पूरी भावना हर तरह के अनुचित प्रभाव और विदेशी प्रभुत्व के खिलाफ बचाव करने के लिए उठ खड़ी हुई।

वे श्रीअरविंद के नाना थे और श्रीअरविंद पर न केवल उनकी समृद्ध आध्यात्मिक प्रकृति, बल्कि उनकी माँ की ओर से उनकी विरासत में मिली बहुत बेहतर साहित्यिक क्षमता भी थी।

सरोजिनी ने अपने भाई के बारे में बताते हुए एक बार कहा था, "…बहुत ही नाजुक चेहरा, अंग्रेजी फैशन में काटे लंबे बालवाले ये बहुत ही शरमीले व्यक्ति थे।"[9]

श्री सी.सी. दत्तजी ने श्रीअरविंद की एकाग्रता एवं परिपूर्णता को याद करते लिखा—

"एक बार श्रीअरविंद गुजरात के शहर थाना आए थे, जहाँ मैं तैनात था। उस दिन भारी बारिश हो रही थी, क्योंकि हम कहीं आ-जा नहीं सकते थे, इसलिए समय बिताने के लिए हमने निशाना साधने का खेल शुरू किया। मेरी पत्नी ने प्रस्ताव रखा कि श्रीअरविंद को भी राइफल दी जानी चाहिए, ताकि वे भी कोशिश कर सकें, लेकिन श्रीअरविंद ने यह कहते हुए इनकार कर दिया कि उन्होंने कभी राइफल नहीं सँभाली है, लेकिन क्योंकि हमने जोर दिया, इसलिए वे मान गए। हमें केवल यह दिखाना था कि राइफल को कैसे पकड़ना है और कैसे निशाना लगाना है! लक्ष्य दस मीटर या बारह फीट की दूरी पर लटकाया गया माचिस का काला, छोटा सिरा था। श्रीअरविंद ने लक्ष्य लिया और देखो! पहले शॉट ने ही स्टिक को निशाना बना दिया! उसके बाद दूसरा और दूसरे के बाद तीसरा! इससे हमारी साँस अटक गई। मैंने अपने दोस्तों से टिप्पणी की—"अगर ऐसा कोई व्यक्ति सिद्ध (आध्यात्मिक रूप से परिपूर्ण) नहीं होगा तो कौन

9. motherandsriaurobindo.in

बनेगा—आप और मेरे जैसे लोग?"[10]

चारुदत्त ने अपनी पुस्तक में निम्नलिखित घटना को संदर्भित किया है—'एक बार कॉलेज से लौटने के बाद श्रीअरविंद ने उपन्यास उठाया, जो पास में ही पड़ा था और उसे पढ़ना शुरू कर दिया। चारुदत्त और उनके कुछ दोस्त शतरंज के खेल में व्यस्त थे और शोरगुल कर रहे थे। आधे घंटे के बाद उन्होंने पुस्तक नीचे रखी और चाय ली। उन्होंने अकसर उन्हें ऐसा करते हुए देखा था और इसलिए वे इस बात का परीक्षण करने के लिए बेसब्र थे कि क्या वे पुस्तकों को पूरा पढ़ते हैं या केवल कुछ पृष्ठ देखते हैं? उन्होंने तुरंत उनकी मौखिक परीक्षा लेने की ठानी। चारुदत्त ने पुस्तक को यादृच्छिक रूप से खोला और उनमें से एक पंक्ति पढ़ी और श्रीअरविंद को अगली कड़ी दोहराने के लिए कहा गया। श्रीअरविंद ने एक पल के लिए सोचा और फिर गलती के बिना पृष्ठ की सामग्री को दोहराया। यदि वे आधे घंटे में सौ पृष्ठ पढ़ सकते हैं तो क्या यह आश्चर्य की बात नहीं है कि वे अविश्वसनीय रूप से कम समय में पुस्तकों के ढेर से गुजर सकते थे?

अपनी आँखों के बारे में बड़ौदा कॉलेज के अंग्रेजी प्राचार्य ने सी.आर. रेड्डी (जो बाद में आंध्र विश्वविद्यालय के कुलपति थे) से कहा, "तो आप श्रीअरविंद घोष से मिले हैं? क्या आपने उनकी आँखों पर ध्यान दिया है? उनमें रहस्यपूर्ण अग्नि और प्रकाश है। उनमें परे में घुसने की क्षमता है।" उन्होंने कहा, "अगर जॉन ऑफ आर्क ने स्वर्गीय आवाजें सुनीं तो श्रीअरविंद शायद स्वर्गीय दर्शन करते हैं।" उनके कमरों के कोनों में किताबों के रैकों में पुस्तकें बिखरी थीं। उनके स्टील के ट्रंक इनसे भर गए थे। होमर का इलियट, दांते की कॉमेडी, हमारी रामायण, महाभारत, कालिदास भी उन पुस्तकों में थीं। वे रूसी साहित्य के बहुत शौकीन थे।

इस अवधि के दौरान श्रीअरविंद ने श्री रामकृष्ण की शिक्षा और विवेकानंद के भाषणों तथा लेखन शैली का अध्ययन किया। वह श्री रामकृष्ण के सबसे अधिक प्रशंसक थे और उनका अत्यधिक आदर करते थे।

श्रीअरविंद ने रामायण और महाभारत के कुछ अंश, कालिदास के कुछ

---

10. पूर्ण कथा उपसंहार पृष्ठ 244

नाटक, भर्तृहरि के नीतिशतक, विद्यापति और चंडीदास आदि की कुछ कविताओं का अंग्रेजी में अनुवाद भी किया। एक बार जब जाने-माने विद्वान् और विचारक आर.सी. दत्त महाराजा के निमंत्रण पर बड़ौदा आए तो उन्हें किसी तरह श्रीअरविंद के अनुवादों के बारे में पता चला और उन्होंने उन्हें देखने की इच्छा व्यक्त की। श्रीअरविंद ने उन्हें दिखाया (हालाँकि अनिच्छा से, क्योंकि वे स्वभाव से शरमीले थे और खुद के बारे में मौन रहनेवाले थे) और दत्त उनकी उच्च गुणवत्ता से इतने प्रभावित हुए थे कि उन्होंने श्रीअरविंद से कहा, "अगर मैंने रामायण और महाभारत के आपके अनुवाद पहले देख लिये होते तो मैं अपने ग्रंथ प्रकाशित नहीं करता। आपके शानदार अनुवादों के माध्यम से मैं अब बहुत अच्छी तरह से देख सकता हूँ कि मेरा काम बच्चों के स्तर का साधारण ही है।

श्रीअरविंद ने अपने बड़ौदा प्रवास के दौरान कई अंग्रेजी कविताएँ लिखीं और कुछ की शुरुआत भी की, जो उन्होंने बाद में समाप्त कीं। उन्होंने अपने महान् महाकाव्य 'सावित्री' का सबसे पहला मसौदा तैयार किया। उनकी कविताओं की पहली पुस्तक 'सॉन्ग टू म्यर्टिला' और अन्य कविताएँ, निजी वितरण के लिए वहाँ प्रकाशित हुईं। इसमें उनकी किशोरावस्था में इंग्लैंड में लिखी गई कई कविताएँ और पाँच बड़ौदा में लिखी गई कविताएँ थीं। लंबी कविता 'उर्वशी' भी बड़ौदा में लिखी गई थी और निजी वितरण के लिए प्रकाशित की गई थी। 'लव एंड डेथ' लंबी कविता और नाटक 'पर्सियस द डिलीवर' भी बड़ौदा काल की हैं।

राजनीतिक क्षेत्र में श्रीअरविंद के मित्र और साथी-कार्यकर्ता, चारुचंद्र दत्त, आई.सी.एस. ऐसी घटना बताते हैं, जो श्रीअरविंद की एकाग्रता की शक्ति को दरशाती है। वे अपने आत्म-संयम और आत्म-नियंत्रण के कारण अत्यधिक मानसिक श्रम के बावजूद पूरी तरह से फिट रहते थे। वे अपने स्वास्थ्य का अच्छा खयाल रखते थे। हर शाम एक घंटे तक वे तेज कदमों से अपने घर के बरामदे में ऊपर-नीचे चलते थे। वे संगीत के शौकीन थे, लेकिन वे गाना या कोई वाद्ययंत्र बजाना नहीं जानते थे।

"महाराजा श्रीअरविंद को अच्छी तरह जानते थे। वे उनकी महत्ता जानते थे और उन्हें अत्यधिक महत्त्व देते थे। वे अच्छी तरह से जानते थे कि हालाँकि

उनके बड़े कार्यालयों में कई मोटे-मोटे आदमी थे, जो महीने में दो से तीन हजार रुपए तक कमाते थे, लेकिन कोई दूसरा श्रीअरविंद नहीं था। मुझे आश्चर्य होगा, अगर भारत में और कोई महाराजा हो, जो दूसरों के गुणों की इतनी सराहना करता हो! श्रीअरविंद के बारे में उनकी राय ऊँची थी। एक बार उन्होंने मुझसे कहा, "वर्तमान महाराजा बड़े साम्राज्य पर शासन करने में सक्षम हैं। राजनेता के रूप में पूरे भारत में उनका कोई सानी नहीं है।"

श्रीअरविंद हमेशा सुख और दर्द, समृद्धि और प्रतिकूलता, प्रशंसा और दोष के प्रति उदासीन थे। उन्होंने अविचलित भाव के साथ सभी कठिनाइयों को सहन किया, हमेशा महान् सुसमाचार को याद करते हुए 'ऐसा तू, हे भगवान्, मेरे दिल में बैठा, मुझे नियुक्त करता है, इसलिए मैं कार्य करता हूँ', और ऐसा कहकर अपने आराध्य देवता के चिंतन में लीन रहते थे। जो आग किसी अन्य आदमी को राख के रूप में भस्म करती है, उन्होंने उसी आग को केवल अपने अहं को जलाकर पहले से और अधिक उज्ज्वल बनाने का काम किया।

श्रीअरविंद अपनी कुरसी-मेज पर बैठ जाते और सुबह एक बजे तक तेल के दीपक की रोशनी में पढ़ते रहते। वे मच्छरों के असहनीय दंश की परवाह भी नहीं करते। मैंने देखा कि वे अंत तक घंटों उसी मुद्रा में बैठे रहते, उनकी नजरें अपनी पुस्तक पर टिकी रहतीं, जैसे योगी दिव्य चिंतन में डूबा हो और जो कुछ भी हो रहा था, उनसे बाहर हो रहा था। अगर घर में आग लग गई होती तो भी वे अपनी एकाग्रता नहीं तोड़ सकते थे। इस प्रकार वे आधी रात तक यूरोप की विभिन्न भाषाओं की कविता, कथा, इतिहास, दर्शन आदि की पुस्तकें पढ़ते रहते, जिनकी संख्या शायद ही कोई बता सके। उनके अध्ययन में विभिन्न भाषाओं में विभिन्न विषयों पर पुस्तकों के ढेर थे—फ्रेंच, जर्मन, रूसी, अंग्रेजी, ग्रीक, लैटिन आदि, जिनके बारे में मुझे कुछ भी नहीं पता था। चौसर से लेकर स्विनबर्न तक सभी अंग्रेजी कवियों की काव्य कृतियाँ भी उनमें थीं। अनगिनत अंग्रेजी उपन्यास उनकी किताबों उनकी अंग्रेजी कविताएँ मधुर और सरल थीं, उनका वर्णन आकर्षक और अतिरंजन से रहित था। उनके पास अभिव्यक्ति की असामान्य सुविधा थी और उन्होंने कभी एक शब्द का भी दुरुपयोग नहीं किया। उन्होंने अपनी कविताएँ ग्रे-ग्रेनाइट पेपर पर लिखीं और उन्होंने जो कुछ भी

लिखा, उसे शायद ही कभी सुधारा। रचना से ठीक पहले का क्षण और कविता उनकी कलम से एक धारा की तरह बहती थी। मैंने उन्हें कभी अपना आपा खोते हुए नहीं देखा। कोई भी जुनून कभी नहीं देखा। बिना आत्म-संस्कृति के स्वयं पर, स्वयं की इंद्रियों पर नियंत्रण रखना संभव नहीं है।

उन्होंने वाल्मीकि को व्यास के ऊपर स्थान दिया। उन्होंने वाल्मीकि को दुनिया के सबसे महान् महाकाव्य के कवि के रूप में माना। उन्होंने एक बार कहा था, "मुझे दांते की काव्य प्रतिभा ने मोहित किया है और मैंने होमर की इलियट का आनंद लिया है, वे यूरोपीय साहित्य में अतुलनीय हैं, लेकिन कविता की गुणवत्ता में वाल्मीकि सर्वोच्च है। दुनिया में कोई दूसरा महाकाव्य नहीं है, जो वाल्मीकि की रामायण के साथ तुलना कर सके।"[11]

श्रीअरविंद अपने दोपहर के भोजन के दौरान समाचार-पत्र पढ़ा करते थे। मराठी भोजन उनके स्वाद के अनुरूप नहीं था, लेकिन श्रीअरविंद को इसकी आदत थी। कभी-कभी खाना इतना खराब होता था कि मैं शायद ही इसे खा पाता था, लेकिन वे बहुत स्वाभाविक रूप से उस भोजन को कर लेते थे। मैंने उन्हें कभी भी रसोइए के प्रति कुछ कहते हुए नहीं सुना। वे बंगाली भोजन विशेष रूप से पसंद करते थे। वे बहुत कम मात्रा में भोजन लिया करते थे।

श्रीअरविंद ने कभी पैसे की परवाह नहीं की, जब मैं बड़ौदा में था, तब उन्हें मोटी तनख्वाह मिल रही थी। वे अकेले थे, वे न तो कोई विलासिता जानते थे, न ही फिजूलखर्ची, लेकिन हर महीने के अंत में उनके लॉकर में कुछ नहीं बचता था।

"बात करते समय श्रीअरविंद दिल से हँसते थे, खुद को कष्ट देने की आदत उनमें नहीं थी। मैंने कभी राजा के दरबार में जाते हुए भी उन्हें अपने साधारण कपड़े बदलते नहीं देखा। महँगे जूते, शर्ट, टाई, कॉलर, फलालैन, लिनन, विभिन्न प्रकार के कोट, टोपी और कैप—उनके पास इनमें से कुछ भी नहीं था। मैंने कभी उन्हें टोपी का इस्तेमाल करते नहीं देखा··।"[12]

उनकी पोशाक की तरह, उनका बिस्तर भी बहुत साधारण और सरल होता था। उनके द्वारा उपयोग किया जानेवाला लोहे का बेडस्टेड ऐसा था कि छोटा

11. अरविंदों : द फ्यूचर पोयट्री खंड-9, पेज 523

12. searchforlight.org

क्लर्क भी उस पर सोने मना कर दे। वे मोटा और नरम बिस्तर इस्तेमाल नहीं करते थे। बड़ौदा रेगिस्तान के पास था। गरमियाँ और सर्दियाँ दोनों वहाँ प्रचंड होती हैं, लेकिन जनवरी की ठंड में भी, श्रीअरविंद कभी रजाई का इस्तेमाल नहीं करते थे—सस्ता, साधारण टाट ही उनकी सेवा करता था, वे मुझे आत्म-परित्याग करने वाला संन्यासी (वैरागी) से अधिक कुछ भी नहीं दिखते थे। आत्म-अनुशासन में कठोर और दूसरों की पीड़ा के प्रति संवेदनशील। उनके जीवन का एकमात्र मिशन ज्ञान का अधिग्रहण प्रतीत होता है और उस मिशन की पूर्ति के लिए उन्होंने कठोर आत्म-संस्कृति का अभ्यास किया। यहाँ तक कि सक्रिय सांसारिक जीवन के दिनों और हलचल के बीच भी।

मैंने कभी किसी में पठन-पाठन के प्रति इतना अनुराग नहीं देखा। कविता पढ़ने और लिखने के लिए देर तक जागने की अपनी आदत के कारण श्रीअरविंद सुबह थोड़ा देर से उठते थे। उन्होंने विविध विषयों पर अंग्रेजी कविता लिखी थीं। उनकी अंग्रेजी भाषा पर असाधारण पकड़ थी ।

गुजरात में अपनी यात्रा के दौरान उन्होंने अपने साथ कोई बिस्तर नहीं रखा। वे रेलवे की गाड़ी के नंगे तख्त पर सोते थे और अपनी बाँह को तकिए की तरह इस्तेमाल करते थे।

वर्ष 1904 में श्रीअरविंद चारु चंद्र दत्त आई.सी.एस. से मिले, जो बॉम्बे प्रेसीडेंसी में थाणे में जिला न्यायाधीश थे। यह चारु चंद्रा का घर ही था, जहाँ उन्होंने सबसे पहले चारु चंद्रा के बहनोई सुबोध मलिक से मुलाकात की, जो उनके सबसे वफादार दोस्तों में से एक थे और महान् राजनीतिक तथा वित्तीय समर्थक बननेवाले थे। सुबोध मलिक के एक लाख रुपए के योगदान ने कलकत्ता में बंगाल नेशनल कॉलेज की स्थापना में मदद की। उन्होंने (योगदान के समय) निर्धारित किया था कि श्रीअरविंद को कॉलेज में प्रतिमाह 150 रुपए के वेतन के साथ प्रोफेसर का पद दिया जाना चाहिए; और इससे श्रीअरविंद को बड़ौदा सेवा में अपने पद से इस्तीफा देने, बंगाल जाने और कॉलेज के प्राचार्य के रूप में शामिल होने का मौका मिला। यह राजनीतिक आंदोलन में डुबकी लगाने और इसके लिए पूरे आत्म-समर्पण के लिए प्रस्ताव था। सुबोध मलिक ने कुछ गुप्त समितियों को चलाने में भी महत्त्वपूर्ण योगदान किया।

"श्रीअरविंद ने अपने क्रांतिकारी कार्य को एक प्रकार की गतिविधि के दायरे में शामिल किया, जो बाद में राष्ट्रवादी पार्टी के सार्वजनिक कार्यक्रम में महत्त्वपूर्ण तथ्य बन गई। उन्होंने स्वदेशी विचार के प्रचार के लिए केंद्रों में युवकों को काम के लिए प्रोत्साहित किया, जो उस समय केवल अपनी शैशवावस्था में थे और उनमें शायद ही एक-दो लोग होते थे। इन क्रांतिकारी समूहों में से एक में रहनेवाले पुरुषों में सखाराम गणेश देउस्कर नाम के महारथी थे, जो बंगाली में सक्षम लेखक थे और जिन्होंने बंगाली में शिवाजी का लोकप्रिय जीवनवृत्त लिखा था, जिसे वे पहले स्वराज के नाम पर लाए थे, बाद में इसे राष्ट्रवादियों द्वारा स्वतंत्रता के लिए अपने शब्द के रूप में अपनाया लिया।"

प्रतिभा और राष्ट्रगान, 'वंदे मातरम्' के लेखक थे। 1902 की अवधि के बारे में बताते हुए श्रीअरविंद ने कहा, "मुझे कई क्रांतिकारियों के छोटे दल मिले, जो हाल ही में अस्तित्व में आए थे, लेकिन सभी एक-दूसरे के संदर्भ के बिना बिखरे हुए कार्य कर रहे थे। मैंने बंगाल में क्रांति के नेता और पाँच व्यक्तियों की परिषद् के रूप में बैरिस्टर प्रमथ नाथ मित्रा के साथ एक संगठन के तहत उन्हें एकजुट करने की कोशिश की, उनमें से एक निवेदिता थीं।"[13]

इस वर्ष श्रीअरविंद छुट्टी के दौरान बंगाल के मिदनापुर गए। उनके साथ बरिन और जतिन बनर्जी थे। यात्रा बंगाल में अनुमानित छह केंद्रों के आयोजन के लिए थी। जब वे कलकत्ता लौटे तो उन्होंने प्रमथ नाथ मित्रा को क्रांतिकारी दल की शपथ दिलाई। वे क्रांतिकारी कार्य के लिए छुट्टियों के दौरान बंगाल जाते थे। इस प्रकार उन्होंने खुलना, डक्का, मिदनापुर आदि का दौरा किया। इन केंद्रों में लाठी-खेल, मुक्केबाजी, साइकिल चलाना, घुड़सवारी, लक्ष्य-शूटिंग आदि का नियमित रूप से प्रशिक्षण होता था। मैजिनी, गैरीबाल्डी और अन्य क्रांतिकारियों के जीवन को बड़ी रुचि के साथ, क्रांतियों के इतिहास के साथ पढ़ा जाता था और सभी प्रशिक्षण गीता के अध्ययन से इसकी रचनात्मक गतिशीलता से जुड़े और व्युत्पन्न थे, जो निस्स्वार्थ काम और बलिदान की भावना को विकसित करता है। यह ध्यान दिया जाना चाहिए कि पहले दर्जे के अधिकांश नेता उन्नत

---

13. मिस मार्गरेट एलिजाबेथ नोबल, जो स्वामी विवेकानंद की शिष्या थीं और जिन्होंने भारत को अपना घर बना लिया था

योगियों के शिष्य थे और उन्होंने पवित्रता और तपस्या की तथा आध्यात्मिक जीवन जिया। यह आध्यात्मिक उत्थान बंगाल के क्रांतिकारियों के जीवन की विशिष्ट विशेषता थी। देशभक्ति उनके लिए आध्यात्मिक कर्तव्य था, माता की आत्म-अस्वीकार आराधना और यह सामान्य ज्ञान था कि इस आध्यात्मिक देशभक्ति अभिविन्यास के पीछे मुख्य प्रेरणा और गति श्रीअरविंद थे।

सन् 1903 में श्रीअरविंद ने एक महीने की छुट्टी ली और बंगाल चले गए। प्रमुख राजनीतिक कार्यकर्ताओं में से कुछ के बीच मतभेदों को दूर करने के लिए उनकी उपस्थिति की आवश्यकता थी, लेकिन उन्हें जल्द ही महाराजा द्वारा वापस बुला लिया गया, जो चाहते थे कि वे उनके निजी सचिव के रूप में कश्मीर दौरे पर उनके साथ जाएँ।

कश्मीर में श्रीअरविंद को अपने जीवन का तीसरा आध्यात्मिक अनुभव हुआ, जो पहले दो की तरह अप्रत्याशित और अनाहूत था, लेकिन निश्चित दृष्टिकोण से बहुत महत्त्व का था।

वे इसके बारे में कहते हैं—"कश्मीर में तख्त-ए-सुलेमान के रिज पर चलते समय रिक्त अनंत का अहसास हुआ।"

राष्ट्रीयता की प्रबल भावना से ओत-प्रोत उनका मन-मस्तिष्क सदैव अजर-अमर भारतीय संस्कृति के गौरवशाली अध्याय को आधुनिक ज्ञान-विज्ञान से जोड़ने की कोशिश में लगा रहता। लोगों के आत्मिक उत्थान के लिए वे कृतसंकल्पित थे। आत्मिक उत्थान की पूर्व शर्त के रूप में वे राजनीतिक स्वतंत्रता चाहते थे, इसीलिए उन्होंने लिखा कि सबको जाग्रत् करना होगा और इसके लिए संघर्ष जरूरी है।

"मैंने राजनीतिक कार्यवाही में प्रवेश किया और इसे 1905 से 1910 तक जारी रखा, एक और अकेले उद्देश्य के साथ—लोगों के दिमाग में जाने के लिए स्वतंत्र इच्छा और इसे प्राप्त करने के लिए संघर्ष की आवश्यकता है, निरर्थक परिवेश के तरीके, कांग्रेस के तरीके तब तक प्रचलित है।"

—5 जनवरी, 1920 को श्रीअरविंद के बैरिस्टर जोसेफ बैप्टिस्टा के पत्र से।

श्रीअरविंद अगर भारत में 'सर्वहारा वर्ग के उत्थान और ज्ञान' का प्रचार

करनेवाले सर्वप्रथम न सही, रूसी क्रांति के दूतों द्वारा पूरे यूरोप में प्रचलित होने से बहुत पहले इस विचार की कल्पना और प्रचार करनेवाले आरंभिक लोगों में से एक थे। रूसी क्रांति द्वारा आर्थिक रूप से पिछड़ों के आर्थिक कल्याण की सामग्री को पूरे यूरोप में प्रचलित किया गया। श्रीअरविंद समाज के हर वर्ग चाहे सर्वहारा हो, अभिजात हो, यहाँ तक कि वे ब्राह्मणत्व के उत्थान के लिए संकल्पित थे। आध्यात्मिक राष्ट्रवाद का उनका प्रचार, यदि इस दृष्टिकोण से देखा जाए तो इसका वास्तविक उद्देश्य पता चलता है—

प्रजाति के आध्यात्मिक पुनर्निर्माण के लिए पहले अपरिहार्य आधार के रूप में राजनीतिक स्वतंत्रता की प्राप्ति। उनके दिल ने गरीबी और विद्रूपता को दूर करने के लिए सर्वहारा वर्ग को देखने का प्रयास किया और गुलामी की किसी भी भावना को दूर किया, जिसमें वे रहते थे। वे चाहते थे कि उन्हें उन्नत और प्रबुद्ध किया जाए, ताकि वे संभावित शक्ति, दिव्य अग्नि प्रकट कर सकें, जो उनके भीतर दफन है और यह राष्ट्रीय स्वतंत्रता के लिए श्रमिकों की ओर से पीड़ा तथा आत्म-बलिदान के बारे में उनका आग्रह भी स्पष्ट करता है, क्योंकि इस पीड़ा और आत्म-बलिदान के माध्यम से ही मनुष्य अपने दिव्य मर्दानगी को प्राप्त करता है। "काम करें कि वह (भारत माता) समृद्ध हो सकें।"

—"*श्रीअरविंद के भाषणों में से*"।

जब श्रीअरविंद ने अधूरी राजनीतिक शृंखला, 'न्यू लैंपस फॉर ओल्ड' को छोड़ दिया तो इंदु प्रकाश के उसी पत्र में उन्होंने बंकिमचंद्र चटर्जी की आलोचनात्मक प्रशंसा का संक्षिप्त क्रम शुरू किया, जो बंगाली साहित्य के बड़े हस्ताक्षर थे। श्रीअरविंद दूसरों के लिए आध्यात्मिक अनुभव के द्वार खोलना चाहते थे, क्योंकि उनका मानना था कि इसी में मानव मात्र का कल्याण निहित है कि इसीलिए उन्होंने लिखा—

"मुझे किसी भी धन्य स्थान पर अपना नाम रखने के बारे में रत्ती भर भी की परवाह नहीं है। मैं अपने राजनीतिक दिनों में भी कभी भी प्रसिद्धि के बारे में उत्साही नहीं था—मैंने परदे के पीछे रहना पसंद किया, लोगों को बिना जाने उन्हें आगे बढ़ाया और काम करवाया।"

श्रीअरविंद ने बड़ौदा आगमन के छह महीने बाद 'इंदुप्रकाश' में, सामान्य शीर्षक 'न्यू लैंपस टू ओल्ड' के तहत राजनीतिक लेखों की शृंखला में योगदान करना शुरू किया, जो उनके कैंब्रिज के दोस्त के.जी. देशानंद द्वारा बंबई में संपादित साप्ताहिक पत्र था। "वे देशपांडे की प्रेरणा से शुरू हुए, लेकिन पहले दो लेखों ने सनसनी मचा दी और रानाडे तथा अन्य कांग्रेस नेताओं को भयभीत कर दिया। रानाडे ने पत्र के मालिक को चेतावनी दी कि अगर यह चलता रहा तो उन पर राजद्रोह का मुकदमा जरूर चलाया जाएगा। तदनुसार शृंखला की मूल योजना को मालिक के कहने पर छोड़ना पड़ा। देशपांडे ने श्रीअरविंद से संशोधित स्वर में जारी रहने का अनुरोध किया और उन्होंने अनिच्छा से सहमति व्यक्त की, लेकिन कोई दिलचस्पी नहीं ली और उनके लेख लंबे अंतराल पर प्रकाशित हुए और अंत में पूरी तरह से बंद हो गए।

श्रीअरविंद, बड़ौदा कॉलेज संघ के अध्यक्ष थे और बड़ौदा छोड़ने तक इसकी कुछ बहसों की अध्यक्षता करते रहे। उनके भाषण बहुत प्रेरक हुआ करते थे। उन्हें महल में कभी-कभार होनेवाले समारोहों में व्याख्यान देने भी जाना होता था, लेकिन जब तक वे राज्य सेवा में थे, उन्होंने अपने भाषणों में राजनीति का परिचय देने से परहेज किया। वे उन युवा छात्रों को भी संबोधित करते थे, जिन्होंने उनकी प्रेरणा से 'युवा पुरुष संघ' (तरुण संघ) का गठन किया था।

"यूरोपीय जीवन और संस्कृति ने जो भी विनाशकारी प्रभाव दिया था, उसने तीन आवश्यक आवेगों को जन्म दिया। यह निष्क्रिय बौद्धिक और महत्त्वपूर्ण आवेग को पुनर्जीवित करता है। इसने जीवन का पुनर्वास किया और नई रचना की इच्छा को जगाया; इसने पुनर्जीवित भारतीय भावना को सामने रखा। उपन्यास की परिस्थितियों और आदर्शों और उन्हें समझने, आत्मसात् करने और उन्हें जीतने की तत्काल आवश्यकता के साथ सामना करने के लिए।

जब उन बाधाओं को दूर किया जाए। हमारे लंबे इतिहास में हमारी प्रजाति की जो कोशिश रही है, वह अब पूरी तरह से नई परिधि में आ जाएगी। उत्सुक पर्यवेक्षक इसकी सफलता की भविष्यवाणी करेगा, क्योंकि एकमात्र महत्त्वपूर्ण बाधाएँ हटा दी गई हैं या हटाए जाने की प्रक्रिया में हैं, लेकिन हम आगे बढ़ते हैं और मानते हैं कि यह सफल होना निश्चित है, क्योंकि भारत की स्वतंत्रता, एकता

और महानता अब दुनिया के लिए आवश्यक हो गई है··· ।[14]

'द आइडियल ऑफ द कर्मयोगिन', में वे कहते हैं—

"जीवन का शक्तिशाली कानून है, मानव विकास का बड़ा सिद्धांत, आध्यात्मिक ज्ञान और अनुभव का शरीर, जिसके लिए भारत को हमेशा संरक्षक, अनुकरणीय और मिशनरी होना चाहिए। यह सनातन धर्म आंतरिक धर्म है। विदेशी प्रभावों के तनाव के अंतर्गत, यह काफी हद तक उस धर्म की संरचना से नहीं, बल्कि अपनी सजीव वास्तविकता के कारण खो गया है। भारत के धर्म के लिए कुछ भी नहीं है, अगर इसे जिया नहीं जाता। इसे न केवल जीवन पर, बल्कि पूरे जीवन पर लागू किया जाना चाहिए। जीवन में इसकी आत्मा को हमारे समाज, हमारी राजनीति, हमारे साहित्य, हमारे विज्ञान, हमारे व्यक्तिगत चरित्र, स्नेह और आकांक्षा में प्रवेश करना होगा। इस धर्म के दिल को समझने के लिए, इसे सच्चाई के रूप में अनुभव करने के लिए, उच्च भावनाएँ महसूस करने के लिए, जो इसे जन्म देती हैं और इसे जीवन में व्यक्त करने और निष्पादित करने के लिए, जिसे हम कर्मयोग द्वारा समझते हैं। हम मानते हैं कि यह योग को मानव जीवन का आदर्श बनाना है, जिसे भारत आज बढ़ाता है; योग द्वारा उसे अपनी स्वतंत्रता का अहसास करने की शक्ति मिलेगी एकता और महानता द्वारा; योग इसे बनाए रखने की ताकत रखेगा। यह आध्यात्मिक क्रांति है, जिसकी हम उम्मीद करते हैं और भौतिकता केवल इसकी छाया है।"

बड़ौदा से 30 अगस्त, 1905 को अपनी पत्नी को अपने पहले पत्र में श्रीअरविंद लिखते हैं—"हिंदू धर्म यह घोषणा करता है कि रास्ता व्यक्ति के शरीर और दिमाग में होता है और इसने कुछ नियम निर्धारित किए हैं, जिनका रास्ते के लिए पालन करना होगा। मैंने इन नियमों का पालन करना शुरू कर दिया है और महीने के अभ्यास ने मुझे इस सच्चाई का अहसास करने के लिए प्रेरित किया है कि हिंदू धर्म क्या सिखाता है ? मैं पहले से ही उन सभी संकेतों और लक्षणों का अनुभव कर रहा हूँ, जिनके बारे में यह बोलता है—

"यह आपका भला करनेवाला पति है, जो उस आदमी और सैकड़ों अन्य लोगों को रास्ते पर ले आया है, यह अच्छा हो या बुरा और आगे भी हजारों लोगों

14. 'रेनेसेंस इन इंडिया' खंड-20, पृष्ठ 3-39

का नेतृत्व करेगा। मैं यह मानने का प्रयास नहीं करता कि मेरे जीवन के समय में तृप्ति आएगी, लेकिन यह आएगी।"

श्रीअरविंद के जीवन का तीन प्रमुख चरणों में हावी था। आध्यात्मिक देशभक्ति का पंथ पहला चरण था; दूसरे चरण में ईश्वर को समग्र समर्पण की इच्छा और तीसरे चरण में दिव्य शक्ति का बोध और अभिव्यक्ति।

यदि श्रीअरविंद भारत की राजनीतिक स्वतंत्रता के प्यासे थे तो यह इसलिए, क्योंकि वे भारत की प्राचीन आध्यात्मिकता को फिर से संपूर्ण विश्व में ले जाकर भारत को विश्व शक्ति बनाना चाहते थे। पहले से कहीं अधिक व्यापक रूप से तत्त्व प्रधान की दुनिया में, वह आदमी के जीवन में पूर्णता को समृद्ध कर कई रंगोंवाली टेपेस्ट्री बुनना चाहते थे। वे जानते थे कि भारत की सबसे बड़ी शक्ति आध्यात्मिकता है और इसके बगैर वह कुछ भी नहीं है।

उसकी आध्यात्मिकता उसके पूरे अस्तित्व पर व्याप्त होती है और जहाँ तक हमारे सांसारिक अस्तित्व का संबंध है, यह आध्यात्मिकता जब तक हम जीवन में नहीं उतारेंगे, तब तक हम कुछ नहीं है और वे यह भी जानते थे कि भारत ही सबसे अधिक पौरुष और गतिशील आध्यात्मिकता की भूमि है; यह वह भूमि है, जहाँ अपनी संस्कृति के सरंक्षण-संवर्धन हेतु, प्रत्येक क्रिया को संस्कार मानकर और सर्वोच्च के लिए अपना सर्वस्व अर्पण करनेवालों की कमी नहीं। श्रीअरविंद ऐसे ही कर्मयोगी थे, जिनका पूरा प्रयास भारत को दोबारा अपनी धर्म-अध्यात्म की जड़ों से जोड़ने पर केंद्रित था। राजनीति ने उन्हें प्राचीन राष्ट्र को अपनी अंतर्निहित आध्यात्मिक क्षमता के सम्मोहक अर्थ में संसार में अपनी सही जगह पाने के लिए निरंतर प्रयास करने का पहला साधन प्रदान किया। अपनी राजनीति के उद्देश्यों और प्रभावों पर विश्वास करते हुए श्रीअरविंद अपनी 'द आइडियल ऑफ द कर्मयोगिन' में कहते हैं—

"दुनिया की नजरों के सामने आज भारत इतनी तेजी से, इतनी आत्मीयता से राष्ट्र का निर्माण कर रहा है कि सभी इस प्रक्रिया को देख सकते हैं और जिनके पास सहानुभूति और अंतर्ज्ञान है, वे काम पर भेद करते हैं। सामग्री, दैवीय वास्तुकला की रेखाएँ...पूर्व में आत्मीय राष्ट्रों का पुंज, एकल जीवन और एकल संस्कृति, विविधता और विभाजनों को संलग्न करनेवाली अतिरेक की अधिकता,

यह अभी तक महाद्वीप के संगठन की अड़ियल बाधाओं को दूर करने में सक्षम नहीं है। अब समय आ गया है, मुझे बताओ, क्या आप मेरी पत्नी के रूप में, इस धर्म में मेरे साथ भाग लोगी? यह प्रगति का मार्ग है, जिसकी ओर मैं इशारा कर रहा हूँ; क्या तुम इसका पालन करोगी?"

मेरे पास तीन उन्माद हैं, कोई उन्हें पागलपन कह सकता है। पहला यह है कि मैं दृढ़ता से विश्वास करता हूँ कि गुण, प्रतिभा, उच्च शिक्षा और धन भगवान् ने मुझे दिया है, सभी उनके हैं और यह कि मैं उनमें से केवल इतना ही उपयोग करने का हकदार हूँ, जितना परिवार के रखरखाव के लिए आवश्यक है और जो कुछ भी अपरिहार्य माना जाता है; और जो कुछ बचता है, वह सब भगवान् को लौटाना चाहिए। अगर मैंने अपने लिए अपनी खुशी और विलासिता के लिए सबकुछ इस्तेमाल किया तो मैं चोर कहलाऊँगा। हिंदुओं की पवित्र पुस्तकों के अनुसार, जो हमें प्राप्त हुआ, वह यदि ईश्वर को प्रदान नहीं करते हैं तो वह चोरी है। अब तक मैंने केवल आठ के एक हिस्से भगवान् को प्रदान किया है और अपने व्यक्तिगत सुखों के लिए शेष सात का उपयोग किया है और इस तरह से अपने खातों का निपटान करते हुए मैं अपने दिनों को सांसारिक सुखों के साथ मोहभंग की स्थिति में गुजार रहा हूँ। मेरा आधा जीवन व्यर्थ चला गया है। यहाँ तक कि खुद जानवर भी स्वयं और अपने परिवार का पोषण किए बिना संतोष नहीं पाता है।

मेरे लिए अब यह स्पष्ट है कि इतने लंबे समय से मैं अपनी पशु-प्रवृत्ति का पालन कर रहा हूँ और चोर के जीवन का नेतृत्व कर रहा हूँ। इसने मुझे बहुत पश्चात्ताप और आत्म-अवमानना से भर दिया है। अब यह और नहीं। मैं इस पाप को अच्छे और सभी के लिए त्याग देता हूँ। भगवान् को पैसा चढ़ाने के लिए इसे पवित्र कारणों में खर्च करना है···पूरा देश अपनी वर्तमान दुर्दशा में मेरे दरवाजे पर है, आश्रय और मदद की माँग कर रहा है। इस भूमि पर तीस लाख मेरे भाई हैं, जिनमें से कई भुखमरी से मर रहे हैं और सबसे ज्यादा, दुःख और पीड़ा से पीड़ित हैं, मनहूस, अनिश्चित अस्तित्व खींच रहे हैं। उनका भला करना हमारा कर्तव्य है।

दूसरा उन्माद हालिया आधिपत्य है। यह है, कि जो भी संभव हो सके, मुझे

भगवान् को आमने-सामने देखना चाहिए। आधुनिक धर्म में हर समय भगवान् के नाम का मुखर रूप से शामिल होना है, यह कहना कि किसी की प्रार्थना तब हो, जब दूसरे देख रहे हों और दिखावा कर रहे हों कि भक्त कैसा है! यह उस तरह का धर्म नहीं है, जैसा मैं अभ्यास करना चाहता हूँ। यदि ईश्वर का अस्तित्व है तो उनके अस्तित्व को प्राप्त करने और उनसे मिलने का कोई-न-कोई रास्ता अवश्य होना चाहिए। चाहे कठिन और बीहड़ रास्ता हो, मैं इस रास्ते को प्राप्त करने के लिए संकल्पबद्ध हूँ। हिंदू धर्म घोषित करता है कि जिस तरह से किसी के शरीर और मन में निहित है; और इसने रास्ते का अनुसरण करने के लिए कुछ नियम निर्धारित किए हैं। मैंने इन नियमों का पालन करना शुरू कर दिया है और महीने के अभ्यास से मुझे इस सच्चाई का हिसास हुआ है कि हिंदू धर्म क्या सिखाता है! मैं उन सभी संकेतों और लक्षणों का अनुभव कर रहा हूँ, जिनके बारे में यह बोलता है। मुझे आपको इस रास्ते पर अपने साथ ले जाना चाहिए। यह सच है, तुम मेरे साथ तेजी से नहीं चल पाओगी, क्योंकि तुम्हारे पास इसके लिए आवश्यक ज्ञान का अभाव है; लेकिन मेरे पीछे आने से रोकने के लिए कुछ भी नहीं है। सभी इस मार्ग पर चलकर लक्ष्य को प्राप्त कर सकते हैं; लेकिन यह किसी की मरजी पर निर्भर करता है कि उन्हें लेना चाहिए या नहीं? कोई भी आपको इसके साथ नहीं खींच सकता। यदि आप इच्छुक हैं तो मैं तुम्हें बाद में इस विषय पर और लिखूँगा।

तीसरा उन्माद यह है—अन्य लोग अपने देश को वस्तु के रूप में देखते हैं, जिसमें कई क्षेत्र, मैदान, जंगल, पहाड़ और नदियाँ शामिल हैं, और कुछ नहीं। मैं इसे अपनी माँ के रूप में देखता हूँ। मैं श्रद्धा करता हूँ और इसे प्यार करता हूँ, जब बेटा अपनी माँ के सीने पर दैत्य को बैठा हुआ देखता है, जो उसका जीवन-रक्त पीने वाला है तो बेटा क्या करता है? क्या वह शांत मन से अपने भोजन पर बैठ जाता है और अपनी पत्नी और बच्चों की संगति में आनंद लेता है? या वह अपनी माँ के बचाव के लिए दौड़ता है? मुझे पता है कि मेरे पास इस हारी हुई दौड़ को भुनाने की शक्ति है। यह शारीरिक शक्ति नहीं है—मैं तलवार या बंदूक से नहीं, बल्कि ज्ञान की शक्ति से लड़ूँगा। क्षत्रिय (योद्धा) की दृढ़ता एकमात्र शक्ति नहीं होती; एक और शक्ति होती है, ब्राह्मण की अग्नि-शक्ति, जो ज्ञान में

स्थापित है। यह नया विचार या नई भावना नहीं है, मैंने इसे आधुनिक संस्कृति से प्राप्त नहीं किया है—मैं इसके साथ पैदा हुआ था। यह मेरी हड्डियों की मज्जा में है। इस लक्ष्य को पूरा करने के लिए ही भगवान् ने मुझे पृथ्वी पर भेजा है, जब मैं केवल चौदह वर्ष का था, तब यह बीज अंकुरित होने लगा था। मेरी अठारह वर्ष की उम्र में इसने जड़ें पकड़ लीं। मेरी चाची ने आपको विश्वास दिलाया है कि किसी बुरे आदमी ने आपके अच्छे स्वभाव वाले पति को भटका दिया है; लेकिन वास्तव में, आशाएँ और इच्छाएँ परिवार के सुख और दुःखों तक ही सीमित रहती हैं। पागल आदमी अपनी पत्नी को खुश नहीं कर सकता, बल्कि वह उसे अंतहीन परेशानी और दुःख देता है।

देश की परिस्थितियाँ थीं, जिन्होंने श्रीअरविंद को राष्ट्रवादी बना दिया, परंतु फिर उनका ध्यान-अध्यात्म में ज्यादा लगने लगा। यहाँ तक कि जब उन्होंने खुद को भारत माता की ओर और राष्ट्रीय स्वतंत्रता के कार्य के लिए अप्रासंगिक पाया। कहीं-न-कहीं वे भगवान् की ओर अधिक आकर्षित हुए और उन्होंने प्रभु सेवा को जीवन का व्रत बना लिया था, वैसे भी अरविंद का राष्ट्रवाद महज राष्ट्रवाद से कहीं अधिक था। उनका राष्ट्रवाद युग-युगांतर से चला आ रहा सनातन धर्म था। इसने उन्हें अपने पूरे जीवन को अर्पित कर मानव जाति की दिव्य पूर्ति के लिए कार्य करना प्रारंभ किया, मनुष्य में ईश्वर के लिए श्रद्धा और प्रेम जगाने की दिशा में श्रीअरविंद का महत्त्वपूर्ण योगदान है।

जो लक्ष्य श्रीअरविंद ने उस छोटी उम्र में खुद उससे पहले उठाया, उसके लिए वे सदैव प्रतिबद्ध रहे, उन्होंने अपनी पत्नी को ये पत्र लिखे थे, पलायन नहीं, निर्वाण नहीं, बल्कि ईश्वर था; जीवन का विलुप्त होना नहीं, बल्कि इसका विस्तार और संवर्धन, उसकी दिव्य रोशनी, उपयोग और पूर्ति। उनमें कुछ सहज रूप से जीवन से तपस्वी उड़ान के खिलाफ विद्रोह कर दिया, "लेकिन मैंने सोचा था कि योग, जिसमें मुझे दुनिया को त्यागने की आवश्यकता थी, वह मेरे लिए नहीं था।" उन्होंने एक बार कहा। प्राचीन भारत की आध्यात्मिक संस्कृति के बारे में उनके अध्ययन ने इसकी 'विशाल जीवन शक्ति', इसकी 'जीवन की अथाह शक्ति और जीवन की खुशी', इसकी 'लगभग अकल्पनीय विपुल रचनात्मकता' में कोई संदेह नहीं छोड़ा था।

उनके पत्नी को लिखे पत्रों से हम उनके व्यक्तित्व की जानकारी हासिल कर सकते हैं।

नीचे श्रीअरविंद के उनकी पत्नी को लिखे गए कुछ महत्त्वपूर्ण अंशों का हिंदी अनुवाद है—

मेरी सबसे प्रिय मृणालिनी,

अब तक आप समझ गई होंगी कि जिस व्यक्ति के साथ आपका भाग्य जुड़ा हुआ है, वह बहुत ही अजीब है। मेरे पास आजकल के अधिकांश पुरुषों के समान मानसिक दृष्टिकोण नहीं है, जीवन में उनके समान उद्देश्य नहीं है, कार्यवाही कार्यक्षेत्र नहीं है। मेरे साथ सब अलग है, सब असामान्य है। आप जानती हैं कि असाधारण विचारों, असाधारण प्रयासों और असाधारण रूप से उच्च आकांक्षाओं के बारे में पुरुषों की आम जाति क्या सोचती है? वे सब उसे पागलपन कहते हैं, लेकिन अगर पागल आदमी अपने कार्यक्षेत्र में सफल हो जाता है तो उन्हें पागल कहने के बजाय वे उन्हें महान् प्रतिभा का व्यक्ति कहते हैं, यह बहुत दुर्भाग्यपूर्ण है, वास्तव में महिला को पागल आदमी के साथ बहुत कुछ ढालना पड़ता है; मैं निर्वाण में दिन-रात रहता था, इससे पहले कि वह अन्य चीजों को अपने आपमें स्वीकार हो जाए"

कृष्ण कुमार मित्रा की बेटी और श्रीअरविंद की चचेरी बहन बसंती देवी, उनके बारे में कहती हैं—"ऑरो दादा दो या तीन ट्रंक लेकर आते थे और हम हमेशा सोचते थे कि उनके पास महँगे सूट और विलासिता की अन्य वस्तुएँ, जैसे परफ्यूम आदि होने चाहिए। उन्होंने उन्हें खोला, मैं उन्हें देखती हूँ और आश्चर्य करती हूँ कि यह क्या है? कुछ साधारण कपड़े और बाकी सभी पुस्तकें और कुछ नहीं, बल्कि पुस्तकें। क्या ऑरो दादा को ये सब पढ़ना पसंद है? हम सभी छुट्टियों में गपशप करना और आनंद लेना चाहते हैं। क्या वे इस समय को भी इन पुस्तकों को पढ़ने में बिताना चाहते हैं? लेकिन, क्योंकि वे पढ़ना पसंद करते हैं, इसलिए ऐसा नहीं था कि वे हमारी बातों और गपशप और आनंद में शामिल नहीं हुए। उनकी बातें बुद्धि और हास्य से भरपूर होती थी।"

कौन सोच सकता था कि यह कोमल युवा, स्वप्निल कोमल आँखें, लंबे, पतले, गरदन तक लहराते बाल, जिनमें बीच में माँग निकाली गई थी और जो

गरदन तक पहुँचते थे, मोटी धोती पर पूरी फिटिंग की इंडियन जैकेट में पहने, पुराने जमाने की भारतीय चप्पलों से उभरती हुई पैर की उंगलियों के साथ दमकता चेहरा, जो चेचक के दागों के साथ परिपक्व लगता था, यही आदमी फ्रांसीसी, लैटिन और ग्रीक का धाराप्रवाह प्रयोग करनेवाला व्यक्ति श्रीअरविंद घोष के अलावा और कोई नहीं। मुझे इससे बड़ा झटका नहीं लग सकता था, यदि किसी ने देवघर की पहाड़ियों की ओर इशारा करता और कहता, 'देखिए, वहाँ खड़े हैं द हिमालय'।[15]

हालाँकि उनके होंठों के कोनों पर अनम्य इच्छाशक्ति दिखती थी, उनके दिल में किसी भी सांसारिक महत्त्वाकांक्षा या आम मानव स्वार्थ के बारे में थोड़ा भी प्रमाण नहीं मिलता था; वहाँ केवल एकमात्र लालसा थी, देवताओं के लिए भी दुर्लभ, मानव पीड़ा से राहत के लिए खुद को बलिदान करने के लिए। श्रीअरविंद अभी तक बंगाली में नहीं बोल सकते थे, लेकिन अपनी मातृभाषा में बोलने के लिए वे अत्यधिक उत्सुक थे! मैं दिन-रात उनके साथ रहता था और जितना अधिक मैं उनके दिल से परिचित हुआ, उतना ही मुझे अहसास हुआ कि वे इस धरती के नहीं हैं—वे स्वर्ग से किसी श्राप के द्वारा निर्वासित भगवान् थे।

केवल ईश्वर ही बता सकता है कि उन्होंने भारत की इस भूमि पर उन्हें बंगाली के रूप में क्यों निर्वासित किया था। वे छोटे लड़के के रूप में इंग्लैंड गए थे, लगभग अपनी माँ की गोद में और अपनी युवावस्था के दौरान वे अपनी मातृभूमि लौट आए थे, लेकिन जो बात मुझे सबसे आश्चर्यजनक लगी, वह यह थी कि उनके नेक दिल को विलासिता और अपव्यय, चमकदमक, विविध छापों और प्रभावों और पश्चिमी समाज के अजीब जादू अपना प्रभाव नहीं डाल पाया।

कोई अभिशाप नहीं था। "भगवान् ने मुझे इस महान् मिशन को पूरा करने के लिए पृथ्वी पर भेजा है", जैसा कि उन्होंने खुद अपनी पत्नी को लिखे पत्रों में लिखा है। 'ईश्वर का श्रम', कविता में वे अपने जन्म का कारण देते हैं—

"जो यहाँ स्वर्ग लाएगा
उसे खुद मिट्टी में उतरना होगा
वह सांसारिक प्रकृति का बोझ सहन करता है
और प्रचंड रास्ता है।"

---

15. searchforlight.org

श्रीअरविंद का प्रिय विषय संस्कृति

श्रीअरविंद ने बिना किसी की मदद के स्वयं संस्कृत सीखी। संस्कृत जैसी कठिन भाषा को स्वाध्याय से सीखने के लिए प्रखरता के साथ आपके भीतर धैर्य होना चाहिए, उन्होंने बंगाली के माध्यम से संस्कृत नहीं सीखी, बल्कि सीधे संस्कृत में या अंग्रेजी के माध्यम से सीखी, लेकिन चमत्कार यह है कि उन्होंने इसमें पूरी तरह से महारत हासिल कर ली और इसकी आत्मा में गहराई से प्रवेश किया, जैसा कि उन्होंने ग्रीक और लैटिन के मामले में किया था। उन्होंने कभी हिंदी का अध्ययन नहीं किया, लेकिन संस्कृत और अन्य भारतीय भाषाओं के साथ उनके परिचय ने उनके लिए बिना किसी नियमित अध्ययन के हिंदी सीखना और हिंदी पुस्तकों या समाचार-पत्रों को पढ़ने के दौरान इसे समझना आसान बना दिया।

संस्कृत की असाधारण महारत ने एकबारगी उनके लिए भारतीय धरोहरों के अपार खजाने का द्वार खोल दिया। उन्होंने उपनिषदों, गीता, पुराणों, दो महान् महाकाव्यों--रामायण और महाभारत, भर्तृहरि की कविताओं, कालिदास और भवभूति आदि के नाटकों को पढ़ा।

दीनेंद्र कुमार रॉय बड़ौदा में श्रीअरविंद के साथी के रूप में रहते थे और उनका काम उन्हें भाषा के अपने ज्ञान को सही और उपयुक्त करने और किसी नियमित शिक्षण की तुलना में बंगाली में बातचीत करने के आदी होने में मदद करना था।

उनकी कुछ यादों को यहाँ पर बताया गया है। मुझे उनके बारे में जो भी पता है, वह मेरे निजी अनुभव से लिया गया है, जब मुझे बंगाली में श्रीअरविंद को कोच बनने के लिए कहा गया तो मुझे घबराहट हुई। श्रीअरविंद गहन विद्वान् थे। उन्होंने अपनी आई.सी.एस. परीक्षा में लैटिन और ग्रीक में रिकॉर्ड अंक प्राप्त किए

थे। उन्हें लंदन विश्वविद्यालय से पुरस्कार के रूप में पुस्तकों के ढेर मिले थे। उन पुस्तकों में अरेबियन नाइट्स का सोलह खंडों में उत्तम सचित्र संस्करण था, जिसे मैंने बाद में उनके अध्ययन में देखा था। मैंने उन पुस्तक का इतना बड़ा संस्करण कभी नहीं देखा था, इसने आकार में महाभारत को भी बौना कर दिया था, 'वेबस्टर्स' शब्दकोश के सोलह खंडों की तरह। इसमें अनगिनत तसवीरें थीं···"

श्रीअरविंदो से मिलने के पूर्व मैंने उनकी छवि कुछ इस तरह की बनाई थी, "कठोर आकृति, बेदाग यूरोपीय शैली में सिर से पाँव तक कपड़े पहने, व्यक्ति उनकी आँखों में अजीब-सी दृष्टि, विकृत उच्चारण" और स्वभाव में सख्ती, जो नियमों का थोड़े से उल्लंघन भी बरदाश्त न करें। यह बताने की आवश्यकता नहीं है कि जब मैंने उन्हें पहली बार देखा तो मैं अपनी परिकल्पना से निराश हुआ था।

उनके भाषण में माधुर्य होता था। वे श्रोताओं को मंत्रमुग्ध कर देते थे, हालाँकि मुझे उन्हें सुने पचास साल से अधिक हो चुके हैं, लेकिन मुझे अभी भी उनकी आकृति और उनकी मधुर आवाज की प्रतिध्वनि याद है।

बड़ौदा में श्रीअरविंद पहले बाजार के पास शिविर में रहे और वहाँ से वे खासीराव जादव के घर चले गए। खासीराव, जो बड़ौदा राज्य के तहत मजिस्ट्रेट के रूप में काम कर रहे थे, उस समय अपने परिवार के साथ कहीं और रह रहे थे। उनका घर सुंदर, दो मंजिला इमारत था, जो शहर के मुख्य मार्ग पर स्थित था जब खासीराव को वापस बड़ौदा स्थानांतरित कर दिया गया तो श्रीअरविंद को दूसरे इलाके के घर में जाना पड़ा। कुछ समय बाद, जब वहाँ प्लेग फैला तो उन्हें फिर से दूसरे घर में जाना पड़ा, जो पुराना बंगला था, जिसमें टाइलों की छत थी। यह इतना पुराना और इतनी खराब हालत में था कि गरमियों में असहनीय रूप से गरम हो जाता था और मानसून के महीनों के दौरान इसकी टूटी हुई टाइलों के बीच से बारिश का पानी रिसता था, लेकिन जैसा कि दीनेंद्र कुमार रॉय ने अपनी बंगाली पुस्तक 'श्रीअरविंद प्रसंग' में दर्ज किया है कि इससे श्रीअरविंद को कोई फर्क नही पड़ता था कि वे महल में रहते थे या झोंपड़ी में। जहाँ वे वास्तव में रहते थे, वहाँ न तो कभी टाइलें जलीं, न ही बारिश के पानी का रिसाव हुआ। गीता अनिकेत की अभिव्यक्ति का उपयोग किया जाए तो वे ऐसे थे, जिनका पूरी दुनिया में अपना कोई अलग निवास नहीं था।

श्रीअरविंद ने बड़ौदा में मराठी और गुजराती दोनों सीखीं। उन्होंने एक पंडित से मोरी नामक मराठी की बोली भी सीखी। भाषाओं को अद्‌भुत सहजता और प्रगाढ़ता के साथ सीखने की योग्यता उनमें थी। उन्होंने खुद बंगाली भाषा सीखी और इतनी अच्छी तरह से सीखी कि माइकल मधुसूदन दत्त की कविता और बंकिमचंद्र चटर्जी के उपन्यास को पढ़ पाने में सक्षम हो गए, जबकि ये दोनों लेखक कुछ भी हों, लेकिन आसान नहीं है।

एक दिन मैंने उनसे लापरवाही से पूछा कि वे अपना पैसा इस तरह क्यों रख रहे हैं। उन्होंने हँसते हुए जवाब दिया, "देखो, यह इस बात का प्रमाण है कि हम ईमानदार और अच्छे लोगों के बीच में जी रहे हैं। लेकिन आप कभी भी ऐसा हिसाब नहीं रखते, जो आपके आसपास के लोगों की ईमानदारी की गवाही दे सके?" मैंने उनसे पूछा। उन्होंने फिर से निर्मल चेहरे के साथ कहा, "यह ईश्वर है, जो मेरे लिए हिसाब रखता है। वह मुझे उतना ही देता है, जितना मैं चाहता हूँ और बाकी को अपने पास रखता है। किसी भी तरह से वह मुझे अभाव में नहीं रखता है तो मुझे चिंता क्यों करनी चाहिए?"

वे पढ़ने में इस हद तक लीन रहते थे कि वे कई बार अपने आसपास की चीजों से बेखबर हो जाते थे। शाम को नौकर खाना लाया और बरतन मेज पर रख दिए और उन्हें सूचित किया, 'साब, खाना रखा है', 'मास्टर, खाना लगा दिया है।' वे बस इतना ही कहते, 'अच्छा', 'सब ठीक है', बिना अपना सिर हिलाए। आधे घंटे के बाद नौकर बरतन हटाने के लिए लौटता और आश्चर्य से देखता कि बरतन मेज पर अछूता है! उसे अपने मालिक को परेशान करने की हिम्मत न होती और चुपचाप मेरे पास आकर मुझे इसके बारे में बताना। मुझे उनके कमरे में जाना पड़ता और उन्हें याद दिलाना पड़ता कि खाना प्रतीक्षा कर रहा है। वह मेरी ओर देख कर मुसकराते और मेज पर रखा भोजन समाप्त कर फिर स्वाध्याय में लग जाते।

"मुझे इंटरमीडिएट कक्षा में उनका विद्यार्थी बनने का सौभाग्य मिला। उनके पढ़ाने का तरीका बिल्कुल अभिनव था। शुरुआत में वे छात्रों को पाठ का विषय बताने के लिए परिचयात्मक व्याख्यान की शृंखला देते थे। इसके बाद वे पाठ को वहाँ पढ़ते थे, जहाँ कठिन शब्दों और वाक्यों के अर्थ की व्याख्या

करना आवश्यक था। वे पाठ के विषय के विभिन्न पहलुओं पर असर रखनेवाले सामान्य व्याख्यान देकर समाप्त करते।" लेकिन उनके कॉलेज के व्याख्यानों की तुलना में मंच पर उन्हें सुनना दावत जैसा होता था। वे कॉलेज डिबेटिंग सोसाइटी की बैठकों में कभी-कभी अध्यक्षता करते थे, जब वे बोलते थे तो कॉलेज का बड़ा हॉल पूरा भरा होता था। वे भाषणबाज नहीं थे, लेकिन बहुत उच्च कोटि के वक्ता थे और उन्हें बड़े ध्यान से सुना जाता था। बिना किसी हाव-भाव या किसी भी अंग के हिले-डुले बिना भाषा उनके होंठों से धारा की तरह बहती थी, जिसमें प्राकृतिक सहजता और इसलिए छात्रों ने टिप्पणी की कि यह वैसा नहीं था, जैसा कि नोट्स में पाया गया था। मैंने उत्तर दिया, 'मैंने किसी भी मामले में नोट्स नहीं पढ़े, वे सभी बकवास हैं!' मैं कभी भी बारीकी से विवरण में नहीं जा सकता था।

उत्तर प्रदेश के भूतपूर्व राज्यपाल श्री के.एम. मुंशी, जो बड़ौदा कॉलेज में श्रीअरविंद के छात्रों में से थे, लिखते हैं, "श्रीअरविंद के साथ मेरा अपना संपर्क 1902 से है, जब मैट्रिक की परीक्षा पास करने के बाद मैं बड़ौदा कॉलेज में शामिल हुआ था, हालाँकि पहले मेरे पास, कुछ सीमित अवसरों पर उनके साथ व्यक्तिगत संपर्क करने का विशेषाधिकार था, किंतु कॉलेज में जब भी वे कॉलेज में मेरे अंग्रेजी प्रोफेसर के रूप में आए तो अरबिंदोनियन किंवदंती ने मुझे श्रद्धा से भर दिया और यह विस्मय के साथ था कि तो मैंने उनके शब्दों में बँध गया।"

उनके विद्यार्थी का साक्ष्य, जिसका नाम आर.एन. पाटकर, बहुत दिलचस्प है, क्योंकि यह बड़ौदा में उनके रहने और कॉलेज में पढ़ाने के तरीके पर कुछ प्रामाणिक प्रकाश डालता है—

"श्रीअरविंद अपने रहने के तरीके में बहुत सरल थे। वे स्वाद के पीछे नहीं थे। उन्होंने भोजन या पहनावे की बहुत परवाह नहीं की, क्योंकि उन्होंने कभी भी उन्हें कोई महत्त्व नहीं दिया। उन्होंने कभी अपने कपड़ों के लिए बाजार का दौरा नहीं किया। घर पर, उन्होंने सादे सफेद रंग की चद्दर और धोती पहनी और बाहर वे सफेद ड्रिल सूट पहनते थे। वे कभी भी मुलायम सूती बिस्तर पर नहीं सोते थे, जैसा कि हममें से ज्यादातर लोग करते हैं, बल्कि कॉयर—नारियल के रेशों के बिस्तर पर—जिस पर मालाबार घास की चटाई फैला होती थी, जो चादर का काम करती थी।

"एक बार मैंने उनसे पूछा कि वे इस तरह के मोटे और कठोर बिस्तर का इस्तेमाल क्यों करते हैं? जिस पर उन्होंने अपनी विशिष्ट मुसकान के साथ जवाब दिया, 'क्या आप नहीं जानते, मेरे बच्चे कि मैं ब्रह्मचारी हूँ?' हमारे शास्त्रों का कहना है कि ब्रह्मचारी को मुलायम बिस्तर का उपयोग नहीं करना चाहिए?"

उनके बारे में और एक बात जो मैंने देखी कि उनमें पैसे के लिए प्यार की कुल अनुपस्थिति थी। उन्हें बैग में तीन महीने का वेतन मिलता था, जिसे वे अपनी मेज पर पड़ी ट्रे में खाली कर देते थे। उन्होंने कभी भी पैसे को सुरक्षित रखने की जहमत नहीं उठाई। उन्होंने जो भी खर्च किया, उसका हिसाब नहीं रखा।

विभाजन विरोधी आंदोलन के इस जोरदार हमले का पहला शिकार ब्रिटिश कपड़ा माल थी। जिस स्वदेशी को श्रीअरविंद विभाजन के बहुत पहले से अपना रहे थे, उसको अचानक रचनात्मक प्रेरणा मिली। आंदोलन ने बड़ी सफलता हासिल की और जनता के साथ व्यापक रूप से लोकप्रिय हो गया। विदेशी कपड़े की दुकानों को चुना गया और बाजार, जन स्थानों और चौराहों और सड़कों पर भारी संख्या में विदेशी कपड़ों का अलाव जलाया गया। पुजारियों ने उन दंपतियों का विवाह कराने से मना कर दिया, जिनमें से यदि किसी एक के द्वारा भी विदेशी कपड़े पहने गए हों, स्वदेशी प्रतिज्ञाओं को बैठकों में शामिल किया गया था।" डॉ. एस.सी. बार्टैरिया अपनी पुस्तक में लिखते हैं। स्वदेशी, जिसका वास्तव में कुछ दिनों पूर्व श्रीअरविंद के नाना और ऋषि राजनारायण बोस की पहल से जन्म हुआ था, ने विभाजन विरोधी आंदोलन द्वारा अभूतपूर्व उत्साह प्राप्त किया और सभी के लिए बहुमुखी राष्ट्रीय उत्थान की पहचान बन गई।

विभाजन-विरोधी अभियान में दूसरा शिकार पश्चिमी तर्ज पर प्रदान की गई शिक्षा थी, जिसका ध्येय विदेशी सरकार के अधीनस्थ क्लर्कों और मुंशियों को पैदा करना था। श्रीअरविंद के अनुसार, शिक्षा की मौजूदा प्रणाली आंतरिक रूप से 'गरीबी और अपर्याप्तता, उनके राष्ट्रविरोधी चरित्र, सरकार के प्रति उनकी अधीनता और देशभक्ति के हतोत्साहन के लिए उसे अधीनता के उपयोग और अवगुण के कारण है, सरकारी स्कूलों और कॉलेजों का बहिष्कार किया गया और नए लोगों ने सरकारी नियंत्रण से मुक्त राष्ट्रीय शिक्षा प्रदान करना शुरू कर दिया।'

कलकत्ता के नेशनल कॉलेज व सरकारी स्कूलों और कॉलेजों का बहिष्कार इस आंदोलन के मूल स्रोत थे। इसकी शुरुआत उन समय के प्रतिष्ठित शिक्षाविद् सतीश चंद्र मुखर्जी ने की थी, जिन्होंने 'डॉन सोसाइटी' की स्थापना भी की थी और इसका अंग्रेजी भाग डॉन, कलकत्ता में चला रहे थे। रवींद्रनाथ टैगोर, हिरेन दत्ता, सर गोदरूदास बनर्जी, बिपिनचंद्र पाल सहित शहर में चेतना और नेतृत्व के लगभग सभी पुरुष कॉलेज के संरक्षक और समर्थकों में से थे।

श्रीअरविंद बंगाल के चरमपंथियों को उनकी नीतियाँ बनाने में सहायता करने के लिए तथा कांग्रेस के बहिष्कार के कार्यक्रम द्विगुणित करने हेतु दबाव बनाने के लिए बनारस गए। उन्होंने निर्देशित किया और वास्तव में नए, महत्त्वपूर्ण निर्णयों को आकार देने को प्रभावित किया; हालाँकि शायद वे खुले सत्र में शामिल नहीं हुए। यह उनका सामान्य तरीका था—दूसरों के द्वारा काम करवाना, खुद पृष्ठभूमि में रहना, सुर्खियों से दूर रहना।

लेकिन शिक्षा के लिए नए आंदोलन में किसी प्रेरक दृष्टि, भारतीय संस्कृति की आवश्यक भावना का ज्ञान और राष्ट्रीय शिक्षा के सच्चे आदर्श का अभाव था और इसके अलावा अभी भी अपने विचार और मुद्दों में पश्चिमी शिक्षा की वर्तमान प्रणाली के प्रति वचनबद्धता थी, अत: इसने जितने बड़े-बड़े वादे किए, उन उच्च परिणामों का उत्पादन नहीं कर सकी और समय के साथ कम होते-होते क्रमश: समाप्त हो गई, हालाँकि पूरे बंगाल में कई स्कूल और कॉलेज स्थापित किए गए थे और उनमें से कुछ में पर्याप्त सफलता भी प्राप्त हुई, लेकिन वास्तव में प्राप्त की गई इस शिक्षा को राष्ट्रीय नहीं कहा जा सकता था, क्योंकि कुछ महत्त्वपूर्ण संशोधनों के साथ यह अनिवार्य रूप से पश्चिमी शिक्षा ही बनी रही।

जैसा कि हमने दिखाने की कोशिश की है; ने राष्ट्रीय भावना को प्रभावित किया है, क्योंकि इससे पहले ऐसा कुछ भी नहीं हुआ था और पूरे देश के पुनरुत्थान को क्रांतिकारी मोड़ दिया। बंगाल में जो हुआ, उसके खिलाफ पूरे भारत में, महाराष्ट्र, पंजाब और मद्रास में विशेष रूप से शक्तिशाली प्रदर्शन हुए और जब श्रीअरविंद ने सनातन धर्म के साथ राष्ट्रवाद की पहचान की। उनका स्पष्ट कहना था, "मैं कहता हूँ कि यह सनातन धर्म है, जो हमारे लिए राष्ट्रवाद है।" उन्होंने राष्ट्र के उच्चतम मूल्यों और व्यापक आदर्शों को पुन: प्राप्त किया,

आध्यात्मिक यथार्थवाद के साथ देशभक्ति को जगाया और इसे इसकी संकीर्ण कक्षा से बाहर सार्वभौमिक उपभोग की विशालता में बहा दिया। राष्ट्रवाद उनके हाथों में मुक्त सार्वभौमिकता बन गया और भारत की स्वतंत्रता, मानवता की आत्मा और शरीर की आत्मा और शरीर की अंतिम स्वतंत्रता का वादा और पूर्व शर्त बन चुकी थी, लेकिन भविष्यवक्ता और अग्रदूत के रूप में श्रीअरविंद अपने समय से बहुत पहले थे।

"केवल एक चीज जिस पर हमें विश्वास है और एक चीज, जिसे हम जीवन-रक्षा पेटी के रूप में पहनते हैं, जो हमें भूमि पर उठनेवाली तरंगों। यह अति-शासित उद्देश्य में निश्चित और अटल विश्वास है, जो भारत को जड़ता से एक बार फिर से उठा रहा है, उनके प्राचीन जीवन और महिमा के नवीकरण के लिए लड़ने के लिए निश्चित और अटल उद्देश्य। स्वराज जीवन-रक्षा पेटी है। स्वराज ही संचालक है और मार्गदर्शन का सितारा स्वराज है। यदि एक महान् सामाजिक क्रांति आवश्यक है तो यह इसलिए है, क्योंकि स्वराज के आदर्श को ऐसे राष्ट्रों द्वारा पूरा नहीं किया जा सकता है, जो ऐसे रूपों से बँधे हैं, जो अब भारत के प्राचीन अपरिवर्तनीय स्व की अभिव्यक्ति नहीं हैं। उसे अतीत की कमियों को बदलना होगा, ताकि उसकी सुंदरता को फिर से देखा जा सके। उसे अपनी शारीरिक बनावट बदलनी चाहिए, ताकि उसकी आत्मा को नया रूप अभिव्यक्त हो सके। हमें इससे डरने की जरूरत नहीं है कि कोई भी बदलाव उसे दूसरे दर्जे के यूरोप में बदल देगा। इस तरह की गिरावट के लिए उसका व्यक्तित्व बहुत शक्तिशाली है, उसकी आत्मा भी शांत और आत्मसमर्पण करती है, ऐसे आत्मसमर्पण के लिए वह अपनी शर्तों का निर्माण करेगी, आदेश के रहस्य का पता लगाएगी, जो समाजवाद व्यर्थ के संघर्षों को खोजने और सिखाने के लिए संघर्ष करता है। पृथ्वी एक बार फिर दुनिया और आत्मा के बीच तालमेल कैसे बिठाती है।

"अगर हम इस सच्चाई को महसूस करते हैं, यदि हम उन सभी में अनुभव करते हैं, जो न केवल हमारे लिए, बल्कि पूरी दुनिया के लिए महान् और महत्त्वपूर्ण परिवर्तन हो रहा है; तो हम बिना किसी डर के खुद को उस समय में लगा देंगे, जो हमारे सामने है। भारत ही राष्ट्रों का गुरु, इसकी गहन विकृतियों में

मानव आत्मा का चिकित्सक है; वह एक बार और दुनिया के जीवन को नए रूप में ढालता है और मानव आत्मा की शांति को बहाल करता है, लेकिन स्वराज उसके काम की आवश्यक शर्त है और इससे पहले कि वह काम कर सके, उसे यह शर्त पूरी करनी चाहिए।" (8.3.1908 का "वंदे मातरम्")

उपर्युक्त उद्धरण 1906 में श्रीअरविंद की दृष्टि, विश्वास, आशा और साहस को प्रदर्शित करता है, जिसके साथ श्रीअरविंद ने खुद को भारतीय राजनीतिक आंदोलन की उथल-पुथल में झोंक दिया था। उनकी आध्यात्मिक दृष्टि ने भारत में होने वाले बहुपक्षीय पुनर्जागरण के आँधी और महत्त्व की भविष्यवाणी की थी, जिससे बंगाल में क्रांति की राजनीतिक प्रस्तावना हुई थी, इसलिए वे आसन्न दिखाई देनेवाली अराजकता से डरते नहीं थे, क्योंकि वे जानते थे कि यह जड़ता की अराजकता नहीं थी, जो विघटन की ओर ले जाती है, बल्कि पुनरुत्थान के आक्रामक शक्तियों की अराजकता थी, संक्रमणकालीन अराजकता थी।

राष्ट्रीय जीवन का कायाकल्प करनेवाले आत्मसम्मान के आक्रामक स्वबोध की, जो क्रांति देश पर हावी हो रही थी; पल भर के भारी संकट से नई सुबह का मंथन करने के लिए उन्होंने उसका स्वागत किया और पूरे ज्ञान के साथ मदद की।

श्रीअरविंद ने भारत की नियति की कल्पना की और इसकी ढलाई के लिए भगवान् के हाथ में उपकरण बन गए, पहली बार राजनीति के माध्यम से और बाद में आध्यात्मिकता के माध्यम से। उन्होंने भारत की राजनीतिक स्वतंत्रता के लिए लड़ाई लड़ी, लेकिन केवल अपने आत्मा के आध्यात्मिक मिशन की प्राप्ति के कदम के रूप में—मानवता के उत्थान और इसके विकासवादी विचार मन से सुपरमाइंड तक पहुँचने के लिए। उनकी दृष्टि कभी भी राजनीतिक और आर्थिक, सांस्कृतिक और नैतिक स्वतंत्रता और अपनी मातृभूमि की महानता तक सीमित नहीं थी; इसने पूरी दुनिया को गले लगा लिया। इस परिप्रेक्ष्य में उनका पूरा जीवन कभी पूर्णता के क्रमिक रूप में प्रतीत होता है तो कभी सहसा किसी एक उद्देश्य की ओर उन्मुख होता है या दिखता है एक लक्ष्य की पूर्ति के लिए स्थिर अनुसरण करते हुए।

पट्टाभि सीतारमैया द्वारा आलंकारिक भाषा में 1906 से 1909 तक

कांग्रेस का आधिकारिक इतिहास बंगाल में श्रीअरविंद के राजनीतिक जीवन का सही अनुमान देता है—"श्रीअरविंद भारतीय आकाश पर सबसे चमकदार सितारे के रूप में वर्षों तक चमके। अपनी स्थापना के समय राष्ट्रीय शिक्षा आंदोलन के साथ उनका जुड़ाव गरिमा और आकर्षण का कारण बनता है। श्रीअरविंद की प्रतिभा उल्का की तरह उभरी। वे केवल कुछ समय के लिए उच्च आसमान पर थे। उन्होंने केप से माउंट तक अपने प्रकाश के प्रवाह के साथ भूमि को भर दिया।"

बिपिनचंद्र पाल श्रीअरविंद को 'गुरु' के रूप में मानते थे और जिनकी पहचान बहुत सावधानी से आंदोलन (राष्ट्रीय) में भाग लेने के लिए की गई थी और यह भूमिका उनके अतिरिक्त उनके किसी अन्य सहयोगी और समकालीन को नहीं दी गई थी। बिपिनचंद्र उनके राष्ट्रवाद को 'उनकी आत्मा का सर्वोच्च जुनून' कहते हैं। वे आगे कहते हैं, "कुछ ने वास्तव में राष्ट्रवादी आदर्श की पूरी शक्ति और अर्थ को समझ लिया है, जैसा कि श्रीअरविंद ने किया है। श्रीअरविंद आज ईश्वर के उन्हीं ईष्ट पुत्रों में से एक हैं।"

जैसाकि हमने देखा है, जब तिलक ने उन्हें श्रद्धांजलि दी तो उन्होंने कहा कि "आत्म-बलिदान, ज्ञान और ईमानदारी में श्रीअरविंद के बराबर कोई नहीं था।"

लाला लाजपत राय, जिन्हें पंजाब केसरी कहा जाता था, आजादी के निडर सेनानी थे, जिन्होंने किसी और की तुलना में सबसे अधिक बहादुर पंजाबियों के दिलों में देशभक्ति की अग्नि को प्रज्वलित और अपन उदाहरण से उन्हें ढाला और राष्ट्रवाद के कुछ सबसे निडर गरम दल के सैनिकों को प्रभावित किया। तिलक की तरह वे भी श्रीअरविंद के 'चुंबकीय व्यक्तित्व' के दायरे में आए और उनके आध्यात्मिक उत्कर्ष का कुछ अंश अपने राष्ट्रवाद के अपने पंथ में आयात किया, जैसा कि डॉ. आर.सी. मजूमदार दरशाते हैं, "उन्होंने (श्रीअरविंद ने) देशभक्ति को भक्ति का रूप माना और स्पष्ट रूप से कहा कि 'नई पीढ़ियों के लिए, उनकी मातृभूमि के मोचन को सच्चे धर्म, मोक्ष का एकमात्र साधन माना जाना चाहिए।' इस विचार ने नए स्कूल के नेताओं को अनुमति दी कि लाजपत राय के लेख से निम्नलिखित निष्कर्षों का अंदाजा लगाया जा सकता है—'मेरी

राय में, हमारे सामने की समस्या मुख्य रूप से धार्मिक समस्या है—धार्मिक सिद्धांत और हठधर्मिता के अर्थ में धार्मिक नहीं, बल्कि अब तक की धार्मिक भक्ति और सबसे बड़ी भक्ति को जगाने के लिए, हम से बलिदान के लिए।' वह हिंदू युवा, जो तब तक अस्पष्ट, शांत, अस्थिर है, अपनी आत्मा को धैर्य में रखता था और राष्ट्र की व्यवस्था में सबसे बड़ी प्रबल धाराओं के उठने के अवसरों की प्रतीक्षा करता था, अब वह ऊर्जा इकट्ठा कर रहा था।"

श्रीअरविंद की तुलना में वास्तव में साहित्यिक और राजनीतिक मामलों में कहीं अधिक अनुभवी रवींद्रनाथ ने श्रीअरविंद पर कविता लिखी, जो उन्हें 'भारत की आत्मा की आवाज का अवतार' के रूप में प्रस्तुत करती है—

"रवींद्रनाथ हे अरबिंदो, तुमको नमस्कार है!

हे मित्र, मेरे देश के मित्र, हे वाणी अवतार, मुक्त,
भारत की आत्मा की! कोई नरम नहीं है, तुम्हारा बहुत बड़ा मुकुट
न ही धन या लापरवाह आराम तुम्हारे लिए है; तूमने माँगा
छोटा खजाना नहीं, छोटा अंश...
आपकी आत्मा पर नजर रखने में
तू कभी असीम पूर्णता के जन्म के लिए आयोजित किया गया
जिसके लिए, पूरी रात और दिन, पृथ्वी पर मनुष्य में देवता
दोनों प्रयास और कड़ी तपस्या...
अग्रदूत जो भगवान् के दीपक के साथ
हाथ आते हैं—वे राजा कहाँ है, जो जंजीर या छड़ी से
उन्हें पकड़ सकता है?...

'वंदे मातरम्' के पृष्ठों में श्रीअरविंद के आत्मा-मंथन से भरे लेखों से प्रेरित होकर और उनमें लेखक की आध्यात्मिक प्रतिभा को देखते हुए, ब्रह्म-बांधव ने लिखा—"क्या आपने कभी श्रीअरविंद को देखा है, बेदाग—सौ पँखुड़ियों वाला श्वेत कमल। भारत के मानसरोवर में पूरी तरह से खिलने के लिए तैयार। हमारा श्रीअरविंद दुनिया में अद्बितीय है। उनमें बर्फ-सी सफेद शुद्धता तथा सत्त्व की दिव्य महिमा चमकती है। वह विशाल और महान् है—अपने दिल के आयाम में विशाल और महानता हिंदू के रूप में उनके अपने धर्म में भी आपको तीनों

लोकों में उनके बराबर कोई नहीं मिलेगा, जैसे संपूर्ण और वास्तविक व्यक्ति, वज्र के समान अग्नि-आवेशित और कमल-पत्र के रूप में सुंदर तथा नरम, ज्ञान में समृद्ध और ध्यानमग्न कवि। अपनी मातृभूमि को गुलामी की जंजीरों से मुक्त करने के लिए उन्होंने पश्चिमी सभ्यता की माया के जाल को तोड़ दिया, इस दुनिया की इच्छाओं और सुखों को त्याग दिया और भारत माता के सच्चे पुत्र के रूप में खुद को 'वंदे मातरम्' समाचार-पत्र के संपादन हेतु समर्पित कर दिया।"

6 अगस्त, 1906 को बिपिनचंद्र पाल द्वारा 'वंदे मातरम्', अखबार की घोषणा की गई थी। उन्हें संपादक बनना था, जैसा कि श्रीअरविंद कहते हैं, "बिपिन पाल ने हरिदास हलधर द्वारा अपनी जेब के दान किए गए 500 रुपए से वंदे मातरम् की शुरुआत की। उन्होंने सहायक संपादक के रूप में मेरी मदद की। मैंने कलकत्ता में राष्ट्रवादी नेताओं की निजी बैठक बुलाई और वे 'वंदे मातरम्' को अपनी पार्टी के अखबार के रूप में लेने के लिए सहमत हुए।[16] बाद में वंदे मातरम् कंपनी को अखबार का वित्तपोषण करने के लिए शुरू किया गया था, जिसकी दिशा में श्रीअरविंद ने बिपिन पाल की अनुपस्थिति के दौरान काम किया था, जिन्हें नई पार्टी के उद्‌देश्य और कार्यक्रम की घोषणा करने के लिए जिलों के दौरे पर भेजा गया था। एक बार सफल और वंदे मातरम् पत्र पूरे भारत में जाने लगा। इसके कर्मचारियों में केवल बिपिनचंद्र और श्रीअरविंद ही नहीं, बल्कि कुछ अन्य बहुत ही सक्षम लेखक, श्याम सुंदर चक्रवर्ती, हेमेंद्र प्रसाद घोष और बेजॉय चटर्जी थे। श्याम सुंदर ने श्रीअरविंद के लेखन के तरीके को कुछ इस तरह पकड़ा और बाद में कई लोगों ने श्रीअरविंद के लिए अपने लेखों को ले लिया।[17] दैनिक समाचार-पत्र 'वंदे मातरम्' के शुभारंभ के तुरंत बाद बिपिनचंद्र पाल सिलहट और अन्य जिलों के लिए रवाना हुए और अखबार का पूरा प्रभार श्रीअरविंद द्वारा सँभाल लिया गया।

'वंदे मातरम्' ने देश की राजनीतिक चेतना में तात्कालिकता की भावना, स्वतंत्रता के आशीर्वाद के लिए अपरिवर्तनीय भूख, राष्ट्रीय जीवन के हर क्षेत्र में आत्म-खोज और आत्म-पूर्ति के लिए तीव्र तड़प पैदा की। इससे पहले कभी

16. श्रीअरविंद का जीवन—ए.बी. पुराणी

17. श्रीअरविंद स्वयं पर और माता पर

आध्यात्मिक लहजे में राष्ट्रवाद का प्रचार इस स्तर से नहीं किया गया था। इससे पहले कभी भी भारतीयों को यह नहीं बताया गया था कि वे संस्कृति और सभ्यता के निर्माता हैं, जो मानवता को रचनात्मक गौरव के नवप्रभात तक ले जाने की क्षमता है।

बिपिनचंद्र पाल अपने चरित्र रेखाचित्रों में लिखते हैं—"आरंभ से ही श्रीअरविंद का इसमें योगदान था, प्रतिदिन सुबह कलकत्ता ही नहीं, पूरे देश के शिक्षित वर्ग के लोगों को देश के समसामयिक मुददों पर श्रीअरविंद के पुरजोर कथनों का इंतजार रहता था। इसने कठोर एवं आत्म केंद्रित ब्रिटिश प्रेस को भी प्रभावित किया। उनके उद्धरण साप्ताहिक रूप से 'टाइम्स लंदन' के स्तंभों में भी प्रकाशित होने लगे। इस नए प्रकाशन में श्रीअरविंद ही प्रमुख व्यक्ति तथा अग्रणी विचारक थे।

प्रो. जे.एल. बीरनजी कहते हैं, 'वंदे मातरम्' का वास्तविक योगदानकर्ता कोई भी हो सकता है, किंतु उसकी आत्मा, कागज की प्रतिभा श्रीअरविंद ही थे, उनकी स्पष्ट व्याख्या में पुरुषों को वीर और कठोर आत्म-बलिदान कहा जाता है; उनकी अडिग, त्रुटिहीन आस्था; प्रजाति के उच्च भाग्य में; उनका भावुक जीवन, प्रसिद्धि, भाग्य सबको माँ की सेवा में समर्पित करने का संकल्प करता है।"

लेकिन समय के साथ, विशेष रूप से गुप्त क्रांतिकारी कार्यवाही के संबंध में स्वभावगत असंगतता और राजनीतिक दृष्टिकोण के मतभेदों के कारण एक तरफ बिपिन पाल और दूसरी ओर कंपनी के निदेशकों के बीच के बीच असंतोष पैदा हो गया, जिसके साथ दूसरों को सहानुभूति थी, लेकिन जिसके लिए बिपिन पाल का विरोध किया गया था। यह जल्द ही बिपिन पाल के पत्रिका से अलग होने पर समाप्त हो गया। श्रीअरविंद अब दोहरी जिम्मेदारी के साथ व्यस्त थे—'वंदे मातरम्' का संपादकीय और नेशनल कॉलेज के प्रिंसिपल के रूप में उनका काम। इन दोनों कार्यों में कड़ी मेहनत की जरूरत थी और इन्होंने उनकी ऊर्जा के भंडार पर भारी दबाव डाला, लेकिन दोनों में ही उन्हें सफलता नहीं मिली। उन्होंने नेशनल कॉलेज में अपने छात्रों के को उतना ही प्रिय बना लिया, जितना कि उन्हें बड़ौदा कॉलेज के अपने छात्रों से था, जो उन्हें प्यार करते थे, उनकी भक्ति करते थे और उतनी ही समर्पण के साथ मानते थे, जब वे कक्षा में व्याख्यान देते थे तो

वे उनके होंठों पर अटक जाते थे—कहा जाता है कि कई प्रोफेसर भी उन्हें सुनने के लिए आते थे। उन्होंने उनके अनौपचारिक, कुछ सिखाने के ऐसे अनौपचारिक तरीके विकसित, जिसने उनके दिलों को जकड़ लिया, उनकी बुद्धि को रोशन किया और उनकी कल्पना को नई उड़ान दी। वह ऐसे पढ़ाते थे, जैसे कि पढ़ा ही नहीं रहे। उनकी उपस्थिति अदम्य प्रेरणा थी और उनके कोमल, नरम, स्पष्ट और तेज शब्द अंतर्ज्ञान तथा अंतर्दृष्टि की चमक के साथ निकलते थे। प्रसिद्ध बंगाली लेखक बलई देव शर्मा, जो तब नेशनल कॉलेज में उनके छात्रों में से थे, निम्नलिखित तरीके से उनके प्रभाव को व्यक्त करते हैं—

"यह कक्षा में उनका पहला अनुभव है, जिसका वे वर्णन करते है। 'जब मैं वहाँ पहुँचा, मुझे बीच हॉल में युवा शख्सियत दिखाई दे रही थी। वे शर्ट और चद्दर (ऊपरी कपड़े) में लिपटे थे। अगर मुझे लगभग चालीस साल पहले की अपनी धारणा सही लगती है तो मुझे याद आने लगता है कि उनकी आँखें बाहरी दुनिया से प्रत्यावर्तित थीं और उनकी चेतना के आंतरिक स्थानों पर ध्यान केंद्रित थीं।'

'वंदे मातरम्' का जिक्र करते हुए श्रीअरविंद लिखते हैं, "जर्नल ने राष्ट्रवादी पार्टी के कार्यक्रम के रूप में देश के लिए नया राजनीतिक कार्यक्रम घोषित और विकसित किया और असहयोग, निष्क्रिय प्रतिरोध, स्वदेशी, विदेशी बहिष्कार, राष्ट्रीय शिक्षा तथा श्रीअरविंद की मध्यस्थता द्वारा और अन्य बातों, कानूनी के विवादों का निपटारा। श्रीअरविंद ने निष्क्रिय प्रतिरोध पर लेखों की श्रृंखला प्रकाशित की और क्रांति के राजनीतिक दर्शन को विकसित किया और कई नेताओं को लिखा, जिसका उद्देश्य मध्यम-मार्गी पार्टी के अंधविश्वासों को नष्ट करना था, जैसे ब्रिटिश न्याय में विश्वास और भारत में विदेशी सरकार द्वारा दिए गए लाभ तथा भारत में स्कूलों और विश्वविद्यालयों में दी जानेवाली शिक्षा की पर्याप्तता की स्थिर प्रगति की तुलना में अधिक दृढ़ता और निरंतरता पर ढाल दिया गया, गरीबी, आर्थिक निर्भरता, समृद्ध औद्योगिक गतिविधि की अनुपस्थिति और विदेशी सरकार के सभी अन्य बुरे परिणाम आदि पर इन्होंने विशेष रूप से जोर दिया। भले ही विदेशी शासन परोपकारी और लाभकारी था, किंतु वह स्वतंत्र और स्वस्थ राष्ट्रीय जीवन का विकल्प नहीं हो सकता।

'वंदे मातरम्' पत्रकारिता के इतिहास में अद्वितीय था, क्योंकि यह लोगों

के दिमाग को परिवर्तित करने, प्रभावित करने और क्रांति के लिए तैयार करने की दिशा में उत्कृष्ट कार्य कर रहा था। श्रीअरविंद ने हमेशा इस बात का ध्यान रखा कि 'वंदे मातरम्' के संपादकीय लेखों में किसी भी तरह से देशद्रोह के लिए मुकदमा चलाए जाने या उनके अस्तित्व के लिए घातक कार्यवाही करने लायक कोई कदम नहीं उठाया जाए; 'स्टेट्समैन' के संपादक ने शिकायत की कि अखबार हर पंक्ति के बीच स्पष्ट रूप से दिखाई देने वाले राजद्रोह के साथ फिर से जुड़ गया, लेकिन यह इतनी कुशलता से लिखा गया था कि कोई कानूनी कार्यवाही नहीं की जा सकती थी···।"[18] कलकत्ता के स्टेट्समैन के संपादक एस.के. रैटक्लिफने 'मैनचेस्टर गार्जियन' को निम्नलिखित पत्र लिखा, "हम श्रीअरविंद घोष को केवल क्रांतिकारी राष्ट्रवादी और ज्वलंत समाचार-पत्र के संपादक के रूप में जानते हैं, जिसने भारतीय दैनिक से राष्ट्रवाद को जगा दिया।

"यह विशेष लेख शानदार और तीखेपन के साथ अंग्रेजी में लिखा गया है, जो भारतीय प्रेस में अभी तक नहीं हुआ। यह उस समय की सबसे प्रभावी आवाज थी, जिसे हमने 'राष्ट्रवादी अतिवाद' कहा था।"

श्रीअरविंद के राजनीतिक कार्यों का बड़ा ही संवेदनशील मूल्यांकन बड़ौदा कॉलेज, एम.ए. बुच, एम.ए., पी-एच.डी. में दर्शनशास्त्र के पूर्व-प्राध्यापक से मिलता है, जो अपनी पुस्तक में लिखते हैं। भारतीय उग्रवादी राष्ट्रवाद का उदय और विकास—

"बंगाल राष्ट्रवाद का सबसे विशिष्ट प्रतिनिधि, अपने सबसे गहन आध्यात्मिक और धार्मिक रूप में अरविंदो घोष थे। उनके साथ राष्ट्रवाद कोई राजनीतिक या आर्थिक रोना नहीं है; यह उनके और पुरुषों के माध्यम से पुनर्जन्म के लिए उनकी आत्मा की अंतरतम भूख है। पूरे भारत में, हिंदुस्तान की प्राचीन संस्कृति में प्राचीन शुद्धता और कुलीनता में देखा जाए तो वे उच्चतम प्रकार के बौद्धिक विचारक और कुशल और बहुमुखी विद्वान् थे, उनकी गहन विद्वत्ता और उनकी उत्सुकता तथा मर्मज्ञ तर्क थे। अपनी आत्मा के मालिक जुनून के अधीन, अपने देश में, अपने भगवान् में खुद को महसूस करने के लिए तड़प रहा था।

"असाधारण उत्कंठता—नए राष्ट्रवाद का उत्साह—दिव्य उन्माद की तरह

18. श्रीअरविंद स्वयं और माता के बारे में

अरविंद घोष पर आया था, यह राष्ट्रवाद बुद्धि की चाल नहीं है; यह हृदय का दृष्टिकोण है; अंतर्मन; यह हमारी प्रकृति के सबसे गहरे भाग से झरता है, बुद्धि कभी जिसकी थाह नहीं ले सकती। श्रीअरविंद घोष का राष्ट्रवाद जलती हुई धार्मिक भावना थी, मनुष्य में ईश्वर की आवाज, दुनिया के लिए पुनः जाग्रत् आत्मा के माध्यम से अभिव्यक्ति के लिए महान् भारतीय आध्यात्मिक संस्कृति की ओर से अजेय माँग। इस प्रयास का पूरा अर्थ और बल कभी भी पूरी तरह से समझदार नहीं हो सकता है, सामान्य ज्ञान की भाषा में अनुवाद करने योग्य… यह नायाब पुकार है,

"यह प्रियजन की राजनीतिक रहस्यवादी पुकार है; इसका बस पालन करना है। जो सर्वोच्च उत्थान भारत माँगता है, वह केवल मातृभूमि के इस सर्वोच्च आह्वान से आ सकता है—इतना गहरा, इतना धार्मिक, इतना भावुक कि यह सब उनको आगे ले जाता है।"

स्वाधीनता आंदोलन में श्रीअरविंद के तीन मुख्य साथी
लाला लाजपत राय, लोकमान्य तिलक एवं विपिनचंद्र पाल

आयु में कनिष्ठतम होते हुए भी ज्ञान के मामले में उन्हें सबसे वरिष्ठ लोगों द्वारा भी सम्मानित किया गया था। जहाँ तिलक, बिपिन पाल और लाजपत राय, जैसे राजनीतिक दिग्गज मंचासीन थे, वहाँ भी प्रचार-प्रसार से संकोच करनेवाले श्रीअरविंद को प्रतिष्ठित अध्यक्षीय पद प्रदान किया गया। उनकी मानवीयता तथा आत्म-विलोपन, जिन देशों में वह यात्रारत होते थे, उनके लिए प्रकाश एवं बल के लिए पारदर्शी प्रवाह मार्ग की भाँति कार्य करता था।

…ऐसा भी समय होता है, जब एकल व्यक्तित्व अपने पूरे युग के आंदोलन

स्वभाव को एकत्रित करता है और केवल अपनी उपस्थिति द्वारा उसकी पूर्णता सुनिश्चित करता है, उस व्यक्ति के बिना उस क्षण का वह अवसर खो जाता है; अवसर के बिना आदमी का बल निष्क्रिय रहता है। दोनों के मिलने से राष्ट्रों की नियति बदल और विश्व का संतुलन बदल जाता है, जो सतही तौर पर एक दुर्घटना प्रतीत होता है। प्रत्येक बड़े कार्य-प्रवाह को अपने केंद्र के लिए मानव आत्मा की आवश्यकता होती है, सार्वभौमिक व्यक्तित्व का सन्निहित बिंदु, जिससे दूसरों की वृद्धि होती है। इतिहास घटनाओं पर बहुत बल देता है, भाषण पर थोड़ा कम, लेकिन कभी भी आत्माओं के महत्त्व को महसूस नहीं करता है, केवल द्रष्टा की आँख उन्हें भीड़ में पहचान सकती है और इन कंपनों के स्रोत का पता लगा सकती है···।"[19]

"राष्ट्रवाद स्वयं व्यक्तियों का कोई सृजन नहीं है और इसमें व्यक्तियों के लिए कोई सम्मान नहीं हो सकता है। यह ऐसी शक्ति है, जिसे ईश्वर ने बनाया है और उनसे उन्हें केवल आदेश ही प्राप्त हुआ है, अग्रिम और अग्रिम तथा हमेशा अग्रिम, जब तक वह इसे बंद नहीं करता, क्योंकि तब इसका निर्धारित मिशन पूरा हो जाता है। अंधाधुंध, यह कैसे अंधाधुंध आगे बढ़ता है, शक्ति की आज्ञाकारिता में, जो इसे हासिल नहीं कर सकता है और हर चीज जो इसके मार्ग में खड़ी है, आदमी या संस्थान, बह जाएगी या इसके वजन के नीचे जमीन में मिल जाएगी। प्राचीन पवित्रता, सर्वोच्च अधिकार, लोकप्रियता से गुजरना, कुछ भी नहीं, कुछ भी नहीं दलील के रूप में काम करेगा।

क्रांति के विषय में श्रीअरविंद ने कहा कि ये अनियंत्रित होती है श्रीअरविंद का स्पष्ट मत या कि व्यक्तिगत महत्त्वाकांक्षावाला व्यक्ति सक्षम नेतृत्व से ही बड़े काम होते हैं। हमें इच्छा सदैव ईश्वर के प्रति कृतज्ञता व्यक्त करनी चाहिए कि उन्होंने हमें कुछ महत्त्वपूर्ण करने का अवसर प्रदान किया।

अगर यह अपने अथक और अनिच्छित कार्यों द्वारा मानव जीवन को नष्ट कर देता है तो यह किसी का दोष नहीं है। केवल पुराने नेता ही नहीं नए लोगों में से कोई भी, जो लहरों द्वारा कुछ पलों के लिए उछलकर ऊपर आ गया है; यदि वह यह कल्पना करने लगे कि वह महासागर को नियंत्रित कर सकता है

---

19. 'ऐतिहासिक प्रभाव', लेखक—श्रीअरविंद

और अपनी व्यक्तिगत पसंद-नापसंद थोप सकता है; तो अंतत वह दंडित ही होता है। यह क्रांति का समय है, जब कल की प्रसिद्धि और लोकप्रियता, आज की धूमधाम को अलग कर देती है। आज जिस आदमी की गाड़ी को बड़े शहरों में खींचा जाता है, 'वंदे मातरम्' की आवाजें लगती हैं और शायद उन्हें कल अपमानित किया जाएगा और उन्हें बोलने के लिए मना किया जाए, इसलिए यह हमेशा से रहा है और कोई भी इसे रोक नहीं सकता, जो पुरुष आज चरमपंथियों के रूप में प्रशंसित हैं, आंदोलन के अग्रणी नेता हैं, राष्ट्रवाद के प्रचारक हैं और लोकप्रिय भावना के अवतार हैं, वह कल खुद को पीछे पाएँगे, हाशिए पर, व्यक्तिगत महत्त्वाकांक्षा के घमंड के जीवित स्मारक के रूप में केवल स्वयं अपमिश्रण, जो स्वयं के विचार को पूरी तरह से प्रभावित करता है और बच्चे जैसी धारणा के साथ क्रांति के मार्ग का अनुसरण करता है कि नेता भगवान् है और वह जो करता है, वह सबसे अच्छा है; देश के लिए काम करना जारी रखने में सक्षम होगा। ऐसे लोग व्यक्तिगत महत्त्वाकांक्षा के कारण नहीं बनते और इसलिए किसी भी तरह के व्यक्तिगत नुकसान से भगवान् की इच्छा का पालन करने से रोका नहीं जा सकता है।

क्रांतियाँ अपनी गति में अवर्णनीय और बिल्कुल अनियंत्रित होती हैं। समुद्र बहता है और कौन इसे बताता है कि कैसे बहना है? हवा बहती है और कौन सी मानवीय बुद्धि इसकी गतियों को नियंत्रित कर सकती है? ईश्वरीय ज्ञान की इच्छा क्रांतियों का एकमात्र नियम है और हमें अपने आपको कुछ भी समझने का कोई अधिकार नहीं है, हम उस समझदारी के द्वारा चुने गए प्रतिनिधि मात्र है, जब हमारा काम पूरा हो जाता है तो हमें इसका अहसास होना चाहिए और खुशी महसूस करनी चाहिए कि हमें इतना करने की अनुमति दी गई है। यदि हमारा नाम इतिहास में उन लोगों के बीच दर्ज है, जिन्होंने बड़े भाषण दिए या अपनी मूक सेवा द्वारा स्वतंत्र भारत देश तैयार करने में मदद की तो क्या यह स्वयं में पर्याप्त पुरस्कार नहीं है? नहीं, क्या यह अनाम नहीं है? और भगवान् की पुस्तकों को छोड़कर हम इस चेतना के साथ कब्र में जाते हैं कि हमारी उंगली भी महान् कार्य पर रखी गई थी और हो सकता है कि इसे आगे बढ़ाने में मदद मिली हो, लेकिन सेवाओं की यह बात बेकार है! क्या हम माँ की सेवा इनाम के

लिए करते हैं? या भगवान् का काम भाड़े पर करते हैं? देशभक्त अपने देश के लिए करता है, क्योंकि उसे ऐसा ही करना है; वह उनके लिए मरता है, क्योंकि वह इसकी माँग करता है। बस, इतना ही।"[20]

श्रीअरविंद को भारत की स्वतंत्रता के भीतर से आश्वासन दिया गया था। वे जानते थे कि इस अग्नि ने उनके देशवासियों में भारत के प्रति प्रेम और उसकी भक्ति के प्रति समर्पण जगा दिया था, जिसके लिए उन्होंने प्रेरणा दी थी और प्रोग्राम-विरोधी और निष्क्रिय प्रतिरोध, जो उन्होंने स्पष्ट रूप से अनुसरण करने के लिए बनाया था और बलपूर्वक उनके लिए अनुसरण किया था, वे नेतृत्व करेंगे, स्वतंत्रता के पोषित लक्ष्य के लिए, सभी पथभ्रष्टता और असफलताओं के बावजूद। अग्रणी भारतीय इतिहासकार के रूप में डॉ. आर.सी. मजूमदार कहते हैं, "जबकि तिलक ने राजनीति को लोकप्रिय बनाया और इसे ताकत और जीवनशक्ति प्रदान की, जिसका कि अभाव था। श्रीअरविंद ने इसका आध्यात्मिकरण किया और धार्मिक पंथ के रूप में राष्ट्रवाद के महापंडित बन गए। उन्होंने बंकिम चंद्र और विवेकानंद की सैद्धांतिक शिक्षाओं को पुनर्जीवित किया और व्यावहारिक राजनीति के क्षेत्र में उनका परिचय दिया। तिलक ने कांग्रेस द्वारा अनुसरण की जानेवाली राजनीति की नीति के खिलाफ अपनी आवाज उठाई थी, लेकिन श्रीअरविंद को समस्या के सकारात्मक दृष्टिकोण पर चोट करने के लिए आरक्षित रखा गया था। 1906 में ही उन्होंने महात्मा गांधी के द्वारा प्रचारित परोक्ष प्रतिरोध तथा असहयोग आंदोलन का अनुमान लगा लिया था। उन्होंने स्पष्ट रूप से कहा—

"तथापि, कई बिंदुओं पर बहुत राय अधिक भिन्न हो सकती है, किसी को यह समझना चाहिए कि राष्ट्रवाद के लिए काम करनेवाले सामान्य बलों के अलावा, आंदोलन विशेष रूप से या सीधे बंकिम चंद्र, विवेकानंद और श्रीअरविंद की शिक्षाओं से प्रेरित था; जिन्होंने देश को भगवान् की वेदी पर रखा था।" आत्म-विनाश को उन्होंने ईश्वर की पूजा में चढ़ाई गई भेंट माना और दु:ख को उसका प्रसाद। पूजा···इन शिक्षाओं···ने कई शहीदों के जीवन को प्रेरित किया, जिन्होंने उनके साथ संघर्ष किया, अपने होंठों पर मुस्कान सजाए, बिना छटपटाहट और मौत से भी बदतर पीड़ा सही।

20. 'क्रांति और नेतृत्व,'—वंदे मातरम्, 9.2.1908

बंगाल में 1905 के आंदोलन ने न केवल देश के रूप में, बल्कि आत्मा, मनोवैज्ञानिक, लगभग आध्यात्मिक, यहाँ तक कि आर्थिक और राजनीतिक उद्देश्यों से कार्य करते हुए राष्ट्र की नई अवधारणा को जन्म दिया। इसने उन्हें इसके द्वारा गतिशील करने की कोशिश की। व्यक्तिपरक अवधारणा और स्वयं में वस्तुओं के बजाय आत्म-अभिव्यक्ति के साधन बनाने के लिए उन्होंने इसको गतिशील करने की कोशिश की।[21]

"वह (भारत) दुनिया भर में उन्हें सौंपे गए अनंत प्रकाश को बहाने के लिए उठ रहा है। भारत हमेशा से अपने लिए नहीं मानवता के लिए अस्तित्व में है। उसे महान् होना चाहिए।"[22]

तिलक ने श्रीअरविंद को 1906 की कलकत्ता कांग्रेस में विदेशी के बहिष्कार और स्वदेशी के प्रस्तावों को पारित करने के अपने प्रयास में पूर्ण और सक्रिय समर्थन दिया। श्रीअरविंद के राज्य में धर्मात्मा (जो आध्यात्मिक ज्ञान में दृढ़ता से शामिल है) उनके जीवनी के लेखक प्रधान और भागवत, श्रीअरविंद पर तिलक के विश्वास के बारे में लिखते हैं, "तिलक अच्छी तरह से जानते थे कि नेता के रूप में, रणनीतिक रूप से नागरिक विद्रोह और क्रांतिकारी गतिविधि के दो पक्षों को एक-दूसरे से दूर रखना वांछनीय था, हालाँकि यह देखना उनकी जिम्मेदारी थी कि स्वतंत्रता हासिल करने के सभी प्रयास सही तरीके से किए गए हैं और इसलिए उन्होंने क्रांतिकारी दल के नेताओं का मार्गदर्शन भी किया। वे नहीं चाहते थे कि इस निर्णय को किसी कम अपरिपक्व व्यक्ति को सौंपा जाए, जो भावनाओं में बह जाए और राजनीति में क्षणिक आवेगों से प्रभावित हो। उन्होंने सोचा कि केवल श्रीअरविंद और स्वयं वे ही इस तरह का महत्त्वपूर्ण निर्णय ले सकते हैं। वे जानते थे कि क्रांतिकारी कार्यवाही किसी के द्वारा भी तय किए जाने के लिए बहुत गंभीर मामला था, सिवाय उन लोगों के, जिन्होंने मन की दार्शनिक शांति को प्राप्त किया था।"

श्रीअरविंद के आध्यात्मिक यथार्थवादी स्वभाव और उनके शांत अविचलित स्थिरप्रज्ञ व्यक्तित्व को तिलक की ओर से स्पष्ट पहचान मिली थी।

---

21. श्रीअरविंद का उत्तरपाड़ा भाषण

22. श्रीअरविंद का उत्तरपाड़ा भाषण

श्रीअरविंद का उद्देश्य न केवल परिरक्षक, बल्कि रचनात्मक, आध्यात्मिक रूप से रचनात्मक था, मानव जाति की विकासवादी नियति की पूर्ति के लिए भारत की तुलना में वह पहले से कहीं अधिक बड़ा था।

"श्रीअरविंद ने सबसे पहले इसका (स्वराज शब्द का) अंग्रेजी समकक्ष 'स्वतंत्रता' का उपयोग किया था और इसे वंदे मातरम् में राष्ट्रीय राजनीति के और तत्काल उद्देश्य के रूप में दोहराया था।"[23]

वर्ष 1906 में भी देश के सामने श्रीअरविंद ने जो लक्ष्य रखा था, वह ब्रिटिश साम्राज्य के पूर्ण स्वतंत्रता का था और जिस साधन की उन्होंने प्राप्ति की वकालत की थी, वह असहयोग और निष्क्रिय प्रतिरोध था। देशव्यापी स्तर पर आयोजित सशस्त्र विद्रोह, जिसका उन्होंने प्रचार किया था और पहले प्रयास भी किया था; जो दुर्भाग्य पृष्ठभूमि में चला गया, क्योंकि देश उन्हें इसके लिए तैयार नहीं लग रहा था। उन्होंने पर्याप्त प्रभावी होने के रूप में लक्ष्य की प्राप्ति के असहयोग और निष्क्रिय प्रतिरोध के पूर्व कार्यक्रम की जोरदार असहयोग और वकालत की।

निष्क्रिय विरोध का यह क्रम तब तक जारी रहा जब वह वर्ष 1910 की शुरुआत के बाद से श्रीअरविंद राजनीति के क्षेत्र से पुडुचेरी के लिए सेवानिवृत्त हुए और राष्ट्रीय पुनर्जागरण के अगले उच्च उद्देश्य की प्राप्ति के लिए राजनीतिक आंदोलन के विभिन्न चरणों से गुजरते हुए, असहयोग और विभिन्न कार्यक्रमों को अपनाते हुए लक्ष्य को औपनिवेशिक स्वशासन और ब्रिटिश नियंत्रण से मुक्त स्वतंत्रता को पूरा करने के लिए आयरिश शासन के आयरिश प्रकार से उच्च और उच्चतर बनाया गया था।

श्रीअरविंद को अक्तूबर से लेकर दिसंबर 1906 तक तेज बुखार का सामना करना पड़ा। वे अपनी बीमारी के दौरान अपने ससुर भूपाल चंद्र बोस के साथ सर्पेंटाइन लेन में रहे। वे नवंबर के अंत में आंशिक रूप से ठीक हुए, लेकिन दिसंबर में फिर बीमार पड़ गए, लगभग दिसंबर (11 दिसंबर) के मध्य में वे देवघर गए, जहाँ उनके नाना राजनारायण बोस, हवा बदलने के लिए रह रहे थे, लेकिन वे वहाँ अधिक समय तक नहीं रह सके। उन्हें भारतीय राष्ट्रीय कांग्रेस, जिसने उनकी राष्ट्रवादी पार्टी के लिए महत्त्वपूर्ण होने का वादा किया कि

23. श्रीअरविंद स्वयं और माता के बारे में, पृ. 30

कलकत्ता अधिवेशन में भाग लेने के लिए वहाँ जाने के लिए जल्दी करनी पड़ी।

नई राष्ट्रभावना के चैंपियन के रूप में श्रीअरविंद बहिष्कार, स्वदेशी, राष्ट्रीय शिक्षा और स्वतंत्रता पर कांग्रेस में पारित होने के लिए राष्ट्रवादी संकल्प चाहते थे और उनकी पार्टी उनके पीछे ठोस समर्थन में खड़ी थी, लेकिन संकल्पों को उनके मूल रूपों में पारित नहीं किया जा सका। स्वदेशी की भावना, जो बंगाल में अधिक से अधिक तत्काल और रचनात्मक रूप से बढ़ रही थी और देश के अन्य हिस्सों में फैल रही थी, उसे निश्चित गति और प्रोत्साहन दिया गया था, लेकिन कलकत्ता कांग्रेस का मुख्य महत्त्व देश में राजनीतिक आंदोलन के लक्ष्य के रूप में स्वराज की घोषणा था।

दो पत्र—बंगाली में 'युगांतर' और अंग्रेजी में 'वंदे मातरम्' देशभक्ति के जुनून के साथ राष्ट्र को गुलामी की जंजीरों से मुक्त करने और स्वतंत्रता हासिल करने का आह्वान करते रहे। श्रीअरविंद का मानना था कि स्वतंत्रता राष्ट्र की प्राण-प्रतिष्ठा है।

वे लिखते हैं, "कुछ परिस्थितियों में नागरिक संघर्ष वास्तव में लड़ाई बन जाता है और युद्ध की नैतिकता शांति की नैतिकता से अलग होती है, रक्तपात से बचने की कोशिश करना। ऐसी परिस्थितियों में हिंसा है, कमजोरी है, गंभीर रूप से व्यथित करने योग्य है, जैसे श्रीकृष्ण द्वारा अर्जुन को संबोधित किया जाना, जब वे कुरुक्षेत्र के मैदान में असंख्य योद्धाओं के नाश से दुःखी हो गए थे। जहाँ तुरंत स्वतंत्रता की आवश्यकता तत्काल है और यह राष्ट्रीय जीवन में तात्कालिक मृत्यु पर वर्तमान ही एक प्रश्न है तो विद्रोह ही एकमात्र मार्ग है, लेकिन जहाँ उत्पीड़न अपने तरीकों में कानूनी और सूक्ष्म है तथा जीवन, स्वतंत्रता और संपत्ति का सम्मान करता है एवं अभी भी साँस लेने का समय है, परिस्थितियाँ माँग करती हैं कि हमें दृढ़ संकल्प पद्धति का उपयोग करना चाहिए, लेकिन शांतिपूर्ण प्रतिरोध, जो अन्य तरीकों की तुलना में कम साहसिक और आक्रामक है, शायद इस तरह की अधिक वीरता और निश्चित रूप से अधिक सार्वभौमिक धीरज और पीड़ा के लिए कहता है।

दोनों लोकप्रिय अखबार, 'युगांतर' और 'वंदे मातरम्', ब्रिटिश नौकरशाही के लिए अत्यंत सुगम लक्ष्य थे, जो उन पर झपट्टा मारने और उन्हें मौत के घाट

उतारने का अवसर देख रहे थे और अवसर हमेशा तानाशाह के काम आता है। 7 जून, 1907 को, बंगाल सरकार ने 'युगांतर' को चेतावनी जारी की कि अगर वे भड़काऊ, देशद्रोही लेख प्रकाशित करते रहेंगे तो उसके खिलाफ पुलिस कार्यवाही की जाएगी। 8 जून, 1907 को 'वंदे मातरम्' को वैसी ही चेतावनी दी गई थी। 3 जुलाई को युगांतर कार्यालय की तलाशी ली गई। स्वामी विवेकानंद के सबसे छोटे भाई भूपेंद्रनाथ दत्ता ने घोषणा की कि वे अखबार के संपादक हैं। उन्होंने गिरफ्तारी का सामना किया। 30 जुलाई, 1907 को 'वंदे मातरम्' कार्यालय की तलाशी ली गई। 16 अगस्त को श्रीअरविंद के खिलाफ वारंट जारी किया गया था, जिन पर 'वंदे मातरम्' में प्रकाशित होने के लिए राजद्रोह का आरोप लगाया गया था, जिनमें से मूल रूप से युगांतर में प्रकाशित कुछ लेखों के अंग्रेजी अनुवाद के कारण उन पर संपादक होने का आरोप लगाया गया था। वारंट प्राप्त करने पर श्रीअरविंद पुलिस अदालत में गए और गिरफ्तारी के लिए खुद को पेश किया, लेकिन क्योंकि उनके पास 'वंदे मातरम्' के संपादक होने का कोई सबूत उपलब्ध नहीं था, इसलिए उन्हें जल्द ही बरी कर दिया गया। इस प्रकार ब्रिटिश सरकार ने राष्ट्रवाद की सभी सार्वजनिक अभिव्यक्ति और स्वतंत्रता के दमन का प्रयास किया, लेकिन मानव आत्मा का दमन व्यर्थ प्रयास है—यह केवल आत्मा की लौ के प्रज्वलन के लिए कार्य करता है और अपने अंत को प्राप्त करने के लिए अपनी इच्छा को उत्तेजित करता है। यह श्रीअरविंद की गिरफ्तारी के दौरान था कि रवींद्रनाथ ने अपनी प्रसिद्ध कविता को श्रीअरविंद की महानता के लिए अपनी श्रद्धांजलि के रूप में लिखा था। बाद में उन्होंने बारह बजे वेलिंगटन स्ट्रीट में श्रीअरविंद से मुलाकात की और उन्हें बरी होने पर बधाई दी।

'वंदे मातरम्' मामले ने श्रीअरविंद को एक बार प्रचार के उस झंझट में डाल दिया, जिससे वे इतने लंबे समय तक बचते रहे थे। वे रातोरात प्रसिद्ध हो गए, न केवल बंगाल में राष्ट्रवादी पार्टी के निर्विवाद नेता के रूप में, बल्कि भारत में राष्ट्रवादी अग्रणी नेताओं में से एक के रूप में। इस विषय पर लिखते हुए वे कहते हैं, "श्रीअरविंद ने खुद को परदे के पीछे लिखने और नेतृत्व करने तक सीमित कर लिया था, खुद को विज्ञापित करने या अपने व्यक्तित्व को आगे बढ़ाने के लिए नहीं, बल्कि अन्य नेताओं के कारावास और निर्वासन और

उनके नाम से दिए गए प्रचार को केस ने उन्हें सार्वजनिक मंच पर आगे आने और नेतृत्व करने के लिए मजबूर किया। 2 अगस्त, 1907 को श्रीअरविंद ने नेशनल कॉलेज में अपना पद त्याग दिया। अपने इस्तीफे के बारे में वे लिखते हैं, "शुरुआती समय में उन्होंने कॉलेज के संगठन को छोड़ दिया। शिक्षाविद् सतीश मुखर्जी का संगठन सौंप दिया और राजनीति में पूरी तरह से डूब गए, जब उनके खिलाफ 'वंदे मातरम्' मामला लाया गया तो उन्होंने कॉलेज के अधिकारियों को शर्मिंदगी के बचाने के लिए अपने पद से इस्तीफा दे दिया, लेकिन अपने बरी होने पर फिर से काम शुरू कर दिया। अलीपुर मामले में उन्होंने कॉलेज के अधिकारियों के अनुरोध पर आखिरकार इस्तीफा दे दिया।"

22 अगस्त को श्रीअरविंद ने नेशनल कॉलेज के छात्रों से बात की, जिन्होंने कॉलेज के प्रिंसिपल के पद से अपने इस्तीफे पर गहरा खेद व्यक्त करने के लिए बैठक बुलाई थी। उस भाषण से केवल कुछ वाक्य नीचे उद्धृत किए हैं।

"कल हुई बैठक में मैं देख रहा हूँ कि आपने जो मेरे वर्तमान कष्टों के बारे में बात की है और आपने मेरे साथ सहानुभूति व्यक्त की है। मैं नहीं जानता कि क्या मैं उन परेशानियों को बिल्कुल भी भुला सकता हूँ, इस अनुभव के लिए कि मैं जिस दौर से गुजर रहा हूँ, वे लंबे समय के लिए, जो मिशन मैंने अपने बचपन से लिया है, के निर्वहन में जो अपरिहार्य है, मैं कर रहा हूँ और मैं इसे बिना पछतावे के कर रहा हूँ। मैं यह आश्वासन देना चाहता हूँ कि यह इतना अधिक नहीं है कि आप मेरी परेशानियों में मेरे लिए सहानुभूति महसूस करते हैं, लेकिन यह कि आप उन कारणों के लिए सहानुभूति रखते हैं, जिसकी सेवा में मुझे अपनी परेशानियों से गुजरना पड़ता है। अगर मुझे पता है कि नई पीढ़ी ने इस कारण को ग्रहण किया है कि मैं अपने काम को करने के लिए जहाँ भी जाता हूँ, यदि दूसरों को पीछे छोड़ता हूँ तो मैं कम-से-कम अफसोस के बिना जाऊँगा। मैं यह समझता हूँ कि आज आपने जो भी सम्मान मुझे दिखाया है, वह मुझे नहीं, केवल प्रधानाचार्य को ही नहीं, बल्कि देश को भी दिखाया गया है। मेरे अंदर की माँ को, क्योंकि मैंने जो कुछ भी किया है, वह उनके लिए किया है और थोड़ी सी पीड़ा जो मैं झेलने जा रहा हूँ, वह उनकी खातिर पूरी होगी। राष्ट्र के इतिहास

में कई बार ऐसा होता है, जब काम से पहले नियति होती है तो उसके लिए बाकी सबकुछ को बलिदान करना पड़ता है, हालाँकि यह उद्देश्य अपने आप में उच्च और महान् होता है। ऐसा समय अब हमारी मातृभूमि के लिए आ गया है, जब उनकी सेवा से ज्यादा कुछ भी प्रिय नहीं है, जब बाकी सब चीजों को उस अंत तक निर्देशित किया जाना है। यदि आप उसका अध्ययन करेंगे तो उसकी खातिर अध्ययन करेंगे; अपने शरीर और मन और आत्मा को उसकी सेवा के लिए प्रशिक्षित करें। आप अपना जीवन ऐसे कमाएँगे कि आप उसकी खातिर जी सकें। आप विदेश में विदेशी भूमि पर जाएँगे कि आप ज्ञान वापस ला सकते हैं, जिसके साथ आप उसकी सेवा कर सकते हैं।[24]

तीसरी भारतीय राष्ट्रीय कांग्रेस ने 26 दिसंबर, 1907 को सूरत में अपनी कार्यवाही शुरू की। सूरत अधिवेशन के बाद राष्ट्रीय कांग्रेस नरमपंथियों की करीबी बनी, जिन्होंने देश के लिए सबसे अच्छा काम किया, लगातार ब्रिटिश ताज के प्रति उनकी निष्ठा और ब्रिटिश न्याय में उनके निहित विश्वास के साथ, लेकिन वे स्वतंत्रता के लिए तीव्र तड़प और मातृभूमि के प्रति ज्वलंत प्रेम का प्रतिनिधित्व नहीं करते थे, जो 1905 से उत्पन्न हुआ था। वे नहीं कर सकते थे—वे लोगों को अपने साथ ले जाने के लिए ज्यादा परेशान नहीं थे। उनकी प्रतिष्ठा कम होने लगी और उनके वार्षिक सत्रों में पुरुषों की संख्या घटती गई। दूसरी ओर, राष्ट्रवादी कई समूहों में तिरस्कृत और अव्यवस्थित थे और उनमें से अधिकांश ने, जो कम-से-कम उत्साही और साहसी थे, गुप्त क्रांतिकारी गतिविधियों में भाग लिया और कुछ ने आतंकवाद को स्वतंत्रता जीतने का एकमात्र साधन माना। प्रतिशोधी दमन के अंधे रोष ने स्वतंत्रता की भावना पर मुहर लगाने के लिए अपनी बेलगाम बोली व्यक्त की, इस अडिग ऐतिहासिक तथ्य के लिए कि एक बार स्वतंत्रता की चेतना को दबा दिया जाए। लाजपत राय और बिपिन पाल भारत से दूर थे; श्रीअरविंद को जल्द ही विचाराधीन कैदी के रूप में अलीपुर जेल में बंद कर दिया गया था और तिलक मंडालय में निर्वासन में थे। अधिकांश शीर्ष नेताओं की अनुपस्थिति और सरकार द्वारा दमनकारी उपायों की गहनता ने राष्ट्रवादी अग्नि को बुझने के लिए मजबूर किया। शीघ्रता

24. श्रीअरविंद का भाषण

से छिटपुट, लेकिन हिंसक वृद्धि हुई, लेकिन अग्नि नहीं बुझी; इस पर हड़कंप मच गया और 1914 तक गुप्त क्रांतिकारी गतिविधियों में, जब तिलक मांडले से लौटे और उन्होंने एनी बेसेंट के साथ हाथ मिलाया तथा स्वतंत्रता के लिए राष्ट्रीय आग्रह को नई दिशा और गति प्रदान की।

श्रीअरविंद इस समय अपने योग में मार्गदर्शन और नई दिशा की आवश्यकता महसूस कर रहे थे। यद्यपि जैसा कि हम उनकी पत्नी को लिखे व्यक्तिगत पत्रों में देखते हैं, उनकी आत्मा का नेतृत्व ईश्वर द्वारा किया जा रहा था, वे एक ऐसे स्थान पर पहुँचे थे, जब महत्त्वपूर्ण अनुभव अकेले आगे बढ़ने का रास्ता साफ कर सकता था। श्रीअरविंद ने अपने छोटे भाई बरिन को योगी से परामर्श करने की इच्छा व्यक्त की। बरिन ने योगी विष्णु भास्कर लेले[25] का पता निकाला और उन्हें ग्वालियर से बड़ौदा आने और श्रीअरविंद से मिलने के लिए तार दिया। श्रीअरविंद सूरत से बड़ौदा आए। अरविंद अपने लिए मार्गदर्शन ढूँढ़ रहे थे, पर विद्यार्थियों में अत्यंत लोकप्रिय थे। बरिन अपनी आत्मकथा में कहते हैं कि बड़ौदा कॉलेज के प्राचार्य ने छात्रों से श्रीअरविंद से मिलने या उनके व्याख्यान सुनने के लिए जाने के लिए मना किया था, क्योंकि वे तब राष्ट्रवादी राजनीतिज्ञ थे, लेकिन विद्यार्थी, जो श्रीअरविंद के प्रति समर्पित थे और उनके महान् चरित्र और गहन देशभक्ति से प्रेरित थे, प्रतिबंध का पालन नहीं कर सके और उनके आगमन पर उनसे मिलने के लिए अपनी कक्षाओं से बाहर भाग गए। उन्होंने उनकी गाड़ी के घोड़ों को हटा दिया और गाड़ी को खुद खींचने लगे। विद्याथिर्ययों द्वारा दिया गया यह सम्मान श्रीअरविंद के सर्वश्रेष्ठ अध्यापक होने का प्रमाण है।

सरदार मजूमदार ने उन्हें पशमीना शॉल भेंट की, क्योंकि बहुत सर्दी थी और वे केवल सूती धोती और कमीज में थे और उनके शरीर को ढकने के लिए कोई वस्त्र नहीं था। उनके पास कोई बिस्तर नहीं था और ट्रेन से यात्रा करते समय वे तीसरी श्रेणी के डिब्बे के नंगे, लकड़ी के तख्ते पर सोते थे और तकिया के लिए अपनी बाँह का इस्तेमाल करते थे। श्रीअरविंद सी सौम्यता, सरलता अन्यत्र देखने को नहीं मिलती।

---

25. विष्णु भास्कर लेले युवावस्था में आक्रामक राष्ट्रवादी थे, लेकिन कुछ आध्यात्मिक व्यक्तियों के साथ उनके संपर्कों ने उन्हें योगी के रूप में बदल दिया

श्रीअरविंद ने दिसंबर 1907 के अंतिम दिनों में खासीराव जादव के निवास स्थान पर लेले से मुलाकात की थी, जहाँ उन्हें और बरिन को ठहराया गया था। लेले ने उन्हें राजनीति छोड़ने की सलाह दी, लेकिन यह संभव नहीं था, उन्होंने उन्हें कुछ दिनों के लिए इसे निलंबित करने और उनके साथ रहने के लिए कहा, " बैठो, मुझे बताया गया, देखो और तुम देखोगे कि तुम्हारे विचार बाहर से तुम्हारे भीतर आते हैं। इससे पहले कि वे प्रवेश करें, उन्हें वापस लौटा दें। मैं बैठ गया और देखा और अपने विस्मय को देखा कि यह ऐसा ही है; मैंने देखा और सम्मिलित रूप से विचार किया, जैसे सिर के ऊपर या ऊपर से प्रवेश करना है और अंदर आने से पहले मैं इसे पीछे धकेलने में सक्षम था। तीन दिनों में—वास्तव में एक में—मेरा मन शाश्वत चुप्पी से भरा हुआ है, यह अभी भी वहाँ है।"[26] लेले के बारे में उन्होंने एक बार कहा था कि वे "बुद्धि के साथ, लेकिन अनुभव और उच्च शक्ति वाले अध्यात्मिक इंसान थे।" उसी अनुभव का जिक्र करते हुए, वे कहते हैं, "उन पलों से सिद्धांत रूप में, मानसिक रूप से मैं स्वतंत्र बुद्धि बन गया, सार्वभौमिक दिमाग, मजदूर के रूप में व्यक्तिगत विचार के संकीर्ण दायरे तक सीमित नहीं है।" सोचा हुआ कारखाना, लेकिन इस विशाल दृष्टि-साम्राज्य में क्या होगा, यह चुनने के लिए और मुक्त होने के सभी सौ स्थानों से ज्ञान प्राप्त करना होगा।"

मेरे पास मात्र शांति और मौन था। इसका प्रमाण यह है कि मन की निरपेक्ष चुप्पी से मैंने 4 महीने तक 'वंदे मातरम्' को संपादित किया और आर्य के 6 खंड लिखे, कभी पत्र और संदेश इत्यादि की बात नहीं की, जो मैंने लिखे हैं।" अहसास के निहितार्थ वे कहते हैं, "...हम साथ बैठे और मैंने पूरी निष्ठा के साथ अनुसरण किया कि उन्होंने मुझे क्या करने के लिए निर्देश दिया, न कि खुद को कम-से-कम समझने में कि वे मुझे कहाँ ले जा रहे थे या मैं खुद कहाँ जा रहा था। पहला परिणाम जबरदस्त शक्तिशाली अनुभवों और चेतना के कट्टरपंथी परिवर्तनों की श्रृंखला थी, जिसका उन्होंने कभी इरादा नहीं किया था, क्योंकि वे अद्वैत और वेदांत थे और वे अद्वैत वेदांत के खिलाफ थे और जो मेरे अपने विचारों के विपरीत थे,[27] क्योंकि उन्होंने मुझे बनाया था, निरपेक्ष ब्राह्मण के अवैयक्तिक सार्वभौमिकता में रिक्त रूपों

26. motherandsriaurobindo.in

27. sriaurobindoinstitute.org

के सिनेमाई नाटक के रूप में दुनिया को गहन तीव्रता के साथ देखने के लिए।"[28]

जाहिर है कि यह वही अनुभव था, जिसको 'गीता' में ब्रह्म-निर्वाण कहते हैं। व्यापक, मौन, निष्क्रिय और अपरिवर्तनीय और दुनिया 'निरपेक्ष ब्राह्मण की अवैयक्तिक सार्वभौमिकता में खाली रूपों के सिनेमाई नाटक' के रूप में दिखाई दी।

उसी अनुभव पर पुनः लिखते हुए वे कहते हैं, "विचार और भावना की पूरी खामोशी थी और चेतना के सभी साधारण आंदोलनों को छोड़कर किसी भी अवधारणा या अन्य प्रतिक्रिया के बिना चीजों की धारणा और मान्यता को छोड़कर अहंकार की भावना गायब हो गई। सामान्य जीवन के साथ-साथ भाषण और क्रिया की गतिविधियाँ अकेले प्राकृत की कुछ आदतों द्वारा की जाती थीं, जो स्वयं से संबंधित नहीं थीं, लेकिन जो धारणा सभी चीजों को असत्य के रूप में देखती थी, यह असत्य की भावना से भारी और सार्वभौमिक थी। केवल कुछ अपरिहार्य वास्तविकता को सच माना जाता था, जो स्थान और समय से परे था और किसी भी ब्रह्मांडीय गतिविधि के साथ जुड़ा हुआ था, लेकिन अभी तक जहाँ भी मोड़ आया, वह स्थिति कई महीनों तक अप्रभावित रही और तब भी, जब अवास्तविकता की भावना गायब हो गई और वापसी हुई, विश्व-चेतना में भागीदारी के लिए, इस शांति के परिणामस्वरूप आंतरिक शांति और स्वतंत्रता स्थायी रूप से बनी रही, सभी सतह के आंदोलनों में बाधा और प्राप्ति का सार खो नहीं गया था।

बड़ौदा से श्रीअरविंद पूना गए।[29] उनके अनुरोध पर लेले भी उनके साथ गए, जब उन्हें भाषण देने के लिए आमंत्रित किया गया तो उन्होंने लेले से पूछा कि उन्हें क्या करना चाहिए, क्योंकि वे 'उस मूक स्थिति में थे।" लेले ने उन्हें दर्शकों के लिए नमस्कार करने के लिए कहा और प्रतीक्षा तथा भाषण मन के अलावा किसी अन्य स्रोत से उनके पास आएँगे, इसलिए भाषण आया और वास्तव में और तब से सभी भाषण, लेखन, विचार और अन्य बाहरी गतिविधियाँ मस्तिष्क-मन के ऊपर उसी स्रोत से निकालने लगीं।"[30]

---

28. भगवद्गीता अध्याय-2, श्लोक 44
29. उत्तरपाड़ा में भाषण
30. श्रीअरविंद स्वयं और माता के बारे में

पूना में श्रीअरविंद ने दो व्याख्यान दिए—पहली बार 12 जनवरी को राममूर्ति पर, जिन्हें भारत के सैंडो के रूप में जाना जाता है और इस संबंध में उन्होंने राष्ट्रीय कार्य के लिए इच्छा-शक्ति के विकास पर बात की; और दूसरा 13 को बंगाल में राष्ट्रीय आंदोलन पर, जिसे उन्होंने ईश्वर से प्रेरित बताया। यहाँ तक कि नेताओं ने कहा कि वे विश्वास नहीं कर सकते थे कि आंदोलन इतने बड़े अनुपात को ग्रहण करेगा और इसकी कार्यवाही और प्रभाव में इतना शक्तिशाली होगा। कमजोर बंगालियों में ताकत भर गई थी। छात्रों ने मातृभूमि की वेदी पर खुद को बलिदान करने के लिए इतना वीरतापूर्ण साहस और तत्परता दिखाई कि वे असली नेता और पुराने नेता उनके अनुयायी बन गए। बैठक के अंत में तिलक ने भाषण का सारांश दिया और वक्ता को धन्यवाद दिया।

पूना से श्रीअरविंद बंबई गए। वहाँ गिरगाम में, उन्होंने 15 जनवरी, 1908 को राष्ट्रीय शिक्षा पर बात की। "…आइए, हम जापान से सीखें कि अपने पूर्वजों के वीर कर्मों के चिंतन से लोगों में राष्ट्रीय भावना कैसे जाग्रत् करें। हमें यह ध्यान में रखना चाहिए कि हमारे पास न केवल अपने पूर्वजों के प्रति, बल्कि अपनी पश्चात्ताप के लिए भी ऋण है।

यदि इस तरह के महान् आदर्श को हमारी मानसिक दृष्टि के समक्ष रखा जाए तो हम देखेंगे कि हमारा राष्ट्र महान् दार्शनिकों, राजनेताओं, सेनापतियों को जन्म देता है। यह आदर्श बंगाल में राष्ट्रीय शिक्षा के लिए आंदोलन का मार्गदर्शन करने के लिए रखा गया है।

मौन मन की इस स्थिति के बारे में श्रीअरविंद ने बाद में अपनी शाम की वार्त्ता में कहा, "मैंने जो भी 'वंदे मातरम्' में लिखा था और कर्मयोगिन इसी यौगिक राज्य से था, जब मैं बैठ जाता था। यह मेरी कलम तक दौड़ जाता था, लिखो। मैंने हमेशा आंतरिक मार्गदर्शक पर भरोसा किया, तब भी, जब यह मुझे भटका हुआ लग रहा था…।"

नासिक में उन्होंने 24 जनवरी को स्वराज पर व्याख्यान दिया। उन्होंने कहा कि स्वराज ही जीवन है, स्वराज है अमृत, स्वराज है मुक्ति। स्वराज किसी भी बाहरी एजेंसी द्वारा प्रदान नहीं किया जा सकता है। मनुष्य स्वतंत्र पैदा होता है। यदि उन्होंने अपनी स्वतंत्रता खो दी है तो उन्हें पुनः प्राप्त करना होगा। स्वराज के

लिए उपयुक्तता केवल स्वराज में हासिल की जा सकती है।

स्वराज जीतने के साधनों के बीच उन्होंने कहा, "पहला और सबसे बड़ा साधन भगवान् में विश्वास था, क्योंकि परमेश्वर हमारी स्वतंत्रता की आज्ञा देता है और हमें प्रेरित करता है। अध्यात्मिक विभूतियों तुकाराम और रामदास ने स्वतंत्रता का सुसमाचार फैलाया और शिवाजी ने इसे जीत लिया। भगवान् की इच्छा देश के युवाओं के माध्यम से काम कर रही थी।

श्रीअरविंद के बंगाल लौटने के बाद बरिन ने लेले को लिखकर उन्हें कलकत्ता आने का निमंत्रण दिया। लेले आए, शायद फरवरी के पहले सप्ताह में वे कलकत्ता आए[31] और बरिन को लेले को आमंत्रित करने का विचार इसलिए आया, क्योंकि वे क्रांतिकारी पार्टी के युवाओं कुछ आध्यात्मिक निर्देश और आध्यात्मिक बल देने के लिए सही व्यक्ति साबित हो सकते हैं।

लेले 23, स्कॉट्स लेन में अपने निवास पर मुलाकात निर्धारित करके श्रीअरविंद से मिले। उन्होंने श्रीअरविंद से पूछा कि क्या वे रोज सुबह और शाम को नियमित रूप से ध्यान कर रहे थे, लेकिन जब उन्हें बताया गया कि यह नियमित तरीके से नहीं किया गया था तो "वे घबरा गए, उन्होंने जो किया था, उन्हें पूर्ववत् करने की कोशिश की और मुझे बताया कि यह ईश्वरीय नहीं था, लेकिन शैतान ने मुझे पकड़ लिया था।"[32]

श्रीअरविंद वास्तव में लेले की गहराई से परे थे। यह उन दिव्य का प्रत्यक्ष और निरंतर मार्गदर्शन था, जिसके लिए वे पूरी तरह से आत्मसमर्पण कर रहे थे और उनका ध्यान या एकाग्रता रात व दिन में अपने आप जारी रही। मुझे इस बात की आज्ञा मिली थी कि मेरे लिए मानव गुरु आवश्यक नहीं था।"[33]

23 फरवरी, 1908 को श्रीअरविंद ने वंदे मातरम् में लिखा था, "स्वराज यहाँ लोगों के लिए भगवान् का प्रत्यक्ष रहस्योद्घाटन है—केवल राजनीतिक स्वतंत्रता नहीं, बल्कि विशाल और संपूर्ण स्वतंत्रता, व्यक्ति की स्वतंत्रता, समुदाय की स्वतंत्रता, राष्ट्र की स्वतंत्रता, आध्यात्मिक स्वतंत्रता, सामाजिक स्वतंत्रता,

---

31. श्रीअरविंद का जीवन—ए.बी. पुराणी
32. श्रीअरविंद स्वयं और माता के बारे में
33. शाम की चर्चा भाग-II—ए.बी. पुराणी

राजनीतिक स्वतंत्रता। आध्यात्मिक स्वतंत्रता प्राचीन ऋषियों ने हमारे लिए पहले ही घोषित कर दी थी; सामाजिक स्वतंत्रता बुद्ध, चैतन्य, नानक और कबीर और महाराष्ट्र के संतों के संदेश का हिस्सा थी; राजनीतिक स्वतंत्रता अंतिम लक्ष्य है, राजनीतिक स्वतंत्रता के बिना मनुष्य की आत्मा अपंग हो जाती है। केवल कुछ शक्तिशाली आत्माएँ अपने परिवेश से ऊपर उठ सकती हैं; लेकिन साधारण आदमी अपने परिवेश का गुलाम होता है और यदि ये मतलबी, सेवाहीन और अपमानित होते हैं तो ये स्वयं मतलबी, सेवाहीन बनते हैं। सामाजिक स्वतंत्रता केवल वहीं पैदा हो सकती है, जहाँ आदमी की आत्मा बड़ी, स्वतंत्र और उदार है, वह क्षुद्र उद्देश्यों और विचारों की गुलाम नहीं है। सामाजिक स्वतंत्रता सामाजिक मशीनरी का परिणाम नहीं है, बल्कि मानव बुद्धि की स्वतंत्रता और मानव आत्मा की कुलीनता का परिणाम है, इसलिए आध्यात्मिक स्वतंत्रता भी गुलामों की भूमि में बहुत से लोगों की कभी नहीं हो सकती है। कुछ लोग योग मार्ग का अनुसरण कर सकते हैं और अपने परिवेश से ऊपर उठ सकते हैं, लेकिन पुरुषों का बड़ा भाग आध्यात्मिक मुक्ति की ओर पहला कदम भी नहीं बढ़ा पाता है। हम यह नहीं मानते कि मोक्ष का मार्ग स्वार्थ में है। यदि हमारे आस-पास के लोगों का बड़ा भाग दुःखी, पतित, अपमानित है तो भगवान् के बाद साधक अपने भाइयों की स्थिति के प्रति उदासीन कैसे हो सकता है? सभी प्राणियों के प्रति अनुराग संतत्व की स्थिति है और पूर्ण योग वे है जो सभी प्राणियों का भला करने की इच्छा से भरा है, ईश्वर केवल स्वयं में ही नहीं, वह सभी में है, इन लाखों लोगों में है। भगवान् ने भारत को पवित्र आध्यात्मिकता के अनंत स्रोत के रूप में प्रस्तुत किया है और वह इस स्रोत को कभी सूखने नहीं देगा, इसलिए स्वराज हमारे सामने प्रस्तुत किया गया है। एक बार अपनी राजनीतिक स्वतंत्रता प्राप्त कर लें तो हम अपनी आध्यात्मिक स्वतंत्रता को पुनः प्राप्त कर लेंगे। एक बार संतों और ऋषियों की भूमि में प्राचीन योग की अग्नि प्रज्वलित हो जाएगी और उनके लोगों के दिलों को अनंत ऊँचाई तक उठा दिया जाएगा।"

"यदि सफलता की स्थितियों को अभी और अधिक तेजी से लाया जाना है तो यह अभी तक स्वतंत्रता के प्रेमियों द्वारा खुद के माध्यम से काम करने के प्रयास से वापस लेना होगा। स्वयं से शुद्ध इन मजबूत आत्माओं की आकांक्षा क्षेत्र में नए

श्रमिकों का निर्माण करेगी, राष्ट्र के दिल में स्वतंत्रता की महान् इच्छा को बढ़ावा देगी और आवश्यक भौतिक शक्ति के विकास में तेजी लाएगी।

अब जरूरत है आध्यात्मिक कार्यकर्ताओं के ऐसे समूह की, जिनकी तपस्या मानवता की सेवा के लिए, भारत की मुक्ति के लिए समर्पित होगी। हमें ऐसी संस्था की जरूरत है, जिसके तहत उच्च आध्यात्मिक पुरुषों को श्रमिकों के मार्गदर्शन हेतु हर क्षेत्र के लिए प्रशिक्षित किया जाएगा, आत्मरक्षा के लिए श्रमिकों, मध्यस्थता के लिए श्रमिकों, स्वच्छता के लिए, अकाल राहत के लिए। काम की प्रत्येक प्रजाति के लिए प्रशिक्षित किया जाए, जो स्वराज के संगठन के लिए आवश्यक शर्तों को लाने के लिए आवश्यक है। अगर देश को आजाद होना है तो उन्हें सबसे पहले खुद को संगठित करना होगा, ताकि अपनी आजादी को बनाए रखा जा सके। स्वतंत्रता की जीत आसान काम है, इसे बनाए रखना मुश्किल है। पहली जरूरत केवल जबरदस्त प्रयास की है, जिसमें देश की सभी ऊर्जा केंद्रित होनी चाहिए, दूसरे के लिए एकजुट, संगठित और व्यवस्थित ताकत की आवश्यकता होती है। यदि ये दोनों स्थितियाँ पूरी होती हैं तो और कुछ भी नहीं चाहिए, क्योंकि बाकी सबकुछ विस्तार से है और अनिवार्य रूप से पालन करना होगा। पहली शर्त के लिए एक शक्तिशाली निस्स्वार्थ विश्वास और आकांक्षा अपेक्षित है, दूसरे के लिए भारत, जिसके पास अपना उद्धार करने के लिए कोई रुकावट नहीं है, उन्हें अपनी बिखरी हुई शक्तियों को एकल और अप्रतिरोध्य रूप में व्यवस्थित करने की आवश्यकता है।"[34]

राजनीतिक क्षितिज पर इकट्ठा होने के लिए अब काले बादल शुरू हो गए। स्वतंत्रता-कार्यकर्ताओं का हिंसक, पश्चाताप दमन संगठित सफाए के लिए अपना समय तय कर रहा था। श्रीअरविंद को पता था कि आस-पास क्या चल रहा है और उन्होंने आ रहे तूफान की गड़गड़ाहट को सुना।

30 अप्रैल को क्रांतिकारी दल, खुदीराम और प्रफुल्ल चाकी दो जवानों को जिलाधिकारी किंग्सफोर्ड पर बम फेंकने के आरोप में मुजफ्फरपुर के पास गिरफ्तार कर लिया गया, जिसके खिलाफ पूरे देश में राष्ट्रवादी प्रेस और उनके कठोर उत्पीड़न के लिए जोरदार नाराजगी थी। "मिस्टर किंग्सफोर्ड को मारने के

---

34. 'क्षण की जरूरत', वंदे मातरम्

प्रयास में, खुदीराम बोस नाम के लड़के ने मिसेज और मिस कैनेडी की हत्या उनकी गाड़ी पर फेंके गए बम से की, जबकि वे अपने क्लब से बाहर निकल रहे थे।"[35] ('अलीपुर बम मुकदमा', लेखक बेजोय कृष्णे बोस) सरकार के लिए वह आखिरकार वह समय आ गया था, जिसका वह इंतजार कर रही थी। श्रीअरविंद ने राष्ट्रीय कार्यकर्ताओं पर दमन के जोरदार तूफान का अनुमान कर लिया था और इसका खामियाजा श्रीअरविंद को उठाना पड़ा। उन्हें कट्टर-अपराधी माना जाता था, एक ऐसा नेता जिसका व्यक्तिगत चुंबकत्व, उग्र लेखन और असाधारण बुद्धिमत्ता और संगठनात्मक प्रतिभा युवा क्रांतिकारियों द्वारा प्रदर्शित लापरवाह साहस और बलिदान की भावना के लिए अकेले जिम्मेदार थे। अधिक निश्चित जानकारी पर कार्यवाही करते हुए पुलिस ने सर्च वारंट प्राप्त किया और 2 मई, 1908 की सुबह एक साथ कलकत्ता में और उनके आसपास के कई स्थानों की तलाशी ली। हम खुद श्रीअरविंद से उनके घर की खोज और उनकी गिरफ्तारी की बहुत ही दिलचस्प कहानी सुन सकते हैं।

श्रीअरविंद याद करते हैं—"1 मई, 1908 को जब मैं वंदे मातरम् के कार्यालय में बैठा था तो एस.जे. श्यामसुंदर चक्रवर्ती ने मुझे मुजफ्फरपुर से तार दिया। मैंने इसमें पढ़ा कि मुजफ्फरपुर में बम विस्फोट हुआ था और दो यूरोपीय महिलाओं को मार दिया गया था। उसी दिन मैंने 'एम्पायर' में आगे पढ़ा कि पुलिस कमिश्नर ने कहा था कि हम जानते हैं कि इस हत्या की साजिश में कौन थे और जल्द ही उन्हें गिरफ्तार कर लिया जाएगा, तब मुझे नहीं पता था कि मैं उनके संदेह का मुख्य लक्ष्य था, पुलिस के अनुसार, मैं कट्टर-हत्यारा और युवा क्रांतिकारी राष्ट्रवादियों का मार्गदर्शक और गुप्त नेता था। मुझे नहीं पता था कि वह दिन मेरे जीवन के अध्याय का वह पन्ना था, जो मेरे सामने एक साल के कारावास की आशंका के साथ पड़ा था, उन अवधि के लिए दुनिया के साथ मेरा सारा संबंध कट जाएगा और मुझे यह मानव समाज के बाहर पूरे साल के लिए बंदी जानवर की तरह रहना होगा, जब मुझे अपने कार्यक्षेत्र में वापस जाना चाहिए तो यह वही पुराना, परिचित श्रीअरविंद घोष नहीं होगा, लेकिन नया आदमी, नए चरित्र, नई बुद्धि, नया दिल और नया अनुभव लेकर अलीपुर आश्रम से बाहर आएगा। मन

35. 'अलीपुर बम मुकदमा', लेखक बेजोय कृष्ण बोस (1992)

और उन पर नए काम के बोझ के साथ। मैंने कहा है, यह एक साल का कारावास था, मुझे कहना चाहिए, यह जंगल में साल बिताने का जीवन था। आश्रम में साल का जीवन था। मैंने नारायण के प्रत्यक्ष दर्शन और अहसास के लिए कड़ी मेहनत और लंबे समय तक प्रयास किया था, जो मेरे दिल में बसता है और पुरुषोत्तम, ब्रह्मांड के निर्माता, को प्राप्त करने की गहन आशा को सँजोया था, लेकिन मैं हजार सांसारिक इच्छाओं, विभिन्न गतिविधियों से जुड़ाव और अज्ञानता की गहन अस्पष्टता के कारण सफल नहीं हो सका। अंत में श्री हरि ने, जो असीम रूप से दयालु और कृपालु हैं, उन दुश्मनों को झटके में मार डाला और मेरा रास्ता साफ कर दिया, योग के निवास की ओर इशारा किया और खुद मेरे गुरु (आध्यात्मिक मार्गदर्शक) और अंतरंग कॉमरेड के रूप में मेरे साथ वहाँ रहे। वह ब्रिटिश सरकार का आश्रम या एक ब्रिटिश जेल थी या एकमात्र ऐसा स्थान था, जहाँ कि मैंने भगवान् को महसूस किया।"

"यह सब कितना सच है, मुझे पहली बार अलीपुर जेल में महसूस हुआ… मैं भी, (बिपिनचंद्र पाल की तरह) अलीपुर जेल में समझा कि हिंदू धर्म के इस आवश्यक सत्य को और पहली बार चोरों, लुटेरों और हत्यारों के मानव शरीर में, सर्वोच्च दिव्य नारायण का एहसास हुआ।"[36]

श्रीअरविंद की अद्‌भुत कार्यशैली देखकर कोई भी अचंभित हो सकता है। कई बार में महसूस करता हूँ कि कैसे एक साधारण नागरिक अत्यंत शक्तिशाली साम्राज्य से टक्कर लेकर सारे समाज को जागृत कर सकता है? नेतृत्व करना बेहद कठिन काम है वह भी ऐसे समय में जब चारों तरफ चुनौतीपूर्ण वातावरण था। इन सब सवालों को उत्तर केवल एक पक्ति में दे सकते हैं कि उन पर दैवीय कृपा थी एक दैवीय योजना के तहत वे धरती पर एक विशेष उद्‌देश्य के लिए आए। उन्होंने लिखा है—

मैंने उस जेल को देखा, जिसने मुझे पुरुषों से अलग कर दिया था और इसकी ऊँची दीवारों से अब मुझे कैद नहीं होना था; नहीं, यह वासुदेव ही थे, जिन्होंने मुझे घेर लिया था। मैं अपनी कोठरी के सामने पेड़ की शाखाओं के नीचे चला गया, लेकिन यह पेड़ नहीं था, मुझे पता था कि यह वासुदेव था, यह कृष्ण

36. उत्तरपाड़ा में भाषण

था, यह वासुदेव था, वासुदेव था, वासुदेव था यह कृष्ण था, जिसे मैंने वहाँ खड़े देखा और मुझे अपनी छाया में पकड़ लिया। मैंने अपनी कोठरी की सलाखों को देखा, बहुत से दरवाजे को देखा, फिर मैंने वासुदेव को देखा। यह नारायण ही नारायण ही थे, जो मेरे ऊपर रखवाली कर रहे थे। मैं मोटे कंबल पर लेट गया, जो मुझे सोने के लिए दिया गया था और अपने चारों ओर श्रीकृष्ण की भुजाओं, मेरे मित्र और प्रेमी की बाँहों को महसूस किया। यह उनके द्वारा मुझे दी गई गहरी दृष्टि का प्रथम उपयोग था। मैंने जेल में कैदियों, चोरों, हत्यारों, ठगों को देखा और जैसे ही मैंने उन्हें देखा, मैंने वासुदेव को देखा, यह नारायण थे, जिन्हें मैंने इन अँधेरी आत्माओं और दुरात्माओं के शरीर में पाया था।

कलकत्ता अलीपुर जेल, जहाँ श्रीअरविंद को कैद किया गया था

योग के संवाद में दो संदेश आए। पहले संदेश में कहा गया, 'मैंने आपको काम दिया है और आपके इस राष्ट्र के उत्थान के लिए मदद करना है। आगे वह भी समय आएगा, जब आपको जेल से बाहर जाना होगा, क्योंकि यह मेरी इच्छा नहीं है कि इस बार आपको दोषी ठहराया जाए या कि आप बाकियों की तरह समय बिताए, जैसा कि दूसरे करते हैं, अपने देश के लिए दु:खी होकर मैंने आपको काम करने के लिए बुलाया है और वह आदेश है, जिसके लिए आपने पूछा है। मैं आपको आगे बढ़ने और अपना काम करने के लिए आदेश देता हूँ।' दूसरा संदेश आया और उन्होंने कहा, 'एकांत के इस वर्ष में आपको कुछ दिखाया गया है, कुछ ऐसा जिसके बारे में आपको अपनी शंका थी और यह हिंदू धर्म की सच्चाई है। यह धर्म है, जिसे मैं दुनिया के सामने उठा रहा हूँ। सत्य यही है, जो मैंने ऋषियों, संतों और अवतारों के माध्यम से सिद्ध और विकसित किया है और अब यह राष्ट्रों के बीच अपना काम करने जा रहा है। मैं अपने शब्द को आगे भेजने के लिए इस राष्ट्र को बढ़ा रहा हूँ। यह सनातन धर्म है, यह आंतरिक धर्म है, जिसे आप वास्तव में पहले नहीं जानते थे, लेकिन जो अब मैं आपके सामने प्रकट कर रहा हूँ, जब यह कहा जाता है कि 'भारत उठेगा' तो यह सनातन धर्म है। जब यह कहा जाता है कि 'भारत महान् होगा', यह सनातन धर्म है, जो महान् होगा, जब यह कहा जाता है कि भारत खुद का विस्तार और विकास करेगा तो यह सनातन धर्म है, जो दुनिया भर में खुद का विस्तार और विकास करेगा। यह धर्म के लिए है और धर्म के द्वारा ही भारत का अस्तित्व है। धर्म को बढ़ाने का मतलब देश को बढ़ाना है। मैंने आपको दिखाया है कि मैं हर जगह और सभी पुरुषों और सभी चीजों में हूँ कि मैं इस आंदोलन में हूँ और मैं न केवल उन लोगों के लिए काम कर रहा हूँ, जो देश के लिए प्रयास कर रहे हैं, बल्कि मैं उन लोगों में भी काम कर रहा हूँ, जो उनका विरोध करते हैं और उनके मार्ग में खड़े होते हैं। मैं हर किसी में काम कर रहा हूँ और जो भी पुरुष सोच सकते हैं, वह कर सकते हैं या वे कुछ भी नहीं कर सकते हैं, वह बस, मेरे उद्देश्य में मदद कर सकते हैं।

श्रीअरविंद द्वारा उत्तरपाड़ा में जो भाषण दिया गया, (दर्शकों में लगभग दस हजार लोग थे। उनकी आवाज सब तक पहुँचे। इसलिए दर्शकों ने उन्हें सुनने के

लिए सक्षम होने के लिए चुप्पी लगा ली थी। "उन्हें पूर्ण शांति में सुना गया था। उन्हें जो स्वागत मिला…वह असाधारण था…)"[37]

बंगाल में श्रीअरविंद उत्तरपाड़ा भाषण का स्मारक

अगर देखा जाए तो श्रीअरविंद ने एक बात अत्यंत स्पष्ट शब्दों में कही कि राष्ट्रगान ही राष्ट्रीयता ही सनातन धर्म है। भगवान् ने श्रीअरविंद के समक्ष यह स्पष्ट किया कि वे हर प्राणी में विद्यमान है। अपनी सर्वत्यापकता के विषय के अंदर विद्यमान होकर कार्य कर रहे हैं। श्रीअरविंद को ज्ञात हुआ कि परमपिता परमेश्वर केवल देश के लिए काम करनेवाले मेहनत करनेवालों के साथ ही नहीं

37. ए.बी. पुरनी 'श्रीअरविंद का जीवन'

है, बल्कि उनके भीतर भी हे, जो उनका विरोध करते हैं। जीवन के सभी कार्य दैवीय योजना के अंतर्गत होते हैं। स्वयं श्रीअरविंद बताते हैं कि चमत्कार के रूप में उनकी पैरवी करने सी.आर. दास आए। श्रीअरविंद को ऐसा लगा, मानो स्वयं ईश्वर ने उन्हें यहाँ भेजा है!

श्री सी.आर. दास और श्रीअरविंद

कवि देशभक्त सी.आर. दास द्वारा प्रेरित ऐसा क्षण था, जब 1909 में उन्होंने न्यायाधीश के सामने भविष्यवाणी की, जो देशद्रोह और क्रांतिकारी कार्यवाही पर अलीपुर केस में श्रीअरविंद पर मुकदमा कर रहे थे, "चितरंजन की सक्षम और भविष्यनिष्ठ वकालत (सी.आर. दास) ने मुकदमे को लगभग महाकाव्य स्तर तक उठाया। अदालत में उनकी प्रसिद्ध अपील अभी भी कानों तक बजती है, अपील अभी भी कानों तक बजती है, क्योंकि यह शब्दांश सही साबित हुआ है। उन्होंने मिस्टर बीचक्रॉफ्ट से कहा, जो इस मामले में न्यायाधीश थे।"

मेरी आपसे यह अपील है कि जब विवाद शांत होगा, इस उथल-पुथल के बाद और आंदोलन थम जाएगा, जब वे मर जाएँगे और चले जाएँगे, तब उसके बहुत बाद उन्हें देशभक्ति के कवि के रूप में देखा जाएगा, जैसा कि राष्ट्रवाद का पैगंबर और मानवता का प्रेमी। लंबे समय के बाद वे जाएँगे और चले जाएँगे, लेकिन उनके शब्द गूँज उठेंगे और फिर से गूँज उठेंगे, न केवल भारत में, बल्कि दूर-दूर के समुद्रों और जमीनों पर अपनी रिहाई के बाद श्रीअरविंद ने संजीवनी के कार्यालय में काम किया, जो उनके चाचा कृष्ण कुमार मित्रा द्वारा संपादित किया गया था, जो उन समय आगरा जेल में थे। देश का राजनीतिक माहौल धूमिल और तल्ख हो गया था। ज्यादातर नेता या तो जेल में थे या भारत से दूर

थे। आंतरिक रूप से गहरा असंतोष था, लेकिन सतह पर भ्रामक शांति थी।

रामानंद चटर्जी की अध्यक्षता में 13 जून, 1909 को आयोजित बीडॉन स्क्वायर में बैठक में श्रीअरविंद ने अन्य बातों के साथ कहा, "...भारत का भाग्य उदय होगा और यह पूरे भारत को अपने प्रकाश और अतिप्रवाह भारत से भर देगा और एशिया को पछाड़कर दुनिया को पछाड़ देगा।" उन्हें केवल भारत की चिंता रहती, वे करोड़ों भारतवासियों को ईश्वर की चमक के नजदीक लाना चाहते थे।

कुछ उत्साही युवा राष्ट्रवादियों द्वारा अपनाया गया आतंकवाद और इस तरह के अन्य साधन सरकार द्वारा लगातार दमन की नीति का अनिवार्य परिणाम थे। गिरफ्तारी और निर्वासन दिन का नियम बन गया, जिससे राष्ट्रवादी भावना को बड़ी प्रेरणा मिली। श्रीअरविंद के निर्वासन की अफवाहों से हवा भरी थी। इस बीच सरकार ने श्रीअरविंद से छुटकारा पाने का निर्णय लिया, क्योंकि उनकी दमनकारी नीति की सफलता के लिए वे एकमात्र बाधा थे, क्योंकि वे उन्हें अंडमान में नहीं भेज सकते थे, उन्होंने उन्हें निर्वासित करने का फैसला किया। भगिनी निवेदिता को यह पता चला और उन्होंने श्रीअरविंद को सूचित किया और उनसे ब्रिटिश भारत छोड़ने और बाहर से काम करने को कहा, ताकि उनका काम रुके नहीं या पूरी तरह से बाधित न हो। श्रीअरविंद ने 'कर्मयोगिन' में हस्ताक्षरित लेख में प्रकाशित करने के लिए खुद को तैयार किया।[38]

श्रीअरविंद ने 23 अगस्त, 1909 को बंगाली में नया साप्ताहिक 'धर्म' पत्र शुरू किया। इसके संपादकीय का नेतृत्व गीता के प्रसिद्ध श्लोक से किया गया था, "जहाँ भी अधर्म है और अधर्म का उदय होता है, तब मैं अपने आप जन्म लेता हूँ।" 'कर्मयोगिन' के रूप में अंग्रेजी पेपर का नामकरण और 'धर्म' के रूप में बंगाली पेपर, श्रीकृष्ण की तस्वीर, विशेषकर अर्जुन के धर्मयुद्ध में भगवान् का रथ चलाना, विशेष प्रयोजन को इंगित करता है।

'कर्मयोगिन' और 'धर्म' से गीता का उद्धरण, अधर्म से दुनिया के उत्थान के के दैवीय प्रेरणा, ये सभी स्पष्ट संकेत हैं कि श्रीअरविंद के विचार और उनका जीवन तब किस दिशा में दृढ़ता से बदल रहे थे।

☐

---

38. श्रीअरविंद स्वयं और माता के बारे में

5

पुडुचेरी : आध्यात्मिक जागृति का केंद्र

वर्ष 1910, फरवरी के मध्य माह के शाम के धुँधलके में 4, श्यामपुकुर लेन, 'कर्मयोगी' के कार्यालय में अचानक खबर मिली कि कुपित अंग्रेजी साम्राज्य राष्ट्रवाद के आंदोलन को कुचलने की बड़ी कोशिश कर रहा है। अपनी पुरानी असफलता को छुपाने हेतु अंग्रेजी साम्राज्य एक बड़े प्रहार की तैयारी में था। खबर थी कि कर्मयोगी के कार्यालय में छापा मारकर गिरफ्तारियाँ होंगी। विशेषकर श्रीअरविंद को लक्ष्य बनाए जाने की खबर एक उच्च पुलिस अधिकारी से मिली।

एस.एस. डुप्लेक्स

4 अप्रैल, 1910 को श्रीअरविंद अंततः पुडुचेरी पहुँचे। वह उस समय मात्र 38 वर्ष के थे। पुडुचेरी में क्रांतिकारियों के मन में श्रीअरविंद के आने से एक नई ऊर्जा का संचार हुआ। इनमें एक उत्तर भारत के योगी थे, जो श्रीअरविंद के पूर्ण योग की प्रतीक्षा में थे।

मेरा मानना है कि श्रीअरविंद का संपूर्ण जीवन एक योगी का जीवन रहा है। उनके परिश्रम, प्रखरता, समर्पण, राष्ट्रप्रेम, सामाजिक चिंता के उद्धरण बचपन से मिलते रहे हैं। इंग्लैंड में विद्यार्थी जीवन, बड़ौदा में विद्वानों का जीवन, बंगाल में राजनीतिक जीवन। ये ऊपरी कृत्रिम विभाजन केवल उन लोगों द्वारा किए गए हैं, जो अपने जीवन को समग्र रूप से नहीं देख पाए।

Messageries Maritimes

FRENCH MAIL STEAMERS.

DEPARTURES FROM CALCUTTA.

THE S.S. "DUPLEIX," Capt. Musseau, 2,600 Tons, will sail on the following dates, taking passengers and cargo for Pondicherry, Colombo, Egypt and Marseilles, and also China and Japan, in connection at Colombo with the following steamers homewards :—

Sailings from Calcutta.	Sailings from Colombo	Steamers.	Tons.
1 April	9 April	Toukin	6092
29 April	7 May	Oceanien	4141
27 May	4 June	Australien	6365
24 June	8 July	Yarra	4142
22 July	30 July	Toukin	6093
19 August	27 August	Ville de la Ciotat	6373
16 September	24 Sept.	Oceanien	4145

DEPARTURES FROM BOMBAY TO ADEN EGYPT AND MARSEILLES.

(PASSENGER SEASON 1910).

		Tons
14 April	Sydney	4118
12 May	Ville-de-La Ciotat	6378
9 June	Nera	5598
7 July	Caledonien	4130
4 August	Dumbea	5685
1 September	Sydney	4118

REDUCED FARES.

"B" ACCOMMODATION.

	Single.	Return
To London (Overland):		
First Class	Rs. 660	990
Second Class	Rs. 528	792
To Marseilles		
First Class	Rs. 594	891
Second Class	Rs. [illegible]	743

The present higher fares are retained for some cabins according to [illegible].

For further particulars apply to

L. [illegible], Agent,
[illegible] Street, Post Box 228,
Calcutta.

for Agent, MESSAGERIES MARITIMES
Albert Buildings, [illegible] Road, Bombay.

Notice to Passengers per S. S. "Dupleix."

The French Mail Steamer "Dupleix" will leave her berth, No. 1, Esplanade Moorings, on Friday, the [illegible], at 6-30 a.m.

Passengers are requested to be at [illegible] at 6 p.m. [illegible]

एस.एस. डुप्लेक्स का नोटिस

वास्तव में, जैसा कि हम पहले ही स्पष्ट हुआ है उनके जीवन में कभी कोई विराम नहीं था। वह अनवरत धारा की तरह निरंतर विकास का प्राकृतिक प्रवाह था।

पुडुचेरी पोर्ट

वर्ष 1910, फरवरी के मध्य माह के शाम के धुँधलके में 4, श्यामपुकुर लेन, कर्मयोगिन का कार्यालय में अचानक खबर मिली कि कुपित अंग्रेजी साम्राज्य राष्ट्रवाद के आंदोलन को कुचलने की बड़ी कोशिश कर रहा है। अपनी पुरानी असफलता को प्रवास छुपाने हेतु अंग्रेजी साम्राज्य एक बड़े प्रहार की तैयारी में था। खबर थी कि कर्मयोगी के कार्यालय में छापा मारकर गिरफ्तारियाँ होंगी। विशेषकर श्रीअरविंद को लक्ष्य बनाए जाने की खबर उच्च पुलिस अधिकारी से यहाँ से मिली।

4 अप्रैल, 1910 को श्रीअरविंद अंततः पुडुचेरी पहुँचे। वह उस समय वे मात्रा 38 वर्ष के थे। पुडुचेरी में क्रांतिकारियों के मन में श्रीअरविंद के आने से

एक नई ऊर्जा का संचार हुआ। इनमें एक उत्तरभारत के योगी थे जो अरविंद के पूर्ण योग की प्रतीक्षा में थे।

इस समय पुडुचेरी जाने के लिए श्रीअरविंद को फिर से 'नौकायन के आदेश' मिले। सुरेश चक्रवर्ती (उर्फ मोनी) को फरवरी के अंतिम सप्ताह में श्रीअरविंद से बहुत छोटा-सा नोट मिला, जिससे उन्हें पुडुचेरी जाने और श्रीअरविंद के वहाँ रहने की व्यवस्था करने को कहा। उस समय श्रीअरविंद की आयु 38 वर्ष थी, जव वह पुडुचेरी के लिए चल दिए थे।

श्रीअरविंद के सूत्रों ने दोहराया था कि वे अभी भी 'चिह्नित' व्यक्ति थे। उड़नेवाली अफवाहों ने तब और ठोस रूप ले लिया, जब सिस्टर निवेदिता ने, जिनका अधिकारी वर्ग के साथ संपर्क था, श्रीअरविंद से उनकी आसन्न गिरफ्तारी या निर्वासन की संभावना के बारे में बात की। श्रीअरविंद चंद्रनगर में 15 फरवरी से 31 मार्च, 1910 तक लगभग डेढ़ महीने रहे। मोतीलाल रॉय ने नाव से श्रीअरविंद को उनके घर तक पहुँचाया। मोतीलाल रॉय के लिए समस्या यह थी कि वे अपने अनूठे मेहमान की श्रद्धा से देखभाल करें और साथ-ही-साथ चंद्रनगर में अपनी उपस्थिति को गुप्त रहस्य बनाए रखें। मोतीलाल के ड्राइंगरूम में आरामकुरसी पर बैठे हुए श्रीअरविंद ने उन्हें गुप्त स्थान पर रहने के लिए कहा, ताकि ब्रिटिश सरकार के एजेंटों को उनके ठिकाने की गंध न आए। मैं उन्हें अपने अप्रयुक्त कमरे में पहली मंजिल पर अँधेरे अपार्टमेंट में ले गया, कुरसियों के लिए स्टोररूम के रूप में स्थापित किया। धूल की मोटी परत पहली मंजिल पर बसी हुई थी। ऐसा लगता था, इस स्थान पर चमगादड़, तिलचट्टे और मकड़ियों ने मुसकराते हुए निरंकुश शासन किया। मैंने धूल को फर्श के हिस्से से दूर फेंक दिया और कालीन बिछा दिया, जो चादर में ढका हुआ था। वे नीरव होकर बैठ गए'''[39]

एक जगह पर उनका लगातार रहना रहस्य खुलने का कारण हो सकता था और हमने उनके निष्कासन के बारे में बात की'''मुझे गाड़ी में रात के अँधेरे में उन्हें शहर के दक्षिणी इलाके में ले जाने का दायित्व सौंपा गया था। उनकी गुमशुदगी हो गई थी। दो पत्रों, 'धर्म' और 'कर्मयोगिनी' में सूचना दी गई। लोगों को पता था कि वे तिब्बती संत कुथुमी के आह्वान के जवाब में साधना के लिए

---

39. 'मेरे जीवन के साझीदार'—मोतीलाल राय

बहिन निवेदिता

हिमालय के बीच चले गए थे।

उनका व्यक्तित्व कभी भी किसी इनसान जैसा नहीं लगता था...जब वे संवेदी मनोदशा में थे तो मैंने पूछा, 'आप अपनी आँखों से क्या देखते हैं?' उनका जवाब अभी भी मेरे हृदय पर अंकित है। उन्होंने कहा, 'पत्रों की भीड़ हवा में नीचे आती है; मैं उन्हें समझने की कोशिश करता हूँ।' उन्होंने फिर समझाया, 'भगवान् की अदृश्य दुनिया दिखाई देने लगती है। वह वर्णमाला के समान महत्त्वपूर्ण हैं और कुछ ऐसा संवाद करना चाहते हैं, जिसे

पुडुचेरी में श्रीअरविंद

मैं खोजने का प्रयास करता हूँ। श्रीअरविंद को फिर से दो या तीन स्थानों पर क्रमिक रूप से जाना पड़ा। निर्वासन के बजाय अब वे स्थानीय और अस्थायी परिवहन की शृंखला पर रह रहे थे।

बंगाली पत्र 'धर्म' 21 मार्च को निम्नलिखित सूचना प्रकाशित की—

'यह अफवाह है कि श्रीअरविंद घोष कहीं दूर चले गए हैं, किसी को भी नहीं पता। जहाँ तक हम जानते हैं, वे योग के अभ्यास में लगे हुए हैं और कोई राजनीतिक या अन्य काम नहीं करेंगे, क्योंकि वे किसी से मिलने के लिए तैयार नहीं हैं, फिलहाल उनकी साधना की जगह को गुप्त रखा गया है।'

उनके राजनीति छोड़ने के कारणों के बारे में पूछे जाने पर श्रीअरविंद ने एक बार कहा था, 'मैंने राजनीति नहीं छोड़ी, क्योंकि मुझे लगा कि मैं वहाँ कुछ और नहीं कर सकता; इस तरह का विचार मुझसे बहुत दूर था। मैं दूर आया था, क्योंकि मुझे कुछ भी नहीं चाहिए था। मैं अपने योग के साथ हस्तक्षेप नहीं चाहता था, क्योंकि मुझे इस मामले में बहुत अलग आदेश (ईश्वरीय आदेश) मिला है। मैंने पूरी तरह से राजनीति से संबंध काट दिया है, लेकिन इससे पहले कि मैं ऐसा करता, मुझे पता था कि मेरे द्वारा शुरू किए गए काम को आगे बढ़ाया जाना चाहिए था। दूसरों के द्वारा मेरे द्वारा की गई तर्ज पर और मैंने जो आंदोलन शुरू किया था, वे मेरी व्यक्तिगत कार्यवाही या उपस्थिति के बिना सुनिश्चित था।"

विजय नाग और सुरेश चक्रवर्ती के साथ पुडुचेरी में

श्रीअरविंद आंतरिक

दिशा-निर्देश के कारण चंद्रनगर गए। चंद्रनगर में भी उनकी ओर से योजनाएँ थीं। दोस्तों ने उन्हें फ्रांस भेजने की सोची। स्वयं श्रीअरविंद को आश्चर्य हुआ कि उन्हें आगे क्या करना चाहिए, 'वहाँ मैंने पुडुचेरी जाने के लिए आदेश (आज्ञा) सुनी।"

1910 से, श्रीअरविंद अपने कुछ विशिष्ट अनुयायियों के साथ पुडुचेरी में रहे, जीवन चलाने के लिए वे पूरी तरह से दान पर निर्भर थे। कुल-मिलाकर देखा जाए तो घर से दूर बाह्य और आर्थिक रूप से यह बहुत कठिन समय था।

श्रीअरविंद ने मोतीलाल रॉय को लिखे एक पत्र में अपनी आर्थिक स्थिति की अनिश्चितता को मजाक में लिखा, लेकिन इन विनोदपूर्ण पंक्तियों के पीछे अत्यंत गंभीरता छिपी हुई थी—

"अभी स्थिति यह है कि हमारे हाथ में अभी मात्र डेढ़ रुपया है। श्रीनिवास भी बिना पैसे के हैं। इस बात में कोई शक नहीं कि भगवान् प्रदान करेगा, लेकिन उसने आखिरी क्षण तक इंतजार करने की बुरी आदत को पाल लिया है। मैं केवल आशा करता हूँ कि वह हमें भारती की तरह माइनस अमाउंट पर जीने की सीख नहीं देंगे।"

पुडुचेरी स्थित शंकर चेटियार का घर, जहाँ श्रीअरविंद रहे

आर्थिकी की बात छोड़ दें तो आंतरिक योग, गहन और अटूट रहकर बाहरी परिस्थितियों से बिल्कुल अप्रभावित रहा। चार साल तक चली यह एकांत यात्रा अद्वितीय थी। श्रीअरविंद की साधना और उनके कार्य अभी भी उस विशेष व्यक्ति के आगमन की बाट जोह रहे थे, जो उनकी सच्ची सहयोगी, श्रीमाँ के रूप में आनेवाली थी। 29 मार्च, 1914 को एक फ्रांसीसी महिला मीरा रिचर्ड अपने पति पॉल रिचर्ड के साथ पुडुचेरी पहुँची और श्रीअरविंद से मिली।[40] मीरा अपने आध्यात्मिक पथ पर बहुत दूर तक आ चुकी थी और पहले से ही एक व्यक्ति के संपर्क में थी, जिसे वह 'कृष्ण' कहती थी और जो उसका मार्गदर्शन करता था।

यह बहुत कम मायने रखता है कि घने अज्ञान में डूबे हुए हजारों प्राणी हैं, जिन्हें हमने कल देखा था, वे पृथ्वी पर हैं; उनकी उपस्थिति यह साबित करने के लिए पर्याप्त है कि एक दिन आएगा, जब अँधेरा प्रकाश में बदल जाएगा और तुम्हारा शासन वास्तव में पृथ्वी पर स्थापित होगा।"

वर्ष 1914 के बाद तो जैसे चमत्कार हो गया। महर्षि अरविंद के आध्यात्मिक आंदोलन के लिए एक बड़ा प्रोत्साहन था। 5 अगस्त, 1914 को मासिक 'आर्य' को विमोचित किया गया। 'आर्य' के माध्यम से श्रीअरविंद ने दुनिया को अपनी महान् आध्यात्मिक दृष्टि पर प्रकाश डालते हुए इसे प्राप्त करने का मार्ग प्रस्तुत किया।

श्रीअरविंद की लगभग सभी प्रमुख कृतियाँ, जो बाद में पुस्तक रूप में प्रकाशित हुईं—'द लाइफ डिवाइन', 'द सिंथेसिस ऑफ योग', 'द ह्यूमन साइकिल', 'द आइडियल ऑफ ह्यूमन यूनिटी', 'ऑन द वेद', 'द उपनिषद्', 'गीता पर निबंध', 'द फाउंडेशन ऑफ इंडियन कल्चर', 'द फ्यूचर पोएट्री'—इन सभी की सबसे पहले 'आर्य' में सिलसिलेवार प्रस्तुति हुई। समय के साथ 'आर्य' विचारों की धार को प्रस्तुत करता महीने-दर-महीने, विभिन्न विषयों पर मंथन का सर्वोत्तम माध्यम बन गया। ऐसा प्रतीत होता था कि सीधे साइलेंट कॉन्शियसनेस से उनकी कलम में बहकर मन के अंदर समा गया।

---

40. श्रीअरविंद ऑटोबायोग्राफिकल नोट्स एंड अदर राइटिंग्स ऑफ हिस्टोरिकल इंटरेस्ट, पृष्ठ 9

1918–1920 के दौरान गया पुडुचेरी में लिया चित्र

1915 में, प्रथम विश्वयुद्ध के प्रकोप के साथ रिचर्ड को फ्रांस वापस जाना पड़ा। 1916 में मीरा जापान चली गई और 1920 में पुडुचेरी लौट आई, इस बार आई तो फिर कभी न जाने के लिए, हमेशा से भारत की होकर रह गई। एक

शर्मीली यूरोपियन नवयुवती कैसे 'श्रीमाँ' बन गई, इसकी विस्तृत चर्चा अंतिम अध्याय में की गई है।

अगर श्रीअरविंद की जीवन यात्रा के विभिन्न पड़ावों की समीक्षा की जाए तो पुडुचेरी का पड़ाव श्रीअरविंद के जीवन में सबसे महत्त्वपूर्ण पड़ाव था। 4 अप्रैल, 1910 को पुडुचेरी में आगमन एक महान् तपस्या की परिणति थी। इस तपस्या का परिणाम था कि वक अपने जीवन के लक्ष्य को पा सके। उन्होंने न केवल अपने व्यक्तिगत लक्ष्यों को पाने में सफलता पाई, बल्कि स्व उत्कृर्ष की अभिलाषा रखनेवाले प्रत्येक मनुष्य को नई राह दिखाई।

दैवीय विधाान देखिए श्रीअरविंद राजनीति में पड़ गए पर उत्थान के लिए भेजा था उनके जीवन का उद्देश्य कहीं बड़ा था, इसलिए जेल के रूप में उनके जीवन में व्यवधान आया और उन्हें स्वयं भगवान् वासुदेव ने साक्षात दर्शन दिए। पुलिस ने श्रीअरविंद के खिलाफ झूठे सबूत जुटाए थे, पर ईश्वर का चमत्कार देखिए, उनकी पैरवी लिए आर्श्चजनक रूप में सी.आर. दास आए, जो प्रखर वकील होने के साथ महान् देशभक्त और उनके मित्र थे। जज भी इग्लैंड में श्रीअरविंद के सहपाठी रह चुके थे। रिहाई के पश्चात् ब्रिटिश षड्यंत्र उन्हें रोक नहीं पाया। भगवान् वासुदेव ने उनके पांडिचेरी जाने में वैसे ही मदद की, जिस प्रकार बालक कृष्ण मथुरा जेल में सुरक्षित बाहर निकल गए।

□

6

योगी श्रीअरविंद

योगी श्रीअरविंद

मानव की स्व उत्कर्ष की इच्छा तथा अपने अस्तित्व की पहेली हल करने की जिज्ञासा निरंतर इस भारतभूमि में बनी हुई है। संभवत: काबुल से कामरूप (गुवाहाटी) और कश्मीर से कन्याकुमारी तक कोई भी अन्य विषय इस उप महाद्वीप को अलग नहीं कर सकता। असंख्य मंदिर तथा हजारों संप्रदायों की विविध प्रथाएँ भी मानव तथा इस संसार के अस्तित्व की खोज का ही एक हिस्सा है। भारत हजारों वर्षों से आध्यात्मिक साधकों की भूमि रहा है। आध्यात्मिक उत्थान की बात हो तो संपूर्ण मानव जाति भारत की तरफ आशापूर्णा निगाहों से देखती है।

'मैंने जन्म क्यों लिया', 'जीवन का उद्‌देश्य क्या है,' 'मन को शांति कैसे मिले' आदि प्रश्न मानव मन में लंबे समय से हैं। भारत में यह खोज साधना सदियों पीछे तक चली जाती है। ई.पू. रचित ग्रंथ इन प्रश्नों का उत्तर खोजने में मार्गदर्शन का कार्य करते हैं। कई ग्रंथ साधक और परम सत्ता के बीच संवादों से प्रेरित हैं। 'अष्टावक्र संहिता', 'भगवद्‌गीता' तथा उपनिषदों में मनुष्य की आत्म खोज यात्रा का मार्गदर्शन करने के लिए कई सिद्धांत हैं। हर युग में आध्यात्मिक यात्रा की अनवरत यात्रा और मन में उठ रहे विभिन्न संशयों के उत्तर हेतु भगवद् प्रेरणा स्वरूप गुरु की आवश्यकता पड़ती है।

श्रीअरविंद अपेक्षाकृत एक आधुनिक योगी थे, जिन्होंने इन सवालों के जवाब दिए। वे पश्चिमी तथा भारतीय संस्कृति का एक अनूठा संयोग थे। अपने प्रारंभिक वर्षों में ब्रिटेन में रहकर उन्होंने ग्रीक, रोमन, अंग्रेजी और फ्रांसीसी संस्कृति का

अध्ययन किया तथा पश्चिम की श्रेष्ठता या खूबियों को आत्मसात् किया।

भारत लौटने पर वह भारतीय संस्कृति में विलीन हो गए तथा उन्होंने भारत की विलक्षण अध्यात्मिक विरासत की महत्ता के विषय में पूरे विश्व को अवगत कराया। उन्होंने मानवता तथा मानव विचारों के साथ साझा करने हेतु उत्तम विचारों का संयोजन किया। उनका यह संयोजन अनुभवहीन दार्शनिक की भाँति खोखला नहीं था।

श्रीअरविंद ने न केवल भारत के यौगिक सत्य को अपने जीवन में उतारा और उसका अनुकरण किया। यह एक उपनिषद् दार्शनिक के पुन: जन्म के समान था, जिन्होंने प्राचीन भारत के यथार्थ को प्रदर्शित किया। उन्होंने सनातन धर्म को अपने जीवन की सच्चाई बना लिया। अपनी योग साधना तथा आध्यात्मिक यात्रा के माध्यम से लगभग पचास वर्षों तक उन्होंने अंतदृष्टि को विकसित किया, उच्च सत्य को समझा और व्यक्त किया और बाद में इनके बारे में स्पष्ट रूप से लिखा। पूर्ण योग साधना ने पारंपरिक रीति से परे जाकर मानव विकास हेतु नूतन और उन्नत लक्ष्य निर्धारित किए।

वेदों में कहा गया है कि अनंत सत्य स्थिर नहीं है। 'ऋतम' शब्द में संकेत मिलता है कि अनंत सत्य परिवर्तनशील है। पीढ़ी-दर-पीढ़ी सत्य की सीमाओं का विस्तार हुआ इसी कारण श्री कृष्ण ने 'भगवद्गीता' में 'संभावामि युगे-युगे' कहा है। मानव मन को अतिमानस बनाने हेतु अपने प्रयासों को जारी रखते हुए, ताकि भौतिक सत्य को दैवीय बनाया जा सके, श्रीअरविंद ने सनातन धर्म का विस्तार किया।

श्रीअरविंद ने पारंपरिक शिक्षण से परे जाकर न केवल उन्नत उद्देश्य दिए, बल्कि उन्होंने क्रमश: विधि भी प्रदान की। अच्छी बात यह थी कि उन्होंने न केवल उसका जमकर अभ्यास किया तथा पालन भी किया। उन्होंने इस तरह साधना से प्राप्त परिणामों का इस तरह प्रत्यक्षीकरण किया कि उनके परिचित दंग रह गए। उनकी साधना के दौरान उत्पन्न होनेवाली स्वर्ण ज्योति (हिरण्मय) ने उनके शरीर को सुनहरे रंग में बदल दिया।

उनका योग अध्यात्मिक साधना में एक विपरीत दृष्टिकोण को लेकर

आया। उनकी आध्यात्मिक साधना की पद्धति अपने अपरंपरागत दृष्टिकोण के लिए आश्चर्यजनक थी। श्रीअरविंद ने सिखाया कि व्यक्ति गृहस्थ जीवन-शैली को पूरा करते हुए भी आध्यात्मिक जीवन की ऊँचाइयों को प्राप्त कर सकता है, 1900 के दशक में, जब भारतीय आध्यात्मिकता आत्म-उन्मूलन के साधुत्व विचार से जकड़ी हुई थी, उस दशक में यह एक क्रांतिकारी दृष्टिकोण था। इस दृष्टिकोण ने बड़ी संख्या में उन सच्चे अध्यात्मिक भारतीय साधकों के लिए दरवाजे खोल दिए, जो आध्यात्मिक साधना के लिए अपनी सांसारिक जिम्मेदारियाँ छोड़ने में असमर्थ थे। आध्यात्मिक अनुभूतियों के पारंपरिक साधक हमारे भीतर एकाकी, गेरुवादी तथा उलझी जटाओंवाले, हिमालय पर्वतमाला की ठंडी तथा बंजर चोटियों पर पैदल चलते हुए तपस्वी की छवि उकेरता है। अपने परिवार को त्यागकर अपने अगले भोजन के प्रति अविश्वस्त, वह आत्मानुभूति के लिए घोर तप करता है। ऋषिकेश, उत्तरकाशी, देवप्रयाग और अन्य ऐसे क्षेत्र/शहर सदियों से इस तरह की आध्यात्मिक साधना से जुड़े हैं।

श्रीअरविंद ने सिखाया कि आत्मा की प्राप्ति हेतु के दुनिया को त्यागना या वैरागी होना आवश्यक नहीं है। इसके विपरीत उन्होंने कहा कि आध्यात्मिक उत्थान का सर्वोच्च परीक्षण है दुनिया, रिश्तों तथा घटनाओं की जटिलता को शांति और धैर्य से नियंत्रित करने की क्षमता। बाहरी और आंतरिक अस्तित्व को एकीकृत करना तथा सामंजस्य व धैर्य स्थापित करना आवश्यक था। प्रत्येक साधक का जीवन और परिस्थितियाँ उसके तीव्र विकास को निर्धारित करते हैं तथा उससे उम्मीद की जाती है कि वह जिम्मेदारियों को त्यागने के बजाय इन्हीं परिस्थितियों के बीच अपना विकास और समृद्धि को सुनिश्चित करें। व्यक्ति के जीवन के सभी पहलू अंतरात्मा की अभिव्यक्ति के रूप में विकसित होते हैं। परिवार, व्यवसाय, धन और सामाजिक संबंध आदि गहन व्यक्तित्व तथा उच्च अन्वेषण पर प्रभाव डालते हैं। अरविंद का दृष्टिकोण सकारात्मक आध्यात्मिक का पथ था। ये आध्यात्मिक विकास के क्षेत्रों के रूप में जीवन के पहलुओं को स्वीकार और एकीकृत करता है। व्यक्ति की आध्यात्मिक मनोवृत्ति व्यक्ति के जीवन के सभी पहलुओं को प्रभावित करती है।

सरदार मजूमदार का बड़ौदा स्थित आवास, जहाँ श्रीअरविंद ने योग साधना की

श्रीअरविंद अपनी योग पद्धति को 'पूर्ण योग' कहते थे

अरविंद के पूर्ण योग को समझने से पहले इसके दार्शनिक आधार तथा विधि को समझना आवश्यक है। इस अध्याय में पूर्ण योग के विहंगम परिदृश्य को समझने के लिए सैद्धांतिक आधारों की श्रेणियाँ प्रस्तुत की गई हैं। यहाँ प्रस्तुत सैद्धांतिक आधार बहु उद्देश्यों के लिए उपयोगी हैं। एक ओर वे पूर्ण योग की व्यापकता में विलीन होते हैं, वहीं इसके दायरे में मानव जीवन के आंतरिक एवं बाह्य सभी पहलू शामिल होते हैं। प्रत्येक सैद्धांतिक आधार आध्यात्मिकता के एक विशेष पहलू को विस्तृत करता है। प्रस्तुत सैद्धांतिक आधारों के बीच एक पदक्रम होता है, जहाँ एक सिद्धांत दूसरे पर आधारित होता है, ताकि सरलतम विषयों से जटिल विषयों को क्रमवद्ध तरीके से समझा जा सके। सैद्धांतिक

आधारों का यह पदक्रम मानव प्रकृति की गहन समझ विकसित करता है, जिसके माध्यम से प्रकृति को परिष्कृत और व्यवस्थित रूप उत्थित किया जा सके। सभी सिद्धांतों में से कुछ सिद्धांत सनातन धर्म के पारंपरिक ग्रंथों से लिये गए हैं तथा हम में से कुछ पहले ही इनसे परिचित है, जबकि कुछ सिद्धांत अरविंद के पूर्ण योग से लिये गए हैं तथा विशिष्ट हैं। सिद्धांतों को समझना अरविंद के पूर्ण योग के आधारभूत विषयों को एक प्रयास में ही समझने में मदद करता है।

इसी अध्याय में हमने अरविंद के पूर्ण योग तथा पारंपरिक प्रथाओं के बीच समानता और भिन्नता को बताया है। यह प्रयास अरविंद के दृष्टिकोण को स्पष्ट करता तथा सनातन धर्म के संपूर्ण संदर्भ से जोड़ता है। यह पूर्णयोग की श्रेष्ठता साबित करने के लिए नहीं, बल्कि यह समझाने के लिए है कि पूर्ण योग संभवत: सनातन धर्म के क्रमश: विकसित होने के लिए आवश्यक दिशा है, ताकि मानवता और संसार उच्चतर प्रकाश प्रकट कर सकें।

श्रीअरविंद के पूर्ण योग के सैद्धांतिक आधार

अनेक लेखकों ने अरविंद के पूर्ण योग को व्याख्यापित करने के लिए कई पुस्तकें लिखी हैं।[41, 42] योग की ऐसी विधि का वर्णन करने का प्रयास करना, जो पूर्णत: अपने विस्तार क्षेत्र में समाविष्ट है, यह ऐसा है, जैसे 'पूर्ण योग' अपनी मूलवस्तु सनातन धर्म में समाहित करता है और इसके अलावा यह सनातन धर्म की सीमाओं को वर्तमान युग धर्म की विधियों, प्रथाओं और लक्ष्यों के माध्यम से विस्तारित करता है। श्रीअरविंद के 'पूर्ण योग' की विस्तृत जानकारी के लिए श्रेष्ठ ग्रंथ उपलब्ध हैं।

उदाहरण के लिए श्रीअरविंद ने गृहस्थाश्रम अपनाया तथा समान गहनता के साथ, जो संन्यासियों के लिए निर्धारित की गई थी, उसे गृहस्थियों के आध्यात्मिक विकास में शामिल किया। अपने सकारात्मक दृष्टिकोण के साथ श्रीअरविंद स्पष्ट करते हैं कि खाना पकाने और जूते पॉलिश करने जैसे

41. कलेक्टिड ववर्स ऑफ द मदर
42. कलेक्टिड ववर्स ऑफ श्रीअरविंद

सांसारिक कार्यों का उपयोग आध्यात्मिक विकास और अनुभूति पथ के रूप में किया जा सकता है। उन्होंने अत्यंत निर्भीकता से कहा, "संपूर्ण जीवन योग है।"

श्रीअरविंद के पूर्ण योग को समग्रता से समझना तथा अड़तीस खंडों में एकत्रित की गई उनकी कृतियों को समझना बहुत बड़ा काम है, यहाँ तक कि उनकी प्रमुख कृतियों जैसे 'दिव्य जीवन', 'योग समन्वय', 'गीता प्रबंध', 'मानव चक्र' का गहरा अध्ययन कठिन कार्य है।

इस अध्याय में श्रीअरविंद के दर्शन और योग से बारह व्यापक विषयों को एक साथ लाने का प्रयास किया गया है। यह पाठकों को पूर्ण योग को समझने के प्रमुख सिद्धांतों से अवगत कराने का एक प्रयास है। बारह सिद्धांतों में विधिपूर्वक, दर्शन और योग को सरल और सहज तरीके से तैयार किया गया है।

सैद्धांतिक पद्धति के दो प्राथमिक लाभ है। पहला, यह कि सिद्धांत क्रमानुसार होते हैं तथा पहले सिद्धांत के आधार पर दूसरा सिद्धांत तैयार हो सकता है। इससे जटिलता कम होती है तथा सिद्धांत विषय को समझने तथा परत-दर-परत गहराई में जाने में मदद करते हैं। दूसरा, यह कि कभी-कभी सिद्धांतों की तुलना करने से जटिल विषयों की अधिक समझ विकसित होती है तथा अधिक विस्तृत विश्लेषण संभव हो जाता है।

सैद्धांतिक आधारों के संबंध में अंतिम बात यह है कि इनमें प्रत्येक पूर्ण योग को समझने के लिए महत्त्वपूर्ण है और कुछ अरविंद की दृष्टि और विधि के लिए विशिष्ट है, जबकि कुछ अन्य सनातन धर्म से है तो कुछ पूर्व तथ्यों के आधार पर हैं।

अंतर्निहित दृष्टिकोण पूर्ण योग की विशिष्टता के लिए हजार वर्षों के भारत के आध्यात्मिक विकास की महान् यात्रा को जन-सामान्य के समक्ष रखकर अपनी विशिष्ट पद्धतियों को उजागर करते हुए उनके 'पूर्ण योग' को व्यापकता से प्रस्तुत करने में अरविंद ने अभूतपूर्व सफलता पाई।

श्रीअरविंद के आधारभूत सिद्धांत : विकास और जटिलता

श्रीअरविंद के दर्शन के एक भाग को विकासवादी दर्शन के रूप में वर्गीकृत किया जा सकता है। सरल शब्दों में, पृथ्वी ग्रह पर चेतना का एक

प्रगतिशील विकास हुआ है। पत्थर से पौधे तक, पौधे से जानवर तक और अंत में जानवर से आदमी तक यह हमारे ग्रह पर विकास का एक व्यापक विषय रहा है।

थोड़ा गहन विवरण अस्तित्व के इन चरणों की प्रमुख विशेषताओं पर विचार करेगा। पत्थर केवल एक भौतिक वस्तु था, निष्क्रिय और मृत वस्तु, जो अरब वर्ष पहले पृथ्वी के विकास में अस्तित्व में आया था।

एक समय आया, जब इसके विकास में मूल पौधा अस्तित्व में आया। अल्पविकसित पादप-जीवन के शुरुआती संकेत लगभग एक अरब वर्ष पूर्व दिखाई दिए थे। भौतिक अस्तित्व के अलावा, कुछ और भी था, जो विकसित हुआ। पैदा होने से एक पौधा विकसित होता है और अंतत: नीचे गिरकर क्षीण होते-होते समाप्त हो जाता है। जीवन का एक चक्र प्रत्यक्ष होने लगता है।

पौधे के आने के बाद जानवरों के रूप में सामने आए, 500 मिलियन वर्ष पहले सबसे पहले महासागर में तैरनेवाली अल्पविकसित जैलीफिश सामने आई। बंदर जैसे जानवर लगभग पचास साल पहले अस्तित्व में आए। नर-वानर गण में पौधों की जीवन ऊर्जा बहुत जटिल अभिव्यक्ति में विकसित हुई। भावनात्मक अभिव्यक्ति अस्तित्व का महत्त्वपूर्ण पहलू था, जबकि दूसरा था आत्मबोध। इन दोनों पहलुओं का असाधारण महत्त्व था।

दो से तीन मिलियन वर्ष पहले धरती पर जन्म लेनेवाला पहला आदमी अफ्रीका में प्रकट पैदा हुआ। इस स्तर पर वह एक विकसित जानवर से ज्यादा नहीं था। आधुनिक मानव, होमो सेपियन्स का आगमन लगभग 2,00,000 साल पहले हुआ था। आधुनिक मानव का सबसे महत्त्वपूर्ण विकास मानसिक संकाय का था। बुनियादी आत्मबोध के अलावा विश्लेषणात्मक संकाय और निगमनात्मक तर्क जानवरों में उभरकर सामने आए।

श्रीअरविंद इस विकास को चेतना की प्रगतिशील आत्म अभिव्यक्ति के रूप में देखते हैं। वह ऊपर वर्णित विकास को तीन चरणों में देखते हैं—तत्त्व, जीवन और मन।

तत्त्व ब्रह्मांड का स्थायी आधार है। अपने निष्क्रिय अवस्था में यह किसी

भी आंतरिक गति तथा किसी भी ऊर्जा को प्रकट करने की क्षमता से रहित दिखता है, फिर तत्त्व ने दार्शनिक और वैज्ञानिक दोनों रूपों में गतिशीलता के आंतरिक गुणों का प्रदर्शन किया तथा संकेत होता है कि तत्त्व में स्वयं गतिशील अभिव्यक्ति वाले कण होते हैं।

तत्त्व में जीवन की उपस्थिति से जीव विकास सतह में उच्च सिद्धांत प्रकट होना संभव होता है। मन और जीवन तत्त्व में विकसित हुए हैं और तत्त्व में मौजूद है। उच्चतर निम्नतर को बढ़ाता है और निम्नतर उच्चतर की अभिव्यक्ति सीमित करता है तथा एक निश्चित सीमा तक उच्चतर सिद्धांत की विशेषताओं को भी विकृत करता है। यह विकासवाद की प्रकृति है। जीवनतत्त्व को संशोधित करता है। संवेदनाएँ, प्रकाश की प्रतिक्रिया, खनिजों का अवशोषण और अधिगृहीत ताकत के आधार पर विकास, ये सभी तत्त्व के जीवन की अल्पविकसित अभिव्यक्तियाँ हैं, लेकिन जीवन भी तत्त्व से सीमित है, जैसे ही तत्त्व खुद को प्रतिबंधित कर देता है, विकास अंतत: बंद हो जाता है। एक निश्चित बिंदु से परे, जीवन ऊर्जा कम होने लगती है और यह विशेष अभिव्यक्ति समाप्त हो जाती है।

विकास समय और स्थान में सीमित नहीं हो सकता है। यह तत्त्व में मौजूद जीवन का चक्र है। इसी प्रकार, मनुष्य में व्यक्ति पाता है कि तत्त्व में मन और जीवन प्रकट हो गया है, जब व्यक्ति मनुष्य के श्वसन, पाचन तथा तंत्रिका-तंत्र की जाँच करता है तो स्पष्ट होता है कि तत्त्व मनुष्य में जीवन ऊर्जा द्वारा संचालित होता है व जीवन ऊर्जा द्वारा संचालित अनायास कार्य होने हैं। मन अपने आधार के रूप में जीवन ऊर्जा और तत्त्व के अंतर्निहित बुनियाद का उपयोग करता है; हालाँकि तत्त्व जीवन सिद्धांत और मन सिद्धांत पर हावी होता है। यह जीवन और मृत्यु के चक्र में स्पष्ट है। ज्ञान का साधन 'सर्वज्ञता' है, जो मनुष्य के पास अभी तक नहीं है।

सर्वशक्ति जीवन की परम संभावना है, जिसे अभी तक मनुष्य हासिल नहीं कर पाया है, क्योंकि मनुष्य तीन सिद्धांतों मन, जीवन और तत्त्व में प्रवीणता हासिल नहीं कर पाया, इसलिए यह मानना उचित होगा कि ये तीन सिद्धांत स्वयं

एक उच्च ऊर्जा से उत्पन्न हुए हैं, जिसने स्वयं से निम्न रूपों का निर्माण किया है। एक मूल रचनात्मक ऊर्जा को तत्त्व, जीवन और मन के वास्तविक स्रोत के रूप में माना जा सकता है।

विकास में असंगति आरंभिक चेतना को एक कदम आगे बढ़ाती है और ज्ञान की तलाश में अज्ञान को आगे बढ़ाती हैं। विकास की यात्रा में श्रीअरविंद ने तीन व्यापक और प्रमुख सिद्धांत दिए हैं—सशक्तता, व्यापकता और अखंडता।

सशक्तता की गति चेतना की निम्न श्रेणी से उठकर उच्च की ओर होती है। पूर्व विचारित तीन सिद्धांत तत्त्व, जीवन और मन चेतना के तीन क्रमों का संकेत देते हैं।

व्यापकता का अर्थ है—एकल सिद्धांत की अभिव्यक्ति का बहुआयामी प्रवाह। वनस्पति जीवन और जीवन ऊर्जा के विषय में, जो स्वयं को खुद अभिव्यक्त करता है, व्यक्ति ग्रह भर में अभिव्यक्ति की विविधता की कल्पना कर सकता है। रंग, रूप, कद की भिन्नता के अनुसार वनस्पति और जीव व्यापक रूप से भिन्न होते हैं। इस प्रकार प्रकृति प्रत्येक श्रेणी में जीवन के सिद्धांत को व्यापक बनाने का काम करती है।

एकीकरण उच्च सिद्धांतों की क्षमता है, जो अपने प्रकाश से निम्न सिद्धांतों को उद्यत और प्लावित करते हैं, जब मन प्रमुख सिद्धांत बन जाती है। उदाहरण के लिए, जीवन सिद्धांत की अधीरता और खोज मन द्वारा निर्धारित नैतिक और सदाचार मानकों द्वारा नियंत्रित होती है। इस प्रकार, चेतना का उच्च स्तरीय प्रकाश प्रत्येक निम्न स्तरीय सिद्धांत को शुद्ध, उन्नत और परिवर्तित करता है, यह तभी होता है, जब एकीकरण की प्रक्रिया पूरी होती है तथा उच्च सिद्धांत के प्रत्यक्षीकरण के लिए मजबूत आधार उपलब्ध होता है।

अरविंद का विकास संबंधी त्रिपक्षीय सिद्धांत की व्याख्या अद्वितीय और व्यावहारिक है। यह सांसारिक विकास की मूल अंतर्दृष्टि है, जो न केवल अतीत की व्याख्या करता है, बल्कि भविष्य के मार्ग की ओर भी संकेत करता है। स्वाभाविक रूप से प्रश्नों के उत्तर की माँग करता है कि मानव का भविष्य विकास क्या है या क्या मनुष्य प्रकृति का अंतिम गंतव्य है।

श्रीअरविंद बताते हैं कि जब मन, जीवन और तत्त्व सांसारिक विकास के प्रमुख सिद्धांत है, तब मनुष्य की वर्तमान स्थिति की एक त्वरित जाँच इन तीन सिद्धांतों की अपूर्णता को इंगित करती है। लाखों वर्षों से मनुष्य प्रकृति के विकास में मील के पत्थर का प्रतिनिधित्व करता रहा है, जिसे आत्म-बोध है तथा जो पूर्णता की ओर यात्रा को गति देने में सक्षम है। स्व उत्कर्ष की इच्छा मनुष्य में निहित है। मनुष्य अब विकासवादी प्रक्रिया में भाग ले सकता है तथा इस प्रक्रिया की गति को तेज कर सकता है, यही सनातन धर्म में 'योग' कहलाता है।

विकास, मनुष्य के स्व उत्कर्ष की इच्छा, सर्वोच्च रचनात्मक ऊर्जा का आत्मबोध की प्रक्रिया में होना है और जिस प्रक्रिया से इस ऊर्जा ने खुद को गहरी असंगति में प्रत्यारोपित किया है, वह जटिल है। श्रीअरविंद कहते है कि "जटिलता, विकास के सिद्धांत का एक कारण है, जिसने प्रत्यक्षीकरण और बहुलता को अपनाया, जिससे निराकार आकार लेने लगा। यही सृष्टि की उपत्ति है। इस बहुलता के आग्रह के परिणामस्वरूप सर्वोच्च ज्ञान को सबसे गहरे अज्ञान में डुबो दिया गया। पेचीदगी तथा विकास प्रत्येक एक अर्ध-चक्र है और साथ में ही वे परम में प्रवेश कर पूर्ण चक्र को पूरा करते हुए पूर्ण अंधकार में बदल देते हैं और स्व की पुन: खोज की प्रक्रिया के माध्यम से अपनी मूल स्थिति में आते हैं।"

सबसे अच्छी बात यह हक कि श्रीअरविंद के दर्शन, चिंतन, योग, सिद्धांत को जानने के लिए अनेक स्रोत उपलब्ध है।[43, 44]

श्रीअरविंद द्वारा जीवन की विभिन्न जटिलताओं को चुनौतियों को दूर करने के लिए और आत्मिक उत्थान के लिए अनेक पुस्तकें लिखी गई हैं। इतिहास में ऐसा उदाहरण अन्यत्र मिलना कठिन है। इस सबके बीच यह निश्ख्ति है के श्रीअरविंद की साहित्य साधना ने उनके विचार को पूरे विश्व में फैलाने में महत्त्वपूर्ण भूमिका निभाई है।

---

43. 'लेटर्स ऑन योगा' (खंड 1-4)

44. 'लाइफ डिवाइन'

अरविंद के दर्शन का सैद्धांतिक आधार—आरोहण और अवरोहण

समाज के सभी विशिष्ट समूहों तथा हजारों वर्षों से मानव प्रयास में व्यक्ति के व्यक्तिगत और सामाजिक जीवन को सुधारने का प्रयास होता रहा है। वर्तमान स्थिति से बेहतर निकलने का प्रयास तथा उदांत और उन्नत होने की इच्छा मानव अस्तित्व का निरंतर विषय रहा है। इसकी झलक दुनिया भर में पश्चिमी और पूर्वी संस्कृतियों में मिलती है, संत अगस्तीन की डायरियों से, जब वह ईश्वर से आंतरिक अलगाव को महसूस करता है, तब वह त्यागराज के मार्ग में मानव इच्छाओं में फँसी आत्मा की निराशा को दर्शाता है, मानव के खुद से ऊपर उठने तथा अपने अस्तित्व के उच्चतर स्तर पर पहुँचने की कहानी स्पष्ट है। कोई भी अगर सच्ची श्रद्धाभाव से परमपिता के दरवाजे पर जाएगा तो प्रभु उसकी पुरानी त्रुटियाँ क्षमा करते उसे अवश्य आसरा देते हैं।

श्रीअरविंद बताते हैं कि आरोहण की इच्छा मनुष्य में अंतर्निहित है। यह दिव्य की चाह रखनेवाली आत्मा का प्रयास है। यह खंडित चेतना की उत्सुकता है, जो अपने लौकिक आकार को पुनः प्राप्त करने का प्रयास करती है। यह ब्रह्मांडीय चेतना के महाद्वीप में फिर से शामिल होने के लिए अहंकार के द्वीप का प्रयास है। यह मनुष्य के अपने आरोहण की निरंतर इच्छा का रहस्य रहा है।

इसके अलावा श्रीअरविंद बताते हैं कि पहले एक अवरोहण हो जाने के कारण मनुष्य आरोहण की इच्छा रखता। दूसरों शब्दों में मनुष्य भगवान् बनना चाहता है, क्योंकि वह भगवान् है, जो पहली बार मानव बना गया है। चिनगारी लौ से फिर जुड़ने की कोशिश करती है, जहाँ से यह उत्पन्न हुई है। श्रीअरविंद कहते हैं कि आरोहण अवरोहण से पहले था।

जंगल में रहनेवाला शिकारी, गुफावासी और प्रारंभिक कृषक सभी ने अपने उत्थान हेतु संघर्ष किया। जीवित रहने की अवस्था में भूख लगने पर भोजन, भुखमरी से बचना, शारीरिक सुरक्षा और जनजाति को सुनिश्चित करने जैसे प्रयास समझ से परे हैं। आज जो कुछ है, उससे ऊपर उठने की आवश्यकता स्पष्ट है। कुछ बेहतर की इच्छा और अंत में उच्चतम की इच्छा। शुरू में इसने एक सामाजिक अनुबंध का रूप ले लिया, जहाँ व्यक्ति एक

सुरक्षित और संरक्षित जीवन के बदले नैतिक और सदाचार व्यवहार का पालन करने में सहमत था। सामूहिक जीवनयापन के लिए नैतिक और सदाचार के दिशा-निर्देश एक सामाजिक रूप से विकासवादी कदम थे।

श्रीअरविंद के योग के सिद्धांत : यौगिक प्रक्रिया आरोहण और अवरोहण

श्रीअरविंद के योग के पहले मूलभूत पहलुओं में से एक आरोहण और अवरोहण का दोहरा सिद्धांत है, जब आध्यात्मिक साधक चेतना की उच्च अवस्थाओं का प्राप्त करने का प्रयास करते हैं, इस प्रक्रिया में एक उच्च शक्ति उनकी मदद करती है। यह दोहरी क्रिया है, जो साधक की प्रगति में मदद करती है।

मनुष्य ने स्वयं के उत्थान हेतु हजारों वर्षों से प्रयास किया है। वह हमेशा से प्रकृति के अधीन प्रकृति से पूर्ण सामंजस्य बिठाकर चलता रहा है, जब-जब उसने उसकी इस प्रकृति को दूर जाने का प्रयास किया है, तब अब विकृति आई है। हमारे आएगी बढ़ने के प्रयास के बीच पतन होने का क्रम जारी रहा है, जब कोई संत अगस्तीन डायरी पढ़ता है तो मानव प्रकृति को दिव्य करने के उनके प्रयास के संघर्ष को स्पष्ट देख सकता है। यात्रा लगातार बाधाओं से जूझ रही होती है, इसके बाद थोड़ी प्रगति और फिर पतन की निराशा। हम में से जिसने क्रोध, वासना, लालच, ईर्ष्या और इस तरह की बुनियादी प्रवृत्ति को दूर करने का प्रयास किया है, वह इन प्रवृत्तियों पर काबू पाने की कठिनाई को प्रमाणित कर सकता है।

मनुष्य की प्रत्येक कमजोरी सदियों की प्राकृतिक आदतों का प्रतिनिधित्व करती हैं। श्रीअरविंद बताते है कि आज जिन व्यावहारिक पहलुओं को कमजोरी माना जाता है, उनको पहले मानव विकास हेतु अस्तित्व का आवश्यक लक्षण माना जाता था। उदाहरण के लिए, जब हम क्रोध की जाँच करते हैं तो हम शीघ्र महसूस करते हैं कि क्रोध के साथ-साथ अंत:स्रावी का स्राव मनुष्य के जीवन के लिए एक आवश्यक प्रवृत्ति है, जैसा कि हाल ही में कुछ हजार साल पहले हुआ था, जब मनुष्य वनवासी था। मनुष्य में उड़ान और लड़ाई की प्रवृत्ति न

होना उसको जंगली जानवर का शिकार बना देता था। आज सामाजिक संरचना को परिवर्तन के साथ, जहाँ प्रत्यक्ष शारीरिक खतरा लगभग पूरी तरह समाप्त हो गया है। मनुष्य की उड़ान और लड़ाई की प्रवृत्ति का संशोधन बाकी रह गया है। इस दृष्टिकोण के साथ व्यक्ति मानवता के व्यावहारिक पहलुओं को नैतिकता के लैंस से नहीं देखता, जो पहलुओं को अच्छे और बुरे में अलग कर प्रशंसा और निंदा कर सकता है। प्रत्येक व्यवहार पद्धति को मानव प्रगति में मदद हेतु या तो मजबूत होना चाहिए या संशोधित होना चाहिए।

मानव जीवन प्रगति करते हुए प्रकाश की तरफ जाना है अनंत प्रकाश की ओर, जहाँ उसकी आत्मा प्रकाशमान हो जाए, जब मनुष्य अपनी सभी ऊर्जा को एकत्र कर उच्च उद्‌देश्य प्राप्त करने के लिए निर्देशित करता है, यह चेतना के उच्चतर सतह पर पहुँचने की प्रक्रिया है। इसी को 'आरोहण की प्रक्रिया' कहते हैं।

मानव के इन प्रयासों को ब्रह्मांड से उत्तर और प्रतिक्रिया मिलती है। साधक को संघर्ष और विजय में अकेला नहीं छोड़ा जाता। ब्रह्मांड से उसे मदद मिलती है, जो उसके व्यावहारिक उत्कर्ष में मदद करती है। यह ब्रह्मांड से मिलने वाली दिव्य कृपा है।

दो प्रकृति हैं, जो अकेले उनके संयोजन में प्रभाव डाल सकती है। महान् और कठिन वस्तु, जो हमारे प्रयास का उद्‌देश्य है, एक निश्चित और अपरिवर्तनीय आशंका, जो नीचे से इच्छा व्यक्त करती है और ऊपर से परम सत्ता प्रदत्त कृपा उत्तर देती है।

श्रीअरविंद के 'पूर्ण योग' के सिद्धांतों में से पहला है, महसूस करना कि विकास एक पथ है, जिसे प्राप्त करने के लिए हम प्रकृति की सर्वोच्च शक्ति का आह्वान कर सकते हैं, उन्हें तुरंत मदद मिलती है, जो इसे प्राप्त करना चाहते हैं।

श्रीअरविंद की आध्यात्मिक सहयोगी श्रीमाँ ने संकेत किया है कि मानव प्रयास के साथ-साथ उसके जीवनकाल में कई मानवीय कमजोरियों को भी दूर करना मुश्किल हो सकता है, जब यौगिक बल पतित तथा परिवर्तित होने लगता है, तब कई कठिनाइयों का सामना करना पड़ सकता है। साधना के लिए

आध्यात्मिक बल पर खुद को समर्पित करना आवश्यक है और जन्म और जीवनकरल की प्रगति इस पर निर्भर है।

श्रीअरविंद के पूर्ण योग का पालन करनेवाले साधकों में कुछ ने अप्रत्याशित तरीकों से आनेवाली मदद को महसूस किया है। एक बंगाली साधक, जो श्रीअरविंद आश्रम में रहते थे, ने एक बार वर्णन किया कि जब उसने मछली खाने के आकर्षण से छुटकारा पाने के लिए प्रार्थना की तो एक सुबह उसे एहसास हुआ कि वह अब इस व्यंजन के प्रति आकर्षित नहीं होता है। उसने इससे एक प्राकृतिक अलगाव महसूस किया। अभी हाल ही में एक युवती, जो चॉकलेट की आदी थी, जिससे उसका वजन लगातार बढ़ता जा रहा था, कुछ हफ्तों और प्रार्थनाओं के बाद उसकी चॉकलेट के प्रति अथक इच्छा बिल्कुल खत्म हो गई। आध्यात्मिक जीवन के प्रारंभिक चरणों में, प्रत्येक साधक बंधनों इच्छाओं और भविष्यवाणियों के साथ संघर्ष करता है, जो प्रगति के लिए प्रतिकूल हैं। जब कोई समस्या हल करने के लिए दृढ़ता से कामना करता है तथा व्यक्ति के स्वभाव शुद्ध और उन्नति के लिए आध्यात्मिक बल के अवरोहण को संभव बनाता है, तब यात्रा काफी आसान हो जाती है। आरोहण और अवरोहण का सिद्धांत आरोही और अवरोही त्रिकोणी के साथ ही अरविंद के आध्यात्मिक प्रतीक में दरशाया गया है।

मनुष्य को समझने के सिद्धांत शारीरिक, जन्म-मरण, मानसिक और आध्यात्मिक यात्रा से भी होकर गुजरते हैं

जब हम मनुष्य को देखते हैं तो यह विभिन्न प्रकार के कार्यक्षेत्र, जीवतत्त्व जीव विज्ञान, मनोवैज्ञानिक, समाजशास्त्र आदि के जटिल और अंतर्संबंधित कार्यों का निराकार द्रव्य मान लगता है, श्रीअरविंद ने मानव व्यक्ति के चार अलग-अलग भागों की पहचान की, जो एक साथ प्रगति और पूर्णता को आधार-प्रदान करते हैं। इस सिद्धांत का एक अंश पहले से ही तैत्तरीय उपनिषद्, जैसे शास्त्रों में वर्णित था। श्रीअरविंद ने इसे और संशोधित किया और वर्तमान साधकों के अनुरूप बनाया।

शरीर हमारे अस्तित्व के लिए मूलभूत आधार का प्रतिनिधित्व करता है। शरीर की मजबूती और पूर्णता किसी भी निरंतर योगाभ्यास के लिए एक आवश्यक अनुशासन है। आध्यात्मिक बल जो इच्छा के जवाब रूप में मिलता है, उसे एक मजबूत आधार की आवश्यकता होती है। सनातन धर्म में इस आवश्यकता को भली-भाँति महसूस किया गया था और शरीर की मजबूती हेतु हठयोग की एक संपूर्ण योग प्रणाली विकसित की गई थी। हठ योग आसन के माध्यम से शारीरिक संरचना में लचीलापन विकसित करता है और प्राणायाम के माध्यम से तंत्रिका और श्वसन तंत्र को मजबूत करता है। पारंपरिक साहित्य में इसे 'अन्नमय कोष' (भोजन म्यान) कहते हैं। संपूर्ण विकास हेतु तन-मन का स्वस्थ होना आवश्यक है।

श्रीअरविंद के पूर्ण योग में शारीरिक मजबूती और लचीलापन को महत्त्वता दी गई है तथा भौतिक अस्तित्व का उल्लेख किया गया है। मानव व्यक्तित्व का एक दूसरा पहलू है प्राणिक शरीर, जो हमारी भावनाओं से जुड़ा है और आध्यात्मिक विकास हेतु इसे समझना आवश्यक है, पारंपरिक साहित्य में इसे प्राणमय कोष कहा जाता है। सुख, दुःख, क्रोध, उदारता, लालच, परोपकार आदि भावनाएँ हमारे व्यक्तित्व के इस पहलू से उभरती है। यह ज्ञान क्षेत्र का द्वैत है, जब हमारे अस्तित्व का यह हिस्सा मजबूत और सकारात्मक होता है तो हम दुनिया को जीतने के लिए उत्साहित, ऊर्जावान और गतिवान होते हैं? किंतु जब यह पहलू कमजोर या अशांत होता है, तब हमें जीवन को ढोना कठिन लगता है, जो आंतरिक उथल-पुथल का कारण बनता है? किसी भी आध्यात्मिक यात्रा को अपनाने से पहले इन भावनाओं को शुद्ध और शांत करना आवश्यक होता है। पारंपरिक साहित्य में इसे प्राणमय कोष (ऊर्जा म्यान) के रूप में जानते हैं। श्रीअरविंद ने इस अंश को 'जन्म-मरण की सत्ता' कहा है।

मानव व्यक्तित्व का तीसरा प्रमुख पहलू है मन। मानव में यह सबसे महत्त्वपूर्ण तत्त्व विकास के माध्यम से प्रकट हुआ है। मानव की विचार करने की क्षमता ने ही उसे इस ग्रह पर प्रमुख रूप से प्रतिष्ठित किया है। विश्लेषणात्मक और निगमनात्मक तर्क कल्पना, भेदभाव, बुद्धिमत्ता सभी संकाय मन से संबंधित

है। हमारे विचारों की एक प्रारंभिक जाँच से पता चलता है कि अधिकांश व्यक्ति अपने विचारों को दिन भर में और जीवन में नियंत्रित नहीं करते हैं। यदि व्यक्ति अपने जीवन को आध्यात्मिक साधना के अनुरूप चाहता है तो इसके लिए मन को निपुण करना आवश्यक है। पारंपरिक साहित्य में इसे 'मनोमय कोश' (मानस म्यान) कहा गया है। श्रीअरविंद ने इसको 'मानसिक सत्ता' के रूप में विस्तार से उल्लिखित किया है।

भौतिक सत्ता, जन्म-मरण की सत्ता और मानसिक सत्ता ये तीन मनुष्य के स्वत: सिद्ध महत्त्वपूर्ण तत्त्व है। तीनों अंतर संबंधित है और एक में होनेवाला कोई महत्त्वपूर्ण परिवर्तन अन्य दो को प्रभावित करता है। यह समझना आसान है कि जब भौतिक सत्ता, शरीर, किसी भी बीमारी से प्रभावित होता है तो भावनात्मक और मानसिक पहलुओं के कार्य व्यापार में भी बदलाव होता है। इसी तरह, जब कोई अति भावुक होता है, मन में कोई अधीर करनेवाले विचार, इनको रोकने के प्रयास के बाद भी लगातार उत्पन्न होते हैं। यह मनुष्य के तीन मूलभूत घटक तत्त्वों की प्रकृति है।

इन तीन के अलावा श्रीअरविंद हमारे अस्तित्व के चौथे भाग को संदर्भित करते हैं। यह आत्मा तत्त्व है। पूर्ण योग में इसे अलौकिक सत्ता कहा गया है। यह हमारे अंदर छिपा एक गुप्त तत्त्व है, जो अन्य तीन की तरह प्रत्यक्ष नहीं है, यह वह गुप्त तत्त्व है, जो हमारे जीवन का गुप्त चालक है। यह एक दिव्य चिनगारी है तथा हमारे जीवन और परिस्थितियों को सभी महत्त्वपूर्ण तरीकों से प्रभावित करती है। सनातन धर्म के अनुसार हमारे जन्म का मूल उद्द्देश्य हमारी आत्मा की वृद्धि से है। अलौकिक अस्तित्व एक मूक रहस्यमय तत्त्व है, जो हमारे सीने में और हमारे भीतर अगाध गुप्त है। यह शारीरिक, जन्म-मरण और मानसिक सत्ता को प्रभावित करता है और उन्हें एक उच्च उद्द्देश्य की ओर निर्देशित करता है।

इसकी प्रकृति में 'अलौकिक सत्ता' उच्चतम सत्य है, जब व्यक्ति के स्वभाव में फरेब, झूठ और धोखाधड़ी है, तब अलौकिक सत्ता गुप्त ही रहती है और हमारी भावनाओं और विचारों को प्रभावित नहीं करती। निम्न प्रकृति की लगातार आसक्ति अलौकिक सत्ता को काले बादलों में छिपा देती है, जब

व्यक्ति सत्य, सौंदर्य, ईमानदारी तथा अन्य ऐसे उच्च मूल्यों के साथ आध्यात्मिक जीवन को आगे बढ़ाता है, तब अलौकिक सत्ता हमारे जीवन प्रभावित करती है और हमारे जीवन को उच्च उद्देश्य हेतु निर्देशित करती है। श्रीअरविंद के 'पूर्ण योग' को समझने के लिए व्यक्तित्व के चार पहलू भौतिक सत्ता, जन्म-मरण, मानसिक सत्ता और अलौकिक सत्ता महत्त्वपूर्ण है, वास्तव में जब हम प्रत्येक व्यक्ति को इकाई के रूप में देखते हैं तो सत्य है कि उसके वर्तमान को देखकर लगता है कि वह ऐसा व्यक्तित्व है, जिसके विकास के विभिन्न चरणों में भिन्नता है और यह विभिन्न प्रकार के व्यवहार को संभव बनाता है।

व्यक्तिगत स्वभाव को समझने के सिद्धांत : तामसिक, राजसिक और सात्त्विक

मानव प्रकृति और व्यवहार विविध है, कई व्यक्ति संवेदनशील परचिंतक और उदार आदि होते हैं, फिर कुछ ऐसे होते हैं, जो दूसरों को पीड़ित होते हुए देख खुशी और संतुष्टि प्राप्त करते हैं। कुछ ईर्ष्या और घृणा से परिपूर्ण होते हैं तो कुछ अतृप्त और लालची होते हैं।

मानव प्रकृति की इस विस्तृत श्रृंखला को समझने के लिए ये सिद्धांत उपयोगी हैं। इसके अलावा जब कोई यहाँ वर्णित विशेषता के अनुरूप अपने व्यवहार की जाँच करता तो उसे विकास और आत्म-सुधार के अवसरों का पता चलता है, 'सांख्य दर्शन' में कहा गया है कि तीन प्रमुख गुण (स्वभाव) है—तमस, राजस और सत्त्व।

'तमस' एक ऐसा शब्द है, जिसका उपयोग जड़ता, अंधकार और नीरसता दर्शाने के लिए किया जाता है। जहाँ विकसित करने या बदलने में एक निश्चित अक्षमता है। शरीर में तमस आलस्य, गतिहीनता, अत्यधिक खाद्य की खपत और सामान्य से अधिक सोने के रूप में परिलक्षित होता है। भावनाओं में तमस गुण सुस्ती, चपलता, गतिहीनता और लगातार नकारात्मक के रूप में प्रदर्शित होता है।

मन में तामस विचारों की संकीर्णता, कठोर विचारों, लगातार संदेह, अविश्वास और निरंतर निराशावाद आदि में परिलक्षित होता है। इस तरह तमस

हमारे पूरे व्यक्तित्व को प्रभावित करता है।

'राजस' प्रबल इच्छा, जुनून, गर्व, घमंड, क्रूरता, क्रोध, पाखंड, ईर्ष्या, अकर्मण्यता आदि को दर्शाता है। एक तरफ राजस आंदोलन और ऊर्जा को इंगित करता है। दूसरी ओर यह मुख्यत: निम्न प्रकृति द्वारा नियंत्रित होता है। शारीरिक स्तर पर राजस निरंतर आंदोलन, भोजन और कपड़ों की अपरिष्कृत भावनाएँ, मांस के भोग का आनंद और आसक्ति, व्यक्ति के अधिकार और शक्ति का आडंबरयुक्त प्रदर्शन करता है। ये सभी राजसिक स्वभाव के संकेत हैं, राजस मन में विचारों की अधीरता दूसरों की निरंतर आलोचना और उत्सुकता आदि के रूप में परिलक्षित होता है। राजसिक मन लंबे समय तक किसी विषय पर ध्यान केंद्रित करने में विचलित होता है, राजसिक स्वभाव की ये विशेषताएँ इन बातों का संकेत देती है कि राजस की ऊर्जा और गति आध्यात्मिक साधकों के लिए वास्तव में उपयोगी है, जब तक उन्हें उन्नत और शुद्ध नहीं किया जाता है और उच्च उद्देश्य हेतु निर्देशित नहीं किया जाता, तब तक वे आंतरिक विकास में विशेष रूप से सहायक नहीं हो सकती। अधिकांश मानवता के लिए राजसिक स्वभाव एक प्रमुख विशेषता है।

'सत्त्व' शांति, प्रकाश, शांतचित्त, ज्ञान, सही संतुलन और गर्मजोशी का स्वभाव है। यह प्रकृति धीरे-धीरे उन्नति की ओर बढ़ती है। सामंजस्यपूर्ण, मौन, शांत, क्षमाशीला, उदार और कृतज्ञता से परिपूर्ण, सात्त्विक व्यक्ति अपने जीवन को एक समभाव के साथ संचालित करता है। सात्त्विक व्यक्तियों की प्रगति में परिस्थितियों के उतार-चढ़ाव मिलते हैं। आध्यात्मिक विकास के लिए यह स्वभाव सबसे बड़ा सहायक माना जाता है।

श्रीअरविंद संकेत करते हैं कि प्रत्येक व्यक्ति के पास स्थिति के उतार-चढ़ाव हेतु तीन गुण होते हैं। तामस-राजस-सत्व के सिद्धांत के भौतिक, जन्म-मरण, मानसिक सिद्धांत साधक को व्यक्ति के स्वभाव के आकलन और आत्म संवर्धन के क्षेत्रों की पहचान को संभव बनाता है।

एक आध्यात्मिक साधक के लिए सात्त्विक अभिविन्यास हेतु व्यक्तित्व के सभी पहलुओं को ध्यान में रखना एक महत्त्वपूर्ण कदम है। राजस और तमस

को कम करना और शरीर, भावनाओं और मन को अधिक सात्त्विक बनाना। यह बाहरी प्रकृति और आंतरिक अस्तित्व को परिष्कृत करने में मदद करता है।

मार्ग पर प्रगति करने के बाद, एक समय आता है, जहाँ साधक को तीनों गुणों की सीमाओं से परे अपने स्वभाव की उन्नति संभव लगती है। इस अवस्था में, साधक तीनों गुणों को पार कर त्रिगुणित हो जाता है। त्रिगुणित एक आत्मा है, जो प्रकृति से मुक्त है।

अस्तित्व को समझने के सिद्धांत : आकार-निराकार

नाम और रूप (नामरूप) अधिकांश मानवता की वास्तविकता का आधार है, जब हम किसी विशेष वस्तु के बारे में सोचते हैं तो तुरंत संबंधित आकृति और गुण, जैसे रंग हमें दिखाई देने लगता है। इसी प्रकार हम किसी व्यक्ति के बारे में सोचते हैं तो उसका नाम रूप-रंग, बोलने का तरीका हमारे दिमाग में आ जाता है, जब हम खुद के बारे में भी सोचते हैं तो हमारा रूप, शरीर और पहचान दिखाई देने लगती है।

हालाँकि दुनिया और मनुष्य दोनों अपने बाहरी रूपों तक सीमित नहीं है। बाहरी रूप के पीछे एक महान् वास्तविकता है। मनुष्य के मामले में भौतिक रूप, शरीर सिर्फ बाहरी आकार है। भावनाएँ, विचार, प्रेरणाएँ आदि उसके निराकार व्यक्तित्व का निर्माण करते हैं, जबकि व्यक्ति का बाहरी रूप समय-समय पर मामूली बदलाव से गुजर सकता है। उनका निराकार स्वयं कट्टर परिवर्तन से गुजरता है, फिर भी अदृश्य रह जाता है। इसी तरह धर्म और उससे जुड़ी मान्यताओं के मामले में लोग कहते हैं कि भले ही प्रार्थना एक रूप (पत्थर की मूर्ति या तसवीर) की हो, किंतु प्रसाद ग्रहण करनेवाले पीठासीन देवता का स्वरूप है। यह सभी धर्मों में आम धारणा है। दुनिया में काम करने और मानव भाग्य को आकार देनेवाली ताकतें निराधार कार्य करते हैं, ये उन व्यक्तियों पर काम करता है, जो ग्रहणशील और प्रभावित होने वाली प्रकृति के होते हैं। कुछ ताकतें सद्भाव और प्रगति के लिए सहायक और सकारात्मक होती हैं, जबकि कुछ ताकतें मानव के आध्यात्मिक विकास के लिए विशिष्ट रूप से प्रतिकूल हैं।

यह पहलू श्रीअरविंद के पूर्ण योग सहित अधिकांश आध्यात्मिक अनुशासन को समझने के लिए महत्त्वपूर्ण है।

मानव प्रकृति को समझने के सिद्धांत : आंतरिक अस्तित्व और बाहरी अस्तित्व

मानव अस्तित्व के चकित करनेवाले विरोधाभाषों में एक है व्यापक फासला, जो अकसर तथाकथित साधु, धार्मिक या आध्यात्मिक लोगों के शब्दों और कार्यों को अलग करती है। व्यक्ति पाता है नैतिकता प्रचार के समय मौजूद होती है, किंतु व्यावहारिक रूप में गायब हो जाती है। इसी प्रकार ईमानदारी और सच्चाई का पालन करने में शब्दों और व्यावहारिकता में भिन्नता है। सच्चाई यह है कि एक प्रेक्षक ने पाया कि दोहरे मानकों की यह समस्या केवल दूसरे में नहीं, बल्कि व्यक्ति के खुद के अंदर भी व्याप्त है। दैनिक जीवन में व्यक्ति का उच्चतम मानकों को नीचे लाकर व्यवहार में लाना मुश्किल है।

यह उन पहेलियों में से एक है, जिसने सदियों से मनुष्य को परेशान किया है। सच्चाई यह है कि हम में से हर एक में मोटे तौर पर अस्तित्व के दो रूप हैं। आंतरिक और बाहरी, अस्तित्व का बाहरी रूप इच्छाओं, अहंकार, सामाजिक और परिस्थितिजन्य प्रभावों आदि द्वारा नियंत्रित होता है, यह हमारा हिस्सा है। लालच, ईर्ष्या, प्रतिस्पर्धा, तुलना, महत्त्वाकांक्षा आदि सभी बाहरी अस्तित्व के मूल निवासी है जो हमारे शरीर के साथ अस्तित्व के प्राथमिक साधन और बेचैन मन और उत्तेजित भावनाओं की अभिव्यक्ति के एकल माध्यम के रूप में निरंतर पहचान बनाए हुए है। बाहरी व्यक्तित्व अज्ञानता और अशुद्धता से भरा है।

इस बाहरी व्यक्तित्व के पीछे हमारा आंतरिक अस्तित्व है। यह आंतरिक व्यक्तित्व है, जो हमें अकसर हमारे नैतिक, सदाचारी और आध्यात्मिक विश्वासों को प्रतिबिंबित करने के लिए प्रेरित करता है, यह हमारा वह हिस्सा है, जो हमें अपने उच्च लक्ष्य से जोड़ता है, जो हमारे लिए सबसे अच्छा हो सकता है। यह वह यंत्र (कंपास) है, जो हमें कुछ जान-बूझकर गलत करने से रोकता है। अस्तित्व की यह सतह हमारे भीतर मौजूद दिव्य चिनगारी के संपर्क में है।

आध्यात्मिक प्रयास के साथ आंतरिक प्रकृति धीरे-धीरे सहजता, शांति, समानता आदि प्राप्त कर सकती है।

जब व्यक्ति भारत के कई संतों के जीवन की खोज करता है तो ऐसे लोगों के उदाहरण देखने को मिलते हैं, जो लंबे समय तक आंतरिक चेतना या ईश्वरीय चेतना में रहते थे। माता आनंदमयी भी ऐसी रहस्यवादी और संत थी। उसका जीवन नियमित उदाहरणों से भरा हुआ है, जहाँ वह अपनी आंतरिक चेतना में खो गई थी और उनके शिष्य यह सुनिश्चित करते थे कि उन्हें सही समय पर भोजन दिया जाए। माँ आनंदमयी बाहरी शरीर से अनजान थीं और आंतरिक चेतना में खो गई थीं।

उत्तराखंड हिमालय से संपूर्ण विश्व में अपनी कीर्ति-पताका फहरानेवाले संत स्वामी राम ने भी अमेरिका के वैज्ञानिकों के समक्ष अपनी आंतरिक शक्ति के बल पर कई अश्चार्यजनक कार्य करके दिखाए, जब तक एक सचेत प्रयास नहीं किया जाता, तब तक मानवता एक ऐसा जीवन जीती है, जिसमें अस्तित्व के आंतरिक और बाहरी सतह एक-दूसरे से कट जाते हैं या दोनों के बीच एक बहुत ही कमजोर कड़ी होती है। इसलिए व्यक्ति का बाह्य स्वभाव भोंडा, निकम्मा या अपरिष्कृत लग सकता है, जबकि वही व्यक्ति कभी-कभी अत्यंत जागरूक और समझदारी भरा स्वभाव भी दिखा सकता है।

एकात्म योग विचाराधीन और मेहनत के साथ आंतरिक और बाह्य व्यक्तित्व के बीच चेतना का निर्माण करने का मार्ग है। यह बाह्य व्यवहार की व्यवस्थित ढंग से समीक्षा करने के साथ- साथ, उच्च आंतरिक अनुभव हेतु हमारे स्वभाव की कमियों को पहचानने और उन्हें पुनर्निमित करने की दिशा में कार्य करने की प्रक्रिया है। हमें अपने मस्तिष्क को शांत और स्थिर बनाने हेतु प्रशिक्षित करना होगा, जो आमतौर पर अनगिनत खयालों में खोया रहता है। हमारी भावनाएँ और आत्मऔचित्य मिलकर हमारे भीतर और हमारे आसपास उथल-पुथल की स्थिति बना देते हैं। उच्च सत्ता की ओर जाने हेतु आसक्ति से दूर जाकर हमें इन्हें परिष्कृत करने एवं रोकने की जरूरत है। अहंकार, इच्छा, क्रोध, लालसा, लालच और अन्य ऐसे निम्न प्रकृति के तत्त्वों को धीरे-धीरे बदलना होगा, ताकि

हमारी बाह्य प्रकृति को सामंजस्य, उदारता, पवित्रता, कृतज्ञता जैसे महान् गुणों में निर्मित किया जा सके।

मनुष्य का स्वभाव पेचीदा होता है और उसे उच्चतर खाँचे में ढालना अत्यंत कठिनाई भरा कार्य है। इस बाह्य स्वभाव को आंतरिक प्रकाश के साथ परिवर्तित करना सतत आध्यात्मिक प्रयासों द्वारा किया जाता है, जैसे-जैसे बाह्य स्वभाव में परिवर्तन आता है, आंतरिक विकास हेतु मजबूत सहयोग मिलता है, जिससे मनुष्य को उच्च आध्यात्मिक अनुभूतियों की प्राप्ति होती है, जिनका प्रयोग फिर बाह्य स्वभाव को आरंभ में बाह्य चेतना वास्तविक और आंतरिक चेतना मिथ्या लगती है, जैसे-जैसे साधक आगे बढ़ता है, उसे आंतरिक चेतना और अधिक सत्य और बाह्य चेतना भारी चोले की तरह लगने लगती है। बाह्य स्वभाव अक्खड़ होता है और पूर्व व्यवहार के बार बार दिखाई देने के कारण यह एक लंबी प्रक्रिया होती है, किंतु धीरे-धीरे परिवर्तन होता रहता है।

मानवता के लिए खुद से आंतरिक स्वभाव और बाह्य स्वभाव के बीच संबंध बनाना एक बड़ा कदम होगा। सार्थक प्रगति करने के लिए आंतरिक उकसानेवाली प्रवृत्ति पर ध्यान न देकर कुछ गलत न करना एक सरल और पर्याप्त कदम है।

'एकांत योग' में ध्यान लगाना एक सामान्य बात है। श्रीमाँ और श्रीअरविंद ने इसके लिए कई तकनीक दी हैं; हालाँकि सबसे महत्त्वपूर्ण सिद्धांत, जिस पर ध्यान दिया गया है, वह यह है कि दिन भर ध्यान की अवस्था को बनाए रखना। ध्यान लगाने के समय केवल शांति, स्थिरता और समभाव पर्याप्त नहीं है। व्यक्ति को अपने कार्यों और रोजमर्रा की समस्याओं को सुलझाने हेतु भी इनका प्रयोग करना चाहिए। आरंभ में यह कार्य कठिन लग सकता है, किंतु इसी तरह हमारे बाह्य स्वभाव में परिवर्तन आता है। यही परिवर्तन 'एकांत योग' का मुख्य उद्देश्य होने के साथ-साथ इसे अलग बनानेवाला भी है।

आकांक्षा के पथ में कठिनाई हमारे अपने शारीरिक, आत्मिक एवं मानसिक भाग से आती है। एक समय के बाद शरीर लंबे काल से स्थायी आदतों एवं पूर्वावस्था में बदलाव के साथ सामंजस्य स्थापित करने में कठिनाई का अनुभव

करता है। अध्यात्म साधक की यात्रा में सबसे सामान्य घटने वाली चीज है— प्रात:काल उठने का संकल्प करना।

कुछ ही दिनों के भीतर हमारा शरीर उससे विरोध करना शुरू करता हैं एवं अध्यात्म साधक के प्रात:काल की दिनचर्या में सामंजस्य स्थापित करने में कठिनाई का सामना करना पड़ता है। उसी प्रकार हमारी आत्मा (भावुक एवं ऊर्जस्वित शरीर-प्राणिपात) स्वभाव बदलता है। यह हर्ष, धैर्य विकास की खोज करता है। उदाहरणस्वरूप, आध्यात्मिक विकास के महत्त्वपूर्ण पक्षों को देखा जा सकता है।

इसका अर्थ यह है कि हमें हमारी भावनाओं पर नियंत्रण एवं रोक दोनों होना आवश्यक है। यह कठिन प्रक्रिया है। हमारी गतिशील प्रवृत्ति जो रोलर कोस्टर हेतु प्रयोग होती हैं, उसे अब बदलना एवं शांत तथा स्थिर करना आवश्यक है। यह अत्यंत निराश एवं बोझिल प्रतीत होता है, उसी प्रकार हमारा मस्तिष्क भी परिवर्तन स्वीकार करने में कठिनाई का अनुभव करता है।

आध्यात्मिक कार्य व्यक्ति की चेतना का विस्तार पृथक् दृष्टिकोण को स्वीकार करना, बिना किसी अहंवादी भाव के माँग करता है। शरीर गतिमान प्रवृत्ति एवं मस्तिष्क परिवर्तित होता रहेगा, इस प्रकार की हठधर्मिता को छोड़ देना अत्यंत आवश्यक होता है। हमारी इच्छाशक्ति हमारी प्रकृति में धीरे-धीरे परिवर्तन लाती है। हम जितना धैर्यवान होंगे, उतना परिवर्तन संभव है। धीरे-धीरे हमारा शरीर विकास करता है व आध्यात्मिक क्रिया का सहयोगी आधार बन जाता है।

उसी प्रकार मस्तिष्क समय के साथ शांत रहता है एवं संतुलित व्यवहार एवं आचरण करता है। यही समय के साथ आध्यात्मिक विकास है, परंतु आरंभ में अध्यात्म साधकों को शारीरिक, आत्मिक एवं मानसिक प्रकृति की तरफ से आए हुए कठिनाइयों को दूर रखना अति आवश्यक होता है।

समर्पण

आध्यात्मिक यात्रा अपने प्रकृति में बिल्कुल भिन्न हैं। यह लक्ष्य उन्मुख यात्रा नहीं है, जिसमें व्यक्ति को अपनी सफलता हेतु कई मंजिलें तैयार करने की आवश्यकता होती है। हमारे जीवन लक्ष्य में हम मंजिल को आधार बनाकर लक्ष्य

निर्धारित करते हैं। निश्चित पद प्राप्त करना, कार रखना, मूल्यवान् गहने खरीदना आदि सभी लक्ष्य उन्मुख कार्य खोज है, जिसके पास स्थायी एवं स्पष्ट मंजिल है। आध्यात्मिक परिप्रेक्ष्य में कोई भी इस प्रकार के लक्ष्य स्थापित नहीं कर सकता कोई भी पूर्णतया शांति की प्राप्ति का लक्ष्य नहीं रख सकता अथवा निश्चित वर्ण द्वारा स्वानुभूति प्राप्त नहीं कर सकता। योग-साधन अभ्यास उन्मुख क्रिया है, न कि लक्ष्य उन्मुख यात्रा।

किसी आध्यात्मिक अभ्यास का परिणाम हमारे हाथों में नहीं होता ज्यादातर यह हमारे वर्तमान व्यवस्था पर निर्भर करता है। प्रत्येक व्यक्ति के विकास की स्थिति भिन्न है। यहाँ तक कि एक-दूसरे से बिल्कुल अलग है। किसी भी प्रकृति को बदलना लंबे समय का कार्य है। लंबे समय से आ रही परेशानियों के स्थान पर आध्यात्मिक खोजकर्ता पुनरावर्तन की खोज एवं पुरानी प्रकृति की खोज करता है।

मानव अध्यात्म प्रगति की यात्रा, स्वयं को विकसित एवं उच्च प्रकाश के खोलने की यात्रा है, जबकि वैज्ञानिक रूप से इसे प्रयास के निचले पायदान पर रखकर इसको विकास के नाम से अभिहित किया गया है। परिवर्तन जहाँ होगा, वहाँ प्रगति होगी परंतु सबसे अच्छा तरीका अध्यात्म साधक के लिए होता है कि वह परिवर्तन पर विश्वास रखें। प्रगति हेतु सहयोग करने के लिए उच्च शक्ति के समक्ष व्यक्तिगत स्तर पर समर्पण करें। निराकरण की गति श्रीअरविंद के अभिन्न योगा के मूलभूत ढाँचे में से एक है—आकांक्षा, निराकरण, समर्पण का तिगुना सैद्धांतिक आधार।

साधना के सिद्धांत–गहराई में उतरना, क्षितिज का विस्तार करना, आत्मा को हलका बनाना और इन सभी का एकीकरण करना

व्यक्तिगत आध्यात्मिक प्रगति की प्रक्रिया में प्रगति के तीन आयाम होते हैं। सरल शब्दों में इसे कुछ इस प्रकार परिभाषित किया जा सकता है—स्वयं को गहराई में उतारना, अपने चारों तरफ के संसार एवं उन सभी से ऊपर रखना। इस प्रकार विकास का यह आयाम पूर्व में चर्चा किए गए व्यक्तिगत सार्वभौमिक एवं अतींद्रिय से संबंधित है।

गहराई में उतरना

व्यक्ति अपनी स्वयं की चेतना में तब तक गहरा और गहरा हो सकता है, जब तक वह अपने भीतर आंतरिक दिव्य ज्योति की अनुभूति नहीं कर लेता। हमारे शारीरिक, आत्मिक एवं मानसिक व्यक्तित्व के पीछे दिव्य ज्योति है। अरविंद के योग को अलौकिक ज्योति के रूप में उल्लेख किया गया है। यह अलौकिक ज्योति शारीरिक, आत्मिक एवं मानसिक अवस्था का समर्थन करता है एवं एक साथ यह मानव विशिष्ट रचना करता है। यह मनुष्य का व्यक्तित्व है, जो जीवन से जीवन में विकास करता है एवं इसे उन्नत बनाता है।

आध्यात्मिक यात्रा के आरंभ में हमारा बाहरी व्यक्तित्व—भौतिक और मानसिक—हमारे अस्तित्व पर हावी रहता है। व्यक्ति गुणों, अभिमान और इच्छाओं के द्वंद्व में रहकर एक पत्ते की भाँति गिरता-पड़ता रहता है। अध्यात्म की खोज शुरू होने पर वह अपने अंतर्मन के साथ जुड़कर अपना विस्तार कर पाता है। कुछ प्रयासों से जब हमारा अंतर्मन मानस के मूल के साथ संबंध स्थापित कर लेता है, तब व्यक्ति को स्थिरता का केंद्र मिल जाता है और एक ऐसा कंपास, जिससे व्यक्ति बाह्य स्वभाव द्वारा गिरते-पड़ते रहने के बजाय अपने भाग्य को स्पष्ट देख सकता है।

व्यक्तिगत आयाम के विस्तार में अंतर्मन की खोज सहायक होती है। यह व्यक्तित्व को स्थिरता प्रदान करती है। ऐसा होने पर हम बाहरी परिस्थितियों से प्रभावित होकर प्रतिक्रिया देने के बजाय स्थिरता से कार्य करते हैं। इस संबंध के स्थापित होने के बाद हमारा अंतर्मन हमें जीवन के महत्त्वपूर्ण निर्णय लेने का मार्ग दिखाता है। इस मार्गदर्शन का स्रोत वह दिव्य ऊर्जा है, जो घटनाओं की खुलती परतों पर सीधा प्रकाश डालती हैं। यह आध्यात्मिक चेतना मनुष्य की इस पृथ्वी पर विकसित होने में सहायता करती है।

अपने हृदय पर ध्यान केंद्रित करना संभव है और धीरे-धीरे गहराई में उतरकर उस जगह पहुँचा जा सकता है, जिससे अंतर में मानसिक ऊर्जा तक पहुँचने की क्षमता का विकास हो। नियमित रूप से इसको और अन्य तरीकों को करने से व्यक्तित्व में व्यापकता आती है।

विस्तार

कई साधकों के लिए बहुत सी समस्याओं में से संकुचित रह जाना सबसे बड़ी समस्या है, जिसे मनुष्य स्वाभाविक रूप से अपने साथ लेकर चलता है। व्यक्ति का अहं उसके विचारों और भावनाओं को अपने या अपने परिवार तक सीमित रखता है। इसी प्रकार उसकी इच्छाएँ और महत्त्वाकांक्षाएँ उसके और उसके परिवार के इर्द-गिर्द घूमती हैं। जीवन की यह यात्रा इस छोटे से घेरे को ही समर्पित हो जाती है।

आध्यात्मिक उन्नति के लिए इस संकुचित सोच का अतिक्रमण करना आवश्यक है। व्यक्ति को विकास हेतु स्वयं का विस्तार करना होगा। इस विस्तार का आरंभ मानसिक और भावनात्मक स्तर पर होना जरूरी है। हमारा मन जाने-पहचाने खाँचों तक सीमित रहता है और जो भी अज्ञात और बाहरी या जो हमारे अहं के लिए हानिकारक हो, उससे हम बचते हैं या उसे अस्वीकृत कर देते हैं। इस अचेत स्वभाव को बदलना भी आवश्यक है।

मानसिक चेतना के विस्तार के लिए विचारों का परिवर्तनशील होना आवश्यक है। स्पष्ट विरोधाभासों के अंतर्निहित सत्यों और सत्य का उत्तम स्वरूप, जिसमें वे विरोधाभास व्याप्त हैं, को जान लेने से मानसिक चेतना का विस्तार होने में सहायता मिलती है। जहाँ बाहरी प्रकृति अहं से प्रभावित होकर विरोधाभासों पर प्रतिक्रिया देती है, वहीं एक परिवर्तनशील मन जो विस्तार चाहता है, इन अवधारणाओं और विचारों की जाँच करता है, फिर चाहे वह कितना भी किसी धारण में क्यों न जकड़ा हो। लगातार संश्लेषित और अनुरूप बनाने के प्रयास से मन का विस्तार होता है, जिससे तुच्छ और संकुचित सीमाओं के परे सोचने में सहायता मिलती है।

इसी प्रकार भावुकता से अपनी पहचान का विस्तार और समाज के बड़े हिस्से और अंतत: सभी जीवों तक प्रेम, सहानुभूति और दया भाव पहुँचाना, आध्यात्मिक विकास में सहायता करता है। ऐसा कार्य जहाँ से किया जा सकता है, वह है, मनुष्य का हृदय।

दृढ़ प्रयासों से अपनी चेतना का ब्रह्मांड में विस्तार किया जा सकता है।

सूझ-बूझ से इस शरीर के आगे अपने अस्तित्व का विकास करना, शुरुआती कदम लेने में सहायता करता है। ये आकाश, तारे और संपूर्ण ब्रह्मांड हमारी तरह एक ही अस्तित्व सत्ता के अंग हैं। एकता का यह एहसास व्यापकता और चेतना को दूर तक विस्तृत करने में मदद करता है। जब इस विस्तार का फल मिलता है तो मनुष्य व्यक्तिगत चेतना के आगे पहुँचकर लौकिक चेतना या सार्वभौमिक चेतना को पा लेता है।

क्षितिज का विस्तार करना

दार्शनिक विचार के अनुसार, क्रमागत उन्नति और कुछ न होकर चेतना को और ऊँचा उठाना है। एक प्रजाति से दूसरी प्रजाति में ऊपर की ओर चेतना का अधिरोहण होता है। मनुष्यों में चेतना के विकास के लिए प्रकृति पहली सचेत सहयोगी होती है। ऊपर की ओर ले जाने की इस प्रक्रिया का अभिप्राय चेतना के उच्च लोक में पहुँचना है।

मन को शांत करके, आतुरता और शोर से आगे बढ़कर, व्यक्ति अपनी चेतना को जगाता है। अपनी भावनाओं को एकत्र कर उत्कृष्ट सत्ता की ओर ले जाकर, व्यक्ति अपने अमानुषिक मनोविकारों को परिष्कृत कर सकता है। व्यक्ति अपने शरीर को विकास करने का माध्यम बनाने हेतु कार्य करता है, जिससे वह चेतना के उच्च स्तर पर पहुँच पाता है।

समन्वय

व्यक्ति की चेतना का एक सीढ़ी के बाद दूसरी सीढ़ी पर चढ़ना तभी संभव है, जब निचली सीढ़ी स्थिर हो। आकांक्षाओं के चढ़ने के साथ उच्च चेतना में उतरना इस प्रक्रिया द्वारा किया जाता है।

जब उच्च चेतना में उतरा जाता है, तब व्यक्ति उस बदलाव से बचता है, जब उच्च चेतना व्यक्ति में ज्ञान का संचार करती है, तब व्यक्ति उस ऊर्जा विरूपित करता है। कई बार इसके परिणाम से साधक भ्रष्ट भी हो जाता है। कई बार निम्न प्रवृत्ति अपनी इच्छाओं की पूर्ति के लिए इस आध्यात्मिक ऊर्जा का दुरुपयोग करती है।

समय के साथ उच्च चेतना, व्यक्ति को परिवर्तित करती है और उसमें सच्ची आकांक्षाओं को जाग्रत करती है। कुछ समय पश्चात् निम्न प्रवृत्ति उस प्रकाश और ऊर्जा को अपने में समाहित कर लेती है और धीरे-धीरे वह ऊपर उठती है तथा परिवर्तित होती है। आत्मसात् करने और समन्वय की इस अवधि में निम्न प्रवृत्ति निचली सीढ़ी को दृढ़ता प्रदान करती है। इसी को 'समन्वय की प्रक्रिया' कहते हैं, जो आध्यात्मिक प्रक्रिया में एक स्थिर नींव का निर्माण करती है।

श्रीअरविंद द्वारा आत्मिक उत्थान का रास्ता बनाया गया वह कई मायनों में अद्वितीय और अनुपम है। मैं पूरी गंभीरता से इस बात को महसूस करता हूँ कि श्री अरविंद के 'पूर्ण योग' की गहराई का वृत्तांत देना महज कुछ पृष्ठों में संभव नहीं है। यहाँ पर केवल विषय का परिचय देकर आपसे निवेदन करना चाहता हूँ कि आप श्रीमाँ और अरविंद के साहित्य को पढ़ें। मैं पूरे विश्वास से कह सकता हूँ कि इन पुस्तकों का हर शब्द, हर पंक्ति आपके भीतर नई ऊर्जा का संचार करने की क्षमता रखती है।

साधना के सैद्धांतिक आधार—भक्ति योग, ज्ञानयोग और कर्मयोग का संश्लेषण

योग के लिए श्रीअरविंदजी का सिद्धांत संश्लेषण था। उन्होंने सनातन धर्म में योग के मार्ग को साधकों के लिए उपयुक्त तरीका बताया; हालाँकि किसी एक ही मार्ग को सबसे उत्तम नहीं कहा जा सकता।

व्यक्ति के स्वभाव और उसके अंतर्मन के विकास के अनुसार उस समय पर एक निश्चित मार्ग उसके लिए उचित हो सकता है।

ज्ञानयोग

वे साधक, जो अपने ज्ञान का विकास करते हैं और वे जो तर्कसंगत चयन करते हैं, उनके इस स्वभाव के लिए ज्ञानयोग सबसे उपयुक्त है। उच्चकोटि का ज्ञान विवेक और वैराग्य की प्रक्रिया में सहायता करता है। हर घटना मानसिक लेंस द्वारा स्वीकृत या अस्वीकृत की जाती हैं और धीरे-धीरे ये अनचाही घटनाओं का परिहार या उनकी अवहेलना की जाती है। ब्रह्म परम सत्य है और हमारी

मनोवृत्तियाँ हमें माया के संसार में उलझा देती हैं।

शंकर की निषेधाज्ञा को मानते हुए साधक अपनी प्रकृति को शुद्ध करके ब्रह्म के दर्शन करता है, जो सच है और ये संपूर्ण संसार और आत्मसंतुष्टि उसे मिथ्या लगती है। थोपी हुई और दोषपूर्ण समझ की वजह से साँप को रस्सी समझ लेना इसका सर्वश्रेष्ठ उदाहरण है (राजुसर्पा न्याय), जहाँ ब्रह्म की सत्ता पर यह संसार मिथ्यात्मक प्रक्षेपण है और साधना से, व्यक्ति इस सत्य को देख सकता है। शुद्धि करण, इच्छाशक्ति का दृढ़ता से प्रयोग और आध्यात्मिक विकास के पथ को देख पाना, ये सभी सत्य को प्राप्त करने की इच्छा रखनेवाले साधक को निकटतम और अंतत: उच्चतम सत्य में ले जाते हैं।

ज्ञानयोग में साधना का मार्ग कुछ प्रारंभिक कदमों से होता है, जिसमें संसार में संलग्न होकर और अपने शरीर को देख हम इसके साक्षी बन सकते हैं। इस पृथकता से अवलोकन हो पाता है। इस पृथकता के विस्तार से स्वयं को शरीर से अलग किया जा सकता है। इसी तरह आगे भी इस पृथकता को विचारों और भावनाओं तक विस्तृत किया जा सकता है। विचार और भावनाएँ लक्ष्य हैं तो स्वयं उनका अवलोकन करनेवाला। इसी प्रकार अहं भी लक्ष्य बन जाता है और स्वयं को सभी आम पहचान की बिंदुओं के अनुसार पहचानना समाप्त हो जाता है। दीप्तिमान स्वयं ही उत्कृष्ट सत्य के रूप में प्रकट होता है।

भक्तियोग

वे साधक जिनकी भावनाएँ और मनोविकार परिष्कृत और विकसित हैं, वे जिनका सहज स्वभाव प्रेम और श्रद्धा का है, उनके लिए भक्ति योग का मार्ग ज्यादा उचित है। यहाँ ईश्वर ही प्रेम है। साधक और ईश्वर के बीच का संबंध और रूप अलग-अलग तरह से हो सकता है, किंतु मूल यही है कि यह हृदय की गहराई से महसूस होनेवाला संबंध है।

जिंदगी का कपड़ा ईश्वर की दिव्यता से बुना है। व्यक्ति का जीवन ईश्वर का जाप, उसका गान करने, दिव्य शक्ति को याद करने, सेवा और भक्ति में निकल जाता है, जिससे ईश्वर के साथ एक गहरा और व्यक्तिगत संबंध स्थापित

हो जाता है, अंततः व्यक्ति पूरी तरह से ईश्वर में समर्पित हो जाता है। साधक को जो कुछ भी मिलता है, वह ईश्वरीय शक्ति का हिस्सा है और जो कुछ उससे दूर चला जाता है, वह परमात्मा में मिल जाता है।

भक्त प्रभु के लिए अपने प्रेम को व्यक्त कर सकता है और उसका निष्ठावान दास (दास्य भाव), सखा (सांख्य भाव), माता (वात्सल्य भाव) या प्रेमी (माधुर्य भाव) बन सकता है। भक्त प्रभु के प्रति शांत भाव (शांत भाव) भी रख सकता है और हृदय में आनंद भरकर प्रभु की आराधना कर सकता है, जैसे-जैसे प्रेम गहन करता जाता है, भक्त को कर्म चक्र से बाँधनेवाला बंधन ढीला होता चला जाता है और यह यात्रा-मुक्ति की ओर बढ़ती है।

भक्ति मार्ग द्वारा मुक्ति प्राप्त करना विभिन्न श्रेणियों से गुजरकर ईश्वर के निकट आकर किया जाता है। 'शलोक्य मुक्ति', जिसके द्वारा भक्त ईश्वर के जगत्, जैसे गोलोक, बैकुंठ, कैलाश आदि में अपनी जगह बना पाता है। 'सामीप्य मुक्ति' वह है, जब भक्त ईश्वर के समीप आने की योग्यता हासिल कर लेता है। सारूप्य मुक्ति वह है, जिसमें भक्त अपनी चेतना को पहचान कर ईश्वर जैसा ही लगने लगता है। स्यूजया मुक्ति, जिसमें भक्त परम परोक्ष सत्ता में जाकर मिल जाता है।

कर्मयोग

श्रीअरविंद ने सभी आध्यात्मिक साधकों के लिए कर्म योग के मार्ग को अपरिहार्य माना। एकांत योग सकारात्मक आध्यात्मिकता का मार्ग है, ऐसा मार्ग, जिसमें संसार के साथ-साथ संसार में होनेवाली सभी गतिविधियों को गले लगाना है। जहाँ सभी मनुष्य आजीविका के लिए कार्य करते हैं और इस दुनिया में सहभागी होते हैं, वहीं एक आध्यात्मिक साधक उस परोक्ष सत्ता की इच्छा को संसार में प्रकट करता है। साधक को जिन दो मुख्य तत्त्वों को त्यागना होगा, वे हैं अहं और इच्छाएँ, जिनसे उसके कर्म ईश्वरीय हो सकें। व्यक्ति के अधिकतम कर्मों का केंद्र उसका अहं होता है। यह स्वयं का अहं, परिवार, समाज या अन्य बाह्य संदर्भों का अहं हो सकता है।

श्रीअरविंदजी के अनुसार, "एक समय पर इच्छा की पूर्ति हमारे कर्मों का उद्देश्य होता है, यह हमारी उपलब्धि को संचालित करती है और हमारे अस्तित्व का नाश करती है। एक आध्यात्मिक व्यक्ति अहंकार और इच्छा का त्याग कर कर्म करता है।"

एक सच्चा कर्म योगी बनने के लिए तीन तरीके दिए गए हैं। पहला, अपने पसंद के कार्य के चयन की प्रवृत्ति व्यक्ति के मार्ग में आती है, जिसे कम करना होगा। अपने चुने हुए कार्य को ही करना या श्रेष्ठता के कारण दूसरे कार्य के बजाय एक ही कार्य पर बल देना, क्योंकि संसार ने उसका कुछ मूल्य निर्धारित किया, ये सभी आध्यात्मिक विकास में सहायक नहीं हैं। हर किसी को जीवन में उन्नति करने की ओर अग्रसर होना चाहिए, चंद कार्यों को हेय दृष्टि से देखना आध्यात्मिक विकास के लिए हानिकारक है।

दूसरा कदम यह है कि किए गए कार्य के फल के प्रति धीरे-धीरे आसक्ति को कम करना और अंततः उसे पूरी तरह मिटा देना। यह भगवद्गीता से मिली एक बहुत महत्त्वपूर्ण सीख है 'कर्मान्येवा अधिकरस्ते' (अध्याय 2, श्लोक 47)। साधक को लगन से कार्य करना होगा, किंतु साथ ही उसे कार्य के परिणाम से ध्यान से हटाना होगा। कहीं एक असफलता या कुछ असफलताओं से निराश नहीं होना चाहिए। साधक परिणाम को समभाव के साथ ग्रहण करना सीखता है। आनंद के साथ हर कार्य को सचेत होकर ईश्वर को समर्पित करना और परिणाम को ईश्वर की मरजी के रूप में अपनाना आध्यात्मिक विकास को गहरा बनाता है।

तीसरा कदम, यह एहसास करना है कि व्यक्ति कर्म करने की दिशा में सभी आवश्यक प्रयास करता है, ये शक्तियाँ जिनका संचार हमारे अंदर होता है, वे सार्वभौमिक हैं। हम इस लौकिक प्रवाह के छोटे से माध्यम हैं। हम अपने जीवनाधार के लिए इन शक्तियों को ग्रहण करते हैं और एक तरह से हमारे कार्य इन सांसारिक शक्तियों को हमारी भेंट है। हमारा अहं पूर्णतः भंग हो जाता है। आध्यात्मिक की ऊँचाई पर पहुँच, व्यक्ति का लौकिक प्रवाह से साक्षात्कार होता है, जो उसके भीतर से ही प्रवाहित होता है।

अहं और इच्छा का भंग होना, किसी विशेष कार्य को कम अहमियत देना, कर्म फल के प्रति अनासक्ति और यह बोध होना कि इस संसार का कर्ता-धर्ता ईश्वर है, यह सभी वृत्तियाँ साधक में चेतना स्थापित करती हैं, जहाँ साधक कर्म-योगी बन जाता है।

योग का संश्लेषण और स्वयं की पूर्णता के लिए योग

श्रीअरविंद यह इस बात पर ध्यान देते हैं कि साधक पर गुणों के प्रभुत्व और व्यक्ति के भौतिक-भावनात्मक-मानसिक रचना के आधार पर योग का एक मार्ग बाकी तीनों की तुलना में अधिक उपयुक्त होगा। साथ ही जीवन के अन्य क्षणों में, जब व्यक्ति अंतर की ऊँचाई और परिपक्वता में विकास करता है, तब उसकी प्रगति हेतु अन्य मार्ग उपयुक्त होना संभव है, इसलिए कट्टर होना श्रीअरविंद ने कभी स्वीकाय नहीं किया। वहीं दूसरी तरफ उन्होंने इस बात पर बल दिया कि मानव स्वभाव के विभिन्न तत्त्वों में संगति लाना और उन्हें संश्लेषित करना होगा और हर मार्ग में कुछ न कुछ ऐसा होगा, जिससे साधक का मार्गदर्शन होगा।

श्रीअरविंद यह भी स्पष्ट करते हैं कि यदि व्यक्ति इन तीन मार्गों में एक का मार्ग का अनुसरण करता है तो उसके परिणाम और अनुभूति अत्यंत व्यापक होंगे, जैसे कि कर्म योग के माध्यम से यदि कोई साक्षी बनकर यह अनुभव करता है कि संपूर्ण ब्रह्मांडीय व्यवस्था परम परोक्ष सत्ता द्वारा संचालित है तो यह स्वाभाविक ही है कि उसके मनुष्य मन में उस परोक्ष सत्ता के लिए श्रद्धायुक्त भाव उत्पन्न होगा। कर्म योग की सफलता से भक्ति योग के परिणाम मिलते हैं। इसी प्रकार अन्य परिस्थितियों में भी योग के विभिन्न मार्गों के समावेश और संश्लेषण पर ध्यान दिया गया है।

इस संश्लेषण का महत्त्वपूर्ण स्वरूप यह है कि श्रीअरविंद ने योग के इन तीन मार्गों पर लिखने के अलावा स्वयं को पूर्ण बनाने के लिए योग पर भी बहुलता से लिखा है। ये तीन परंपरागत योग व्यक्ति की अज्ञानता से और अंततः मोक्ष द्वारा संसार से मुक्ति की बात करते हैं।

श्रीअरविंदजी का एकात्म योग एकात्म पूर्णता की बात कहता है। प्रवीणता

या पूर्णता के इस योग विवरण में, वे शरीर के साधन, भावनाएँ और मन की प्रवीणता की बात करते हैं। वे इस बात पर अधिक दृष्टि डालते हैं कि किस तरह यह संसार परमात्मा का निवासस्थान है (ईशावस्यम् इदं सर्वम्) और आनंद मनुष्य के वर्चस्व का मूल है। इस आनंद को अनुभव करने के लिए श्रीअरविंद कहते हैं कि वेदांत में 'एकात्म योग' का प्रयोग किया गया है (वैराग्य, विवेक) जिसका लक्ष्य तंत्र है (भक्ति, आनंद)। दूसरे शब्दों में मनुष्य को अपने जीवन को खुशी से जीना चाहिए, किंतु बिना किसी उत्कंठा या आसक्ति के।

साधना का सिद्धांत : मानस से अतिमानस तक

योगी के रूप में श्रीअरविंद ने दृढ़ता और विधिपूर्वक कार्य किया है। पश्चिम से शिक्षा ग्रहण करने के कारण, उनके प्रशिक्षित मस्तिष्क ने अपने अंदर के विकास का भी सतर्कता से अध्ययन किया; हालाँकि आध्यात्मिक विकास सहज रूप से व्यक्तिपरक अनुभव का क्षेत्र है, श्रीअरविंद सनातन धर्म की एक अद्वितीय अवस्था को सामने रखते हैं, जहाँ एक योगी अपने वर्षों के अनुभवों को साझा करता है और उनका सावधानी से विश्लेषण कर, जो इस आध्यात्मिक मार्ग का अनुसरण करना चाहते हैं, उनके लिए पथ प्रदर्शित करता है। योग का अभिलेख श्रीअरविंद के व्यक्तिगत लेखों का संकलन है, जो दशकों और विभिन्न अनुभवों तक विस्तृत है।

मानव-मस्तिष्क कई निरंतर और अनियंत्रित विचारों का घर है। कुछ का दावा है कि एक सामान्य मस्तिष्क में दिन में 60,000 से 80,000 के करीब विचार उत्पन्न होते हैं, जिनमें से अधिकतम अचेत, अर्थहीन, घुमावदार होते हैं। केवल कुछ ही समय के लिए, मस्तिष्क का उपयोग उद्देश्य पर केंद्रित होने के लिए किया जाता है। ऐसा निष्पक्ष रूप से देखा गया है कि मानव मस्तिष्क, जो अपनी आदिम अवस्था में ही है प्रकृति का उपकरण है। इसे अभी सुसंस्कृत, नियंत्रित, परिष्कृत और विकसित बनाना बाकी है।

भारतीय संस्कृति हजारों वर्ष पहले के ऋषियों के उदाहरणों से भरी पड़ी है, जिन्होंने अपने मस्तिष्क को आश्चर्यजनक स्तर तक पहुँचाया था। ऋषि

त्रिकालदर्शी थे, जो अपने मस्तिष्क का प्रयोग भूतकाल, वर्तमान और भविष्य देखने में करते थे। वे अपनी इच्छानुसार दूरानुभूति (telepathy) का प्रयोग कर सकते थे। ये चमत्कारपूर्ण क्षमताएँ प्रतीत होती हैं।

श्रीअरविंद की साधना मानव चेतना के परिवर्तन पर गहराई से ध्यान केंद्रित करती है। इस यात्रा में संभवत: आध्यात्मिकता के इतिहास में पहली बार उच्च विकास के विभिन्न स्तरों का विवरण और सूक्ष्म दिशा-निर्देश दिए गए हैं। अतीत में दो विपरीत ध्रुवों पर ध्यान दिया गया—अज्ञानता और बोध। श्रीअरविंद के रूप में हमारे पास ऐसे ऋषि है, जो चेतना के विकास में एक के बाद एक कदम को स्पष्ट कर मानव कल्याण को समर्पित थे।

शोर से भरे मस्तिष्क में, जो बिना किसी स्थिरता के एक से दूसरे विचार पर पहुँचता है, जिसमें स्थिरता की कोई समझ नहीं, वह जीवन को बनाए रखने के लिए एक अपूर्ण यंत्र है। विश्लेषणात्मक और समर्पण पूर्ण तर्क के भाव में मस्तिष्क सत्य को समझने का प्रयास करता रहता है। अस्थिरता के कारण यह उतना ही अज्ञानता का यंत्र होता है, जितना कि सत्य का, जैसा विश्व आज हम देख रहे हैं, वह आज असंख्य चुनौतियों से भरा है, यह मानव मस्तिष्क की वर्तमान स्थिति का परिणाम है, फिर भी मनुष्य में उच्च स्तरों तक बुद्धि का विकास करने की क्षमता है। श्रीअरविंद ने मानसिक चेतना को आश्चर्यजनक ऊँचाइयों तक पहुँचाने का रास्ता निकाला तथा प्रत्येक स्तर का विस्तार से विवरण किया है।

शांत चित्त

श्रीअरविंद का कहना है कि मस्तिष्क में नियमित और लंबे समय तक शांति बनाए रखना एक स्थिर और फलकारी मस्तिष्क का आधार है। मस्तिष्क को शांत रखकर अपने कार्य और कर्तव्य निभाए जा सकते हैं। यह संभावनाओं और खुशहाली प्राप्त करने के लिए लगातार प्रयास करने का प्रश्न है।

श्रीअरविंद की स्वयं की यात्रा में उन्होंने बताया कि इंगलैंड में शिक्षा प्राप्त करने के बाद वापस लौटने पर, जब उन्होंने भारत की धरती पर कदम रखा, तब कैसे उनके अंदर शांत चित्त समा गया। उनके कई लेखों में उन्होंने बताया

है कि कैसे उन्होंने शांत चित्त पाया है! उन्होंने विवरण दिया कि कैसे शांत मन एक खाली दिमाग नहीं अपितु वह ज्ञान को प्राप्त करने में परिवर्तित हो जाता है तथा एक शांत चित्त के साथ कोई कैसे अधिक कुशलता से कार्य कर सकता है।

उच्चतर मानस

सामान्य मस्तिष्क परिणाम को ध्यान में रख और तार्किकता के माध्यम से कार्य करता है, जो ज्ञान के प्रति अधिक आकृष्ट नहीं हो पाता। उच्च मन की स्थिति में मस्तिष्क जागरूकता से कार्य करता है। यह सत्यता देखने की स्थिति है, जहाँ विचारों के स्थान पर विचारों की पहचान होती है, जिसमें स्वयं का दर्शन हो, जबकि स्वयं को प्रकट करने की बजाय सच्चाई की तलाश करते समय उलझ जाते हैं। यदि सामान्य मस्तिष्क एक मशाल के रूप में कार्य करता है, जो आगे के कुछ कदमों को प्रकट करता है तो उच्च मस्तिष्क का कार्य ऐसा होता है, जैसे दिन के उजाले में पूरे परिदृश्य को देखना। उच्च मस्तिष्क अपनी शक्ति का परिचय तभी दे पाता है, जब आंतरिक शांति इसका साथ दे।

शांति

जहाँ सामान्य मस्तिष्क प्राथमिक वाहन की भाँति कार्य करता है, वही एक ज्ञान के प्रकाश से भरा मस्तिष्क सीधी दृष्टि के माध्यम से कार्य करता है। व्यक्ति विचारक न रहकर द्रष्टा बन जाता है। चिंतन और मानसिक निर्माण का संघर्ष कम हो जाता है। भौतिक-भावनात्मक-मानसिक जटिलताएँ आंतरिक प्रकाश से प्रकाशित हो उठती हैं। एक प्रकाशित द्रष्टा बीच में आनेवाले विरोधाभासों को छोड़कर सीधा अनुभव कर लेता है। अध्यात्म की यात्रा में आगे बढ़ते ये साधक जहाँ भी जाते हैं, सबको प्रेरित करते हैं।

उद्भासित मानस

एक और जहाँ ऊर्ध्व मन विचारों से प्रकाशित होता है, उद्भासित मन दृष्टि के माध्यम से प्रकाशित होता है। व्यक्ति केवल एक विचारक नहीं, अपितु मनीषी बन जाता है। अनुमानों और आशयों का कशमकश छूट जाती है। व्यक्ति के शारीरिक, मानसिक और भावुक जटिलता अंतर्दृष्टि से प्रकाशित हो जाती हैं।

एक मनीषी स्वत: ही प्रस्फुटित हो जाता है, उसे किसी विचार या अनुमान की आवश्यकता नहीं।

अंतर्दृष्टि या अंतभासिक मानस

श्रीअरविंद ने कहा था कि सर्वोत्तम ज्ञान 'पहचान द्वारा ज्ञान' है। इस स्तर पर विषय की सचेतता व्यक्ति की सचेतता का मिलन होता है। इसमें व्यक्ति की भावनाओं और उसकी पहचान के स्पंदन का आदान प्रदान होता है। इसमें अंतर्ज्ञानात्मक पहचान तक पहुँच होती है। सहज बोध में चार शक्तियाँ निहित होती है—देखने की शक्ति, सच सुनने की शक्ति, सच का स्पर्श तथा सच भेदभाव। यदि जल के बारे में कहा जाए तो हमारे ज्ञान से प्रकाशित मन में एक विस्तृत नीले जल के तालाब का चित्र बनता है, अंतर्ज्ञानात्मक चित्त हमें उस जल में अपने हाथ डुबोने का अहसास कराता है, जो स्पंदन तथा परिप्रेक्ष्य की समझ और संवेदना से युक्त है।

अधिमानस (Over mind)

हमारा मस्तिष्क हमें अपने संदर्भ के अनुसार, अपनी स्वयं के अहंकार में बाँधता है। अधिमानस सचेतना के एक माप की भाँति कार्य करता है, जहाँ व्यक्ति का अहंकार समाप्त हो जाता है। वर्तमान मानसिक स्थिति से हटकर ऊँचाई की ओर जाने का रास्ता खोजने के विषय में श्रीअरविंद ने लिखा है, मन की यह उच्च स्थिति आवश्यक परिप्रेक्ष्य में मानवता की ओर अग्रसर होती है, जैसे किसी में मौन धारण करना, समानता की भावना का विकास तथा ऐसी ही ग्रहणशील स्थितियाँ। किसी भी व्यक्ति में लौकिक अहसास के लिए अपना विस्तार करना आवश्यक है। इस अहसास के लिए सिद्धांत यही है कि वह इस ब्रह्मांड में व्याप्त आनंद की प्राप्ति साधक की होती है, जब मनुष्य में अधिमानस की स्थिति होती है तो मस्तिष्क के अन्य स्तरों, जैसे कि अंतर्ज्ञानात्मक, प्रकाशात्मक मस्तिष्क तथा उच्च स्तर व्यक्ति में अपने आपको बढ़ा लेते हैं तथा उसके कार्यकलाप अधिक विस्तृत एवं बहुमुखी हो जाते हैं और उनको परिपूर्ण करने की शक्ति बढ़ जाती है।

अतिमानस (Super mind)

सनातन धर्म में सत्-चित्त-आनंद ही परम सत्य है। सत्-चित्त-आनंद के अहसास से एकदम पहले की मस्तिष्क की स्थिति वो स्थिति है, जिसे श्रीअरविंद ने 'अतिमानस' कहा है। यह अज्ञानता के क्षेत्र से बाहर आने की चेतना की स्थिति है। इनके आकर्षक विवरणों के बावजूद मस्तिष्क को सभी पूर्व स्थितियाँ लौकिक जड़ता के क्षेत्र के अंदर होती है। अतिमानस इन सभी प्रकार की जड़ता से बाहर की स्थिति है।

अतिमानस प्रज्ञान, विज्ञानमाया की स्थिति है। अतिमानसिक चेतना में अपने संपर्क में आनेवाले किसी आंदोलन के परिवर्तन की शक्ति और ताकत होती है। अतिमानस के प्रकाश में शरीर भावनाओं तथा मस्तिष्क का उसी प्रकार पुनर्निर्माण करता है, जैसे महान् आत्मा के प्रभावी तथा उपयुक्त अस्त्र होते हैं।

श्रीअरविंद समग्र योग में अतिमानसिक चेतना की अगली स्थिति के बारे में है, जिसमें मानवता का प्रकट होती है। यह पत्थर से पौधे, मानव से अतिमानव तक की यात्रा है, जो श्रीअरविंद द्वारा सांसारिक विकास है। श्रीअरविंद के दर्शनशास्त्र तथा योग की समझ का मुख्य तत्त्व अतिमानस है।

साधना के लिए सिद्धांत : त्रिविध रूपांतरण

समग्र योग का उद्देश्य मानव प्रवृत्ति का संपूर्ण रूपांतरण करना है। आध्यात्मिक विकास के लिए शरीर आधार के रूप में उपयुक्त होता है। भावनाओं को शुद्ध करके ईश्वर की ओर मोड़ दिया जाता है। मानसिक विकारों को समाप्त करना पड़ता है, ताकि उत्तम बुद्धि तक पहुँचने के लिए इसका उपयोग साधना के रूप में किया जा सके। चित्त को अत्यंत शांत किया जाना चाहिए, ताकि अंतर्ज्ञान और प्रकाश जैसे उच्च स्तरों का प्रकट हो सके।

मानसिक, आध्यात्मिक तथा उच्च चैतन्य के इन तीन साधनों के सही सम्मिश्रण से समग्र योग त्रिविध रूपांतरण के अपन उद्‌देश्य को प्राप्त करता है। मानसिक रूपांतरण व्यक्ति की ईश्वरीय प्राप्ति के बारे में है। आज के मानव में मौजूद विकार युक्त प्रवृत्ति, धीरे-धीरे सत्य, ईमानदारी, प्रेम और भक्ति के

मानसिक तत्त्वों के माध्यम से परिवर्तित हो जाती है। जीव और मन समर्पण भर जाता है और ईश्वर की ओर उन्मुख हो जाता है। मनुष्य की संपूर्ण प्रकृति को परमानंद से भरा होना चाहिए।

उच्च चैतन्य, जैसे—शांति, बल, प्रकाश, ज्ञान, पवित्रता इत्यादि की ओर बढ़ते हुए ब्रह्मांडीय चेतना की अनुभूति करना आध्यात्मिक रूपांतरण है। आध्यात्मिक रूपांतरण मनुष्य की चेतना को सार्वभौमिक बना देता है। वह अपने चारों ओर जीवों के बारे में सहिष्णुता की भावना रखता है। अहंकार की भावना समाप्त हो जाती है तथा अहंकार के स्थान पर आत्मपरिचय तथा सभी प्राणियों के साथ पहचान की भावना जन्म ले लेती है। उपनिषद् का महावाक्य अहं ब्रह्मास्मि' इसी बोध से संबंधित है।

अतिमानसिक रूपांतरण आध्यात्मिक चेतना के बारे में है, जिसमें मनुष्य का अचेतन मन लुप्त होता है। इसमें मनुष्य का मानसिक, जैविक तथा भौतिकता को प्रकाशित करके उसका प्राकट्य शामिल है। आध्यात्मिक परिवर्तन समय और स्थान के बंधनों से ऊपर मानव की चेतना को बढ़ाता है। अनंतकाल और अनंतता उनके अनुभव के लिए स्वाभाविक हो जाती है। मनुष्य को बदलने के लिए इस उच्च चेतना का विकसित होना विकासवादी मील का पत्थर है, जिसकी श्रीअरविंद ने मानवता के भविष्य के रूप में परिकल्पना की है।

साधना के सिद्धांत : चार शक्तियाँ—बुद्धि, शक्ति, सद्भाव एवं बल

साधना के लिए आवश्यक चार शक्तियाँ—बुद्धि, शक्ति, सद्भाव एवं बल वर्षों से मानव व्यक्तित्व के चार पहलुओं ने मानवता का मार्गदर्शन किया है। सदियों से मानव-चक्र की प्रगति में ये चार पहलू प्रतिबिंबित हुए हैं तथा व्यक्तिगत स्तर पर मानव चेतना का विकास भी हुआ है। श्रीअरविंद ने इन चार ताकतों को बुद्धि, शक्ति, सद्भाव तथा पूर्णता के रूप में पहचाना है। आध्यात्मिक विकास प्राप्त करनेवालों के लिए यह आवश्यक है कि वह व्यक्ति के विकास में इन चार पहलुओं की भूमिका का अध्ययन करें।

बुद्धि मनुष्य के विचारों का विकास करती है तथा व्यक्ति के जीवन में कार्यों तथा उसके चयन का मार्गदर्शन करती है। शांत चित्त बुद्धि की शक्ति खुद के

विकास के नियमित दिशा सूचक-यंत्र की भाँति होता है, जो उसके विकास में सहायक होता है। यह शक्ति जीवन में लिए गए निर्णयों की दिशा निर्धारण करती है। श्रीअरविंद ने महेश्वरी के रूप में स्थलीय चेतना की इस शक्ति का विवरण दिया है। यह शक्ति मर्म में साधक का मार्गदर्शन करती है तथा बुद्धि के महत्त्वपूर्ण स्तरों के विकास में मदद करती है।

बाधाओं का सामना करते हुए विश्व में दर्शन को प्रकट करने का रास्ता बनाने के लिए शक्ति महत्त्वपूर्ण है। यह सृजन का बल है, जो उत्तम ऊँचाइयों तक पहुँचने का मार्ग बनाने के लिए सभी समस्याओं को तेजी से दूर कर देती है, जब आंदोलन का समय आता है यह अपने सामने आनेवाली सभी बाधाओं को हटा देती है, ताकि नए विचार प्रकट हो सकें। इस बल को श्रीअरविंद ने 'महाकाली' का नाम दिया है। व्यक्तिगत साधना में अज्ञानता को दूर किया जाता है। महाकाली की शक्ति ऐसी कठिनाइयों की आंतरिक प्रकृति को ठीक करती है और प्रगति संभव बनाती है।

मानव जीवन में समन्वय, मानव की खुशी और सामाजिक स्थिरता का एक महत्त्वपूर्ण तत्त्व है। श्रीअरविंद ने तो यह तक कहा है—"अस्तित्व की सभी समस्याएँ वास्तव में समन्वय की समस्याएँ हैं।" व्यक्ति के शारीरिक, भावनात्मक, मानसिक और आध्यात्मिक तत्त्वों के बीच सामंजस्य होना चाहिए, ताकि आंतरिक प्रगति हो सके। महालक्ष्मी की शक्ति ब्रह्मांड में इस समन्वय को दरशाती है। वह अपने साथ खुशी, आनंद और सुंदरता व समृद्धि से भरे सभी तत्त्वों को लेकर आती है।

उत्कृष्टता मानव के विकास में महत्त्वपूर्ण चार सार्वभौमिक शक्तियों में से अंतिम शक्ति है। प्रकृति का विकास उत्कृष्टता और वर्षों से चलनेवाले कार्य से होता है। अस्तित्व का प्रत्येक तत्त्व प्रकृति के हजारों वर्षों के कठोर श्रम के बाद अस्तित्व में आता है। आध्यात्मिक पथ में साधक को अपनी चेतना के विकास के प्रत्येक तल पर और अपने स्वभाव के प्रत्येक पहलू में उत्कृष्टता स्थापित करनी होती है। अवरोही आध्यात्मिक शक्ति प्राप्त करने और इसे अवशोषित करने के लिए शरीर को कोमल बनाना आवश्यक है। यदि मानव नामक पशु को एक

दिव्य प्राणी में विकसित करना है तो भावनाओं और मन की सिद्धि प्राप्त करना आवश्यक है। महासरस्वती की शक्ति इस दीर्घकालीन श्रम की अध्यक्षता करती है। आह्वान किए जाने पर वह धीरे-धीरे मानव की प्रकृति को बदलने के लिए आवश्यक तत्त्वों को उसमें लाती है। वह एक मजबूत नींव प्रदान करती है, जिस पर अन्य तीन शक्तियाँ अपना भवन बना सकें। उत्कृष्टता का अंतिम परिणाम एक ठोस आधार प्रदान करता है, जिससे प्रकृति की और भी अधिक प्रगति होती है।

श्रीअरविंद बताते हैं कि बुद्धि, बल, समन्वय और पूर्णता की चार शक्तियाँ मानव विकास के कई आयामों में अंतर्निहित हैं। मानव के पूर्ण आंतरिक विकास और वृद्धि में ये चार विशेषताएँ आवश्यक हैं। मनुष्य के सामाजिक विकास में इन बलों में से प्रत्येक ने विकास के किसी ने किसी चरण की अध्यक्षता की है। यही चार सिद्धांत हैं, जो प्रकृति के विकास की गाड़ी को चलाते हैं।

पूर्ण योग और अन्य पथों के बीच समानताएँ व असमानताएँ

सनातन धर्म के संदर्भ में पूर्ण योग के दो मुख्य तत्त्व हैं। पहले, श्रीअरविंद इस बात पर बल देते हैं कि आध्यात्मिक साधकों के लिए विभिन्न योग प्रणालियों का समन्वय उपयुक्त है। इस प्रकाश में हम श्रीअरविंद को भी पतंजलि की भाँति समन्वय स्थापित करने वाले मान सकते हैं, लेकिन श्रीअरविंद का दूसरा मुख्य योगदान वेदों और उपनिषदों में उनकी मूल अंतर्दृष्टि के आधार पर सनातन धर्म के विभिन्न आयामों का विस्तार करना है।

जब हम पारंपरिक प्रणालियों को देखते हैं और उनकी तुलना श्रीअरविंद द्वारा मानवता के लिए निर्धारित नए लक्ष्य-पद से करते हैं तो हम देखते हैं कि दोनों में समानताएँ और असमानताएँ हैं। समानताएँ वहाँ हैं, जहाँ समन्वय है। दोनों के बीच अंतर श्रीअरविंद द्वारा दिखाए गए अति मानसिक परिवर्तन के नए मार्ग पर मिलता है, जिसकी परिकल्पना श्रीअरविंद मानव विकास की प्रगतिशील यात्रा में एक निश्चित और अपरिहार्य वस्तु के रूप में करते हैं। यह भी संभव है कि अपने पथ पर चलते हुए एक तीर्थयात्री यह महसूस करता है कि किसी नए लक्ष्य को कई बार उस यात्रा के लिए अधिक अनुकूल उपकरणों और तरीकों

के सावधानीपूर्वक चयन की आवश्यकता होती है। यह भी पारंपरिक मार्गों और श्रीअरविंद के 'पूर्ण योग' के मार्ग के बीच एक अंतर है।[45, 46]

पारंपरिक योग प्रणालियाँ और पूर्ण योग

भारत में 5,000 से अधिक वर्षों से योग की समृद्ध परंपराएँ रही हैं। राजयोग, हठयोग, भक्तियोग, कर्मयोग, ज्ञानयोग और तंत्र प्रमुख मार्गों में से एक हैं। इनमें से प्रत्येक पथ प्रगति के लिए विशिष्ट प्रणालियों पर जोर देता है। भारत के आध्यात्मिक इतिहास में ऐसे दौर रहे हैं, जहाँ एक मार्ग के प्रस्तावक तर्क के माध्यम से अपना वर्चस्व स्थापित करने का प्रयास करते थे।

प्रत्येक पारंपरिक पथ की शक्ति के पीछे श्रीअरविंद का पूर्ण दृष्टिकोण है और यह दृष्टिकोण विशेष स्वभाव के लोगों के लिए विशेष पथ की उपयुक्तता को इंगित करता है। वे कहते हैं कि अपने जीवनकाल में एक साधक अपने स्वभाव और अपनी साधना की प्रगति के आधार पर एक के बाद एक या एकसाथ कई मार्गों का अभ्यास कर सकता है। इस तरह वे 'पूर्ण योग' के आध्यात्मिक साधकों को पारंपरिक तरीकों की प्रासंगिकता का संकेत देते हैं।

औपचारिक शब्दों में, अपने सप्त चतुष्ट्य में श्रीअरविंद ने पारंपरिक प्रथाओं के कुछ तत्त्वों को पूर्ण योग की प्राप्ति के उद्देश्य के लिए आवश्यक उपकरणों के रूप में अंतः स्थापित किया है। उदाहरण के लिए, शक्ति चतुष्टयम् में बुद्धि, चित्त और प्राण के पारंपरिक अर्थ का वर्णन है और समता चतुष्टयम् में तितीक्षा की पारंपरिक प्रथा शामिल है। पूर्ण योग के ढाँचे में श्रीअरविंद ने पारंपरिक मार्गों से ऐसे तत्त्व लिये हैं, जो पूर्ण योग के तरीकों और लक्ष्यों के लिए मूल्यवान् और प्रासंगिक हैं। ये पूर्ण योग के 'समन्वय' दृष्टिकोण के उदाहरण हैं।

आरोहण का संघर्ष बनाम आरोहण एवं अवरोहण

यदि हम दर्शन की बात करें तो श्रीअरविंद उद्गामी दार्शनिकों की श्रेणी में आते हैं। दार्शनिकों का यह समूह कहता है कि विकास पत्थर, पौधे, पशु से लेकर मनुष्य तक चलता रहता है। चेतना का यह आरोहण मनुष्य को नियंत्रण

---

45. सियेसिस ऑफ योगा

46. निराकार भाई, आलोक पांडेयजी के संस्मरण

प्रदान करता है, जैसा कि उसके पास अभी है, हालाँकि सामान्य बुद्धिवाला कोई भी व्यक्ति यह स्वीकार करेगा कि वर्तमान में, जिस अव्यवस्थित प्राणी को हम मनुष्य कहते हैं, वह शायद ही उत्कृष्टता का प्रतीक है। श्रीअरविंद कहते हैं कि वर्तमान समय में मनुष्य कुछ काफी पशु समान है और इस पशु चेतना को मानव चेतना में बदलने के लिए हमें चेतना को बदलना होगा और फिर धीरे-धीरे उसे देवत्व प्रदान करना होगा। श्रीअरविंद ने एक कदम आगे बढ़कर अतिमानस के आगमन की बात रखी—पुरुषों की एक प्रजाति, जिनकी चेतना आज के पुरुषों से उतनी ही बेहतर है, जितनी इन पुरुषों की पशुओं से, अर्थात् चेतना ही मनुष्य को देवत्व के मार्ग पर अग्रसर करने का मार्ग प्रशस्त करती है।

श्रीअरविंद द्वारा मानवता को उपहार : पूर्ण योग

श्रीअरविंद ने इस बात पर भी प्रकाश डाला कि चेतना के इस विकास का कारण अंतर्भूत वास्तविकता (जिसे चेतना का अवरोहण भी कहा जाता है) है। अतिमानसिक चैतन्य सबसे अँधेरे पदार्थ में अंतर्निहित होता है और यही विकास का आधार है। दूसरे शब्दों में हम आज चेतना में जिस आरोहण को देख रहे हैं, वह उस अवरोहण के कारण है, जो हुआ है और इसका मूल कारण है।

यह दृष्टिकोण विश्व को अच्छे और बुरे में वर्गीकृत करना असंभव बना देता है। यह उस पहेली को भी संबोधित करता है, जिसका सामना के लोग करते हैं। दूसरे शब्दों में उस प्रशन को की यदि ईश्वर को प्रेम का अवतार माना

जाता है तो विश्व में इतनी बुराई क्यों है। इस पहेली का उत्तर यह है कि विश्व वास्तव में दिव्य की, दिव्य से वापस दिव्य तक यात्रा है। शेष सभी बुराई जो हम देखते हैं, वह दिव्य की आत्म-खोज की यात्रा में कुरूप मुखौटा पहने हुए दिव्य ही है। जिसे हम कमजोरी या बुराई मानते हैं, वह एक विकृत शक्ति है। हमारे पशु चरण के दौरान जो शक्तियाँ आवश्यक थीं, वे आज अनावश्यक बोझ हैं, उदाहरण के लिए—क्रोध। इसी प्रकार माया एक बुरी शक्ति नहीं है, जो एक कमजोर साधक को वश में करने की प्रतीक्षा कर रही है। यह उस अज्ञानता का रूप है, जिसके माध्यम से दिव्य ने स्वयं की खोज करते हुए यात्रा करने का निर्णय लिया है।

वेदांत की पद्धति और तंत्र का उद्देश्य

योग समन्वय में श्रीअरविंद कहते हैं कि पूर्णयोग वेदांत की पद्धति से शुरू होता है और तंत्र के उद्देश्य तक आता है। चेतना को उन्नत करने का वैदिक दृष्टिकोण पूर्णयोग का प्रमुख विषय है। तंत्र का उद्देश्य संसार को दिव्य की अभिव्यक्ति—भक्ति मानकर आनंद लेना है। यह बाहरी जगत् के त्याग के मार्ग की तुलना में स्पष्ट रूप से एक अलग दृष्टिकोण है। पूर्णयोग इन दो विषयों को जोड़ता है—चेतना के उन्नयन पर लगातार जोर देते हुए यह मानना कि संसार दिव्य है और अहंकार की भावना के बिना संसार का आनंद लेना है। इस संबंध में पूर्णयोग सनातन धर्म के दो विविध पारंपरिक पथों के दो महत्त्वपूर्ण विषयों को जोड़ता है।

आंतरिक बनाम बाह्य त्याग

'पूर्णयोग' ने इस बात पर जोर दिया कि सांसारिक जीवन की स्वीकृति और आध्यात्मिकता का अभ्यास संगत तत्त्व है, जबकि अधिकांश पारंपरिक मार्गों में, विशेष रूप से 19वीं और 20वीं शताब्दी की शुरुआत में पूर्ण: त्याग पर जोर था आध्यात्मिक पथ की खोज का मतलब था, पारिवारिक जीवन की जिम्मेदारियों से दूर हो जाना। पूर्ण योग में इस बात पर जोर दिया गया कि बाहरी परिस्थितियों पर अधिक जोर दिए बिना सभी आध्यात्मिक तत्त्वों को एक व्यक्ति

की चेतना में शामिल किया जाना चाहिए। अधिकांश परिवर्तन और समायोजन आंतरिक थे, बाहरी नहीं। आध्यात्मिक मार्ग में त्याग, समर्पण, दृढ़ता, भक्ति, विनम्रता, उदारता आदि सभी का अभ्यास किया जाना आवश्यक है। परिस्थिति में कोई बाहरी परिवर्तन अनिवार्य नहीं था। इसके विपरीत, किसी के जीवन की मौजूदा परिस्थितियों को तीव्र आध्यात्मिक विकास के लिए सबसे आदर्श माना जाना था। यह सौ साल पहले एक क्रांतिकारी विचार था।

जगत् मिथ्या बनाम ईशावास्यम् इदं सर्वम्

पारंपरिक पथ में मानव जीवन के चार लक्ष्य, पुरुषार्थ हैं—धर्म, अर्थ, काम और मोक्ष (मुक्ति)। इस जगत् से मुक्ति ही लक्ष्य है। इससे पहले आध्यात्मिक अभ्यास का अर्थ था या तो इस संसार में धार्मिक रूप से रहकर मोक्ष प्राप्त करना या इसे त्याग, तपस्वी बन, आंतरिक बाधाओं को दूर कर मोक्ष प्राप्त करना, अर्थात् लक्ष्य था मोक्ष (मुक्ति)। किस चीज से मुक्ति? मिथ्या और माया के इस संसार से मुक्ति। जगत् को अज्ञानता का एक ऐसा क्षेत्र मानकर त्याग देना था, जिससे मानव को निकलना है।

'पूर्ण योग' 'ईशोपनिषद्' में कही गई बात को स्वीकार करता है कि यह संसार ॐ ईशा वास्यमिदं सर्वं यत्किञ्च जगत्यां जगत्। तेन त्यक्तेन भुञ्जीथा मा गृध: कस्यस्विद्धनम्॥ का प्रकटीकरण है, अर्थात जगत् मे जो कुछ स्थावर-जंगम संसार है, वह सब ईश्वर के द्वारा व्याप्त है। उसका त्याग-भाव के साथ उपभोग करना चाहिए, किसी के धन की इच्छा नहीं करनी चाहिए। संसाधनों का समुचित उपयोग करने का इससे अच्छा मूलमंत्र और क्या हो सकता है। स्थल एक जाल नहीं है, जिससे मानव को बचना है। इसके विपरीत, पृथ्वी को परमात्मा की क्रीड़ा के केंद्र के रूप में चुना गया है। आज जहाँ एक ओर अज्ञानता का माहौल है, पृथ्वी उच्च प्रकाश की अभिव्यक्ति की ओर यात्रा कर रही है। अज्ञानता से दिव्य तक की इस यात्रा में, मनुष्य एक महत्त्वपूर्ण साधन है। उसकी चेतना के विकास के माध्यम से ही पृथ्वी की प्रगति संभव हो पाएगी, इसलिए किसी को जगत् को अज्ञानी कहकर उसकी निंदा कर उससे मुँह नहीं मोड़ना चाहिए। मानव को दिव्य का साधन बनकर प्रकाश को नीचे लाने की

आवश्यकता है। इस अर्थ में श्रीअरविंद एक आशावादी व्यक्ति हैं, जो पृथ्वी के गौरवशाली भविष्य की ओर संकेत करते हैं, जो शंकर के 'जगत् मिथ्या' दृष्टिकोण के विपरीत है।

यज्ञ की पुनः व्याख्या

औपचारिक आनुष्ठानिक यज्ञ की परंपरा में हवन कुंड, अग्नि, आहुति, यज्ञ, ब्राह्मण आदि शामिल होते हैं। श्रीअरविंद कहते हैं कि बाह्य यज्ञ केवल प्रतीकात्मक है और यज्ञ का वास्तविक महत्त्व आंतरिक अंतर-यज्ञ है। वे मानते हैं कि ऊर्जा का सार्वभौमिक विनिमय यज्ञ ही है। कुछ सचेत रूप से इसमें भाग लेते हैं और कुछ अनजाने में, लेकिन अध्यात्म की विकास-यात्रा आतंरिक अंतर-यज्ञ से संपन्न होती है। 'पूर्ण योग' के दृष्टिकोण से हमारे चेतन अस्तित्व के दौरान हम जो भी कार्य करते हैं, उसे ब्रह्मांड के यज्ञ में एक भेंट माना जाता है और साधना का सार बिना किसी अपेक्षा के यह भेंट प्रदान करना है। संक्षेप में यह कर्म योग का निष्काम रूप बन जाता है।

मुक्ति बनाम त्र्यात्मक परिवर्तन

पारंपरिक प्रथाओं में स्वयं के अन्य प्रतिगामी भागों को दबाते हुए मनुष्य में केवल उन तत्त्वों के एक वर्ग को उत्कृष्ट करना संभव था, जो उसके रास्ते के अनुकूल और उसे मुक्ति के बिंदु पर पहुँचाने में सहायक थे। इस दृष्टिकोण ने शेष मानव प्रकृति को अधूरा छोड़ दिया। व्यक्ति स्वयं की पहचान कर सकता था और शरीर की उपेक्षा कर सकता था। व्यक्ति वेदांत के तरीकों का अनुसरण कर सकता था और एक गहन वैराग्य पर पहुँच सकता था, जहाँ दुनिया भर के दुःख किसी के दिल को नहीं पिघलाते, क्योंकि दुःख को भ्रम माना जाता है।

यह समझना महत्त्वपूर्ण है कि पूर्ण योग एक समग्र परिवर्तन और मानव चेतना के दिव्यकरण की बात करता है, जबकि अधिकांश पारंपरिक यौगिक पद्धतियों का लक्ष्य इस जगत् से मुक्ति पाना था, चाहे वह आंशिक परिवर्तन द्वारा ही हो। इस समग्र परिवर्तन के माध्यम से सभी का कल्याण सुनिश्चित किया जा सकता है।

आत्म-प्रयास बनाम योग शक्ति को समर्पण

पारंपरिक यौगिक विधियों में कई लोगों ने व्यक्तिगत प्रयास की भूमिका पर जोर दिया। अपनी खामियों को दूर करने के लिए और चेतना को बढ़ाने के लिए मानव को लगातार प्रयास करना पड़ता है। विवेक और वैराग्य का मार्ग, जो कि वेदांत का एक महत्त्वपूर्ण तत्त्व है, स्पष्ट रूप से मानव प्रयास की आवश्यकता और केंद्रीयता पर प्रकाश डालता है और मानव विफलताओं को भी रेखांकित करता है। मानवीय प्रयास यात्रा के केंद्र में है।

'पूर्ण योग' के मार्ग में अपने समर्पण के बदले साधक को उसके माध्यम से बहनेवाली शक्ति के बारे में अधिक ज्ञान प्राप्त होने की उम्मीद होती है। उसके सभी कार्य शक्ति के कार्य हैं। उसकी कमजोरियों को व्यक्तिगत असफलताओं के रूप में नहीं देखा जाता, जिन्हें उसे संघर्ष के माध्यम से दूर करने की आवश्यकता है। उसके संघर्ष को प्रकृति द्वारा अपनी वर्तमान सीमाओं को पार करने और पूर्णता की उच्च अवस्था पर पहुँचने के प्रयास के रूप में देखा जाता है। दैवीय शक्ति के प्रति समर्पण वास्तव में पूर्ण योग के सबसे महत्त्वपूर्ण सिद्धांतों में से एक है और शक्ति मनुष्य को कमजोरी की वर्तमान स्थिति से बचाती है तथा उसे पूर्णता के करीब ले जाने में मदद करती है।

चूँकि साधक अधिक शुद्ध होता जाता है, दिव्य शक्ति को प्रकट होने के लिए एक उपयुक्त साधन मिल जाता है। पूर्ण योग की कुछ उच्च प्राप्तियाँ प्रयास और आरोहण के माध्यम से प्राप्त नहीं होती हैं। ये तब प्राप्त होती हैं, जब व्यक्ति अपने आप को स्वच्छ कर लेता है, पर्याप्त रूप से शुद्ध हो जाता है और शक्ति का अधर में अवरोहण होता है।

एक स्तर पर साधक को अहसास होता है कि वह योग साधना कर भी नहीं रहा है, दिव्य शक्ति उसके माध्यम से योग साधना कर रही है और एक कर्मयोगी की सच्ची भावना के साथ वह अपने प्रयास के फल को भी समर्पित कर देता है और जीवन को खुशी से स्वीकार कर जीता है।

व्यक्तिगत मुक्ति बनाम सामूहिक परिवर्तन

कई पारंपरिक मार्ग व्यक्तिगत मुक्ति पर बल देते हैं। अंत में जीव माया

से मुक्त चेतना की स्थिति में आ जाता है। उसकी मुक्ति या तो तब होती है, जब वह अपने शरीर में रहता है (जीवमुक्त) या कुछ रास्तों के अनुसार, मृत्यु के बाद ही संभव होती है। आत्मा के विकास के आधार पर मुक्ति की श्रेणियाँ हैं—सालोक्य, सामीप्य, सरूप्य और सयुज्य। सालोवय का अर्थ है साधक अपने इष्टदेव के जो में जाकर उसमें विलीन हो जाए जबकि समीय्य का अर्थ है कि जीवात्मा भगवान् के सान्निध्य में रहकर कामना भोगता है सारुप्य में जीव भगवान् का साम्य रूप लिए इच्छाएँ अनुभूत करता है। सामुज्य में भक्त भगवान् में लीन होकर आनंद की अनुभूति करता है। मृत्यु के बाद की आत्मा पृथ्वी पर नहीं लौटती, बल्कि दिव्य में विलीन हो जाती है, यह परम सत्य है। मोहमाया में फँसा मानव अज्ञानता में पड़कर अपना संघर्ष जारी रखता है।

पूर्ण योग का मार्ग अगले चरण की ओर मानव जाति के प्राकृतिक विकास का मार्ग है। यह विकास निश्चित है और मनुष्य के पास इस विकास प्रक्रिया में एक जागरूक सहयोगी बनने का विकल्प है। इस विकासवादी प्रक्रिया का लक्ष्य सामूहिक परिवर्तन है। यह मानव चेतना का मनोमय की वर्तमान स्थिति से विज्ञानमय की स्थिति में परिवर्तन है। मनुष्य की मानसिक चेतना आज 'अहंकार-इच्छा' एवं स्वार्थ की भावना में उलझी हुई है और इसके परिणामस्वरूप मानवता विभाजित हो गई है। विज्ञानमय या अतिमानसिक चेतना का आधार सम्यकत्व, समरसता और एकता है। यह परिवर्तन किसी एक व्यक्ति तक सीमित नहीं है। यह सामूहिक परिवर्तन है और पूर्ण योग का प्रत्येक साधक सामूहिक परिवर्तन में एक जागरूक सहयोगी है। इसी तरह हम 'सांसारिक जीवन को दिव्य जीवन में परिवर्तित करते हैं'। पूर्ण योग स्वर्ग पर भागने की बात नहीं करता है। यह प्रकृति में दिव्यता को लाकर और मनुष्य को दिव्य बनाकर पृथ्वी को स्वर्ग बनाने की कोशिश करता है।

पारंपरिक मार्गों की विधि बनाम पूर्ण योग की रूपरेखा

पारंपरिक रास्तों में अकसर विकास और पथ में प्रगति के लिए एक वर्गीकृत प्रक्रिया रखी जाती थी। कुछ मामलों में यह दीक्षा की एक शृंखला होती थी। कुछ मामलों में जब प्रगति बढ़ जाती तो छात्र को शिक्षक द्वारा ज्ञान

प्राप्त होता था। उदाहरण के लिए, पतंजलि के अष्टांग योग के मामले में यम और नियम से समाधि एक स्पष्ट विकास है और एक व्यवस्थित विकास का संकेत दिया गया है।

पूर्ण योग के मामले में साधकों पर कोई विशिष्ट पद्धति नहीं थोपी जाती है। कई बार जो लोग श्रीअरविंद के दर्शन को पढ़ते हैं, वे शुरू में इस संबंध में भ्रमित रहते हैं। श्रीअरविंद के पूर्ण योग में व्यक्ति को 'क्या करें और क्या न करें' के निश्चित निर्देश नहीं दिए जाते, लेकिन इसमें बड़ी संख्या में ग्रंथ हैं, जिन्हें पढ़ने की सलाह दी जाती है। आत्मा की प्रकृति और तत्परता के आधार पर एक व्यापक रूपरेखा तैयार की गई है और व्यक्ति से अपेक्षा की जाती है कि वह अपने लिए उपयुक्त साधना का पालन करें। सभी मानवों को दिया गया लक्ष्य है, अपनी वर्तमान स्थिति से चेतना का विकास करना।

इस पुस्तक में पूर्ण योग की कुछ रूपरेखाएँ एक व्यापक प्रदर्शन प्रदान करती हैं, जहाँ से प्रत्येक साधक से अपेक्षा की जाती है कि वह अपने जीवन और साधना के विभिन्न पहलुओं में अपनी आवश्यकताओं और स्वभाव के आधार पर एक या एक से अधिक रूपरेखाओं का पालन करें। रूपरेखा के भीतर वह एक या एक से अधिक उपकरणों, जैसे—जप, ध्यान, स्वाध्याय, आदि का उपयोग कर सकता है। कुछ बैठकर और आँखें बंद करके नियमित रूप से ध्यान कर सकते हैं। अन्य लोग चाहे औपचारिक रूप से ध्यान न लगाएँ, लेकिन अपने स्वभाव के कारण दिन भर ध्यान केंद्रित रहने की स्थिति में रहते हैं। यह प्रत्येक मानव अपनी आवश्यकताओं और आवश्यकताओं के अनुसार चुनता है, जब आंतरिक परिवर्तन होता है, तब उपयोग की जाने वाली रूपरेखा भी बदल सकती है। दिव्य शक्ति योग में मार्गदर्शक है। इस अर्थ में पूर्णयोग असंख्य संभावनाओं का एक मार्ग है। प्रत्येक साधक से अपेक्षा की जाती है कि वह उन संभावनाओं का चयन करें, जिनकी ओर उसका रुझान है।

सारांश

श्रीअरविंद का 'पूर्ण योग' एक ऐसा मार्ग है, जिसकी दो मुख्य विशेषताएँ हैं—यह आध्यात्मिक प्रगति के लिए पारंपरिक मार्गों के कुछ तरीकों को अपनाता है, परंतु साधना के लक्ष्य को अतिमानस का आना कहता है, जो पृथ्वी पर एक आध्यात्मिक रूप से श्रेष्ठ वर्ग गृहस्य है। पूर्ण योग अतीत के कई विषयों को संश्लेषित करता है और साथ ही मनुष्य के भविष्य के लिए एक आशावादी दृष्टि प्रदान करता है।

बृहत् स्तर पर पूर्ण योग मानवता के लिए एक उज्ज्वल भविष्य की परिकल्पना करता है। मानव चेतना विकास की प्रक्रिया में है और मनुष्य के पास इस यात्रा में प्रकृति का सहयोग करने का एक अनूठा अवसर है, ताकि पृथ्वी दिव्यता का एक रूप बन जाए।

'पूर्ण योग' चेतना के विकास के लिए एक व्यापक रूपरेखा प्रदान करता है और विशिष्ट उपकरण व तकनीकों के चयन को साधकों पर छोड़ देता है। प्रत्येक साधक को उसके विकास की स्थिति के लिए क्या उपयुक्त है, स्वयं चुनना होता है और वहीं से अपनी यात्रा शुरू करनी होती है। दिव्य शक्ति पर विश्वास पूर्ण योग का एक अनिवार्य हिस्सा है। योगशक्ति ही साधक को यात्रा के माध्यम से उच्चतर चेतना की ओर ले जाती है। द्वैत और गुण को पार करते हुए साधक द्वंद्वातीत और त्रिगुणातीत बन जाता है। यहाँ से उनकी यात्रा समता के क्षेत्र में एक स्थितप्रज्ञ के रूप में चलती है। वह जगत् में परमात्मा का एक आदर्श साधन बन जाता है, फिर भी उसका अपना उद्धार उसका अंतिम लक्ष्य नहीं होता। वह इस संसार के सामूहिक परिवर्तन के लिए संसार में काम करना जारी रखता है। यह संसार रूपांतरित हो जाता है, ताकि यह दिव्य चेतना प्राप्त करने लायक बन जाए। ताकि दिव्यता से इस भौतिकतावादी युग का कल्याण सुनिश्चित हो सके।

पूर्ण योग सनातन धर्म की नींव पर बना है लेकिन फिर भी कई मायनों में उसकी पुरानी सीमाओं से परे चला जाता है और इसलिए हम कह सकते हैं, यह सनातन धर्म के लिए नए सीमांतों को परिभाषित करता है। जब श्रीकृष्ण गीता में कहते हैं, संभवामि युगे युगे, तो उसमें मानवता के लिए समय-समय

पर अपने लक्ष्यों को फिर से परिभाषित करने की आवश्यकता का संकेत है, और एक आश्वासन है कि ऐसे मार्गों पर मानव दिव्य हस्तक्षेप द्वारा मार्गदर्शन और समर्थन प्राप्त करेगा। अपने जीवन और योग में, श्रीअरविंद ने इस सदी के तर्कसंगत व्यक्ति के लिए खुद पर काम करने के लिए एक सटीक मार्ग निर्धारित किया है, ताकि वह उत्कृष्टता पर पहुँच सकें, और यहाँ तक कि अपने वर्तमान स्वभाव से ऊपर एक दिव्य अस्तित्व प्राप्त कर सके।

□

7

श्रीमाँ : जीवन यात्रा और आध्यात्मिक कार्य

मीरा से श्रीमाँ की यात्रा कम आश्चर्यजनक नहीं हैं, आध्यात्मिक विकास का इतिहास में ऐसे विलक्षण उदाहरण शायद ही मिलता हो। श्रीमाँ के व्यक्तित्व को अगर न्यूनतम शब्दों में व्यक्त करना हो तो हम कह सकते हैं कि एक अभिन्न आध्यात्मिक सहयोगी के रूप में यह माँ ही थी, जिन्होंने श्रीअरविंद के हर प्रकल्प को एक सशक्त अभिव्यक्ति दी और उसके पीछे एक प्रेरक शक्ति के रूप में कार्य किया। अपने बहुआयामी और विलक्षण व्यक्तित्व के कारण माँ एक साधारण साधक से पूरे आश्रम की 'माँ' बन गई। गुरु कृपा शिष्य को किस सीमा तक परिष्कृत कर सकती है, इसका श्रेष्ठ उदाहरण श्रीमाँ के भक्ति में प्रतिबिंबित होता है, श्रीमाँ और श्रीअरविंद के दोहरे दर्शन के, जहाँ एक अद्वितीय, बहु-सांस्कृतिक संगम को उजागर करते थे, वहीं आत्मा, व्यक्ति और सामूहिक उच्च चेतना की तलाश में साधको को मार्गदर्शन प्रदान करते थे।

श्रीमाँ का परिचय देते हुए श्रीअरविंद ने लिखा है—

"माँ बचपन से ही युवावस्था से आध्यात्मिक रूप से सचेत थीं। उन्होंने भारत आने से बहुत पहले ही साधना कर ली थी और ज्ञान को विकसित कर लिया था।"

उन्होंने आगे उनके बारे में बताया—

"एक दिव्य शक्ति है, जो ब्रह्मांड और व्यक्ति में कार्य करता है और उसका अस्तित्व व्यक्ति और ब्रह्मांड से परे भी है। श्रीमाँ इसी शक्ति

का प्रतिनिधत्व करती है, लेकिन वह शरीर में यहाँ काम कर रही है। इस भौतिक दुनिया में अभी तक व्यक्त नहीं की गए पदार्थों को धरा पार लाने के लिए, ताकि यहाँ जीवन परिवर्तित हो जाए। इसलिए कि आप उसके लिए यहाँ काम करनेवाली दिव्य शक्ति के रूप में उसका सम्मान करें। श्रीमाँ एक उद्‌देश्य से इस शारीरिक रूप में हैं। उनकी संपूर्ण चेतना में दिव्यता के सभी परिप्रेक्ष्यों को पहचाना जा सकता है।"

श्रीमाँ का बचपन का नाम मीरा अलफस्सा था। किसने सोचा होगा सुदूरवर्ती फ्रांस से आई यह बालिका अपने भावी जीवन में '**द मदर ऑफ श्रीअरविंद आश्रम**' के नाम से विख्यात होगी और पूरे विश्व को आध्यात्मिक पुंज की तरह आलोकित करेगी।

मीरा का जन्म 21 फरवरी, 1878 को पेरिस में हुआ था। उनकी माँ मथिल्डे अलफस्सा जन्म से मूलत: मिस्र की थीं और उनके पिता मौरिस अलफस्सा तुर्की के थे, उनके माता-पिता यहूदी वंश के थे। उनके माता-पिता मीरा अलफस्सा के जन्म से एक वर्ष पूर्व वे पेरिस चले गए थे।

बाल्यावस्था में श्रीमाँ

छोटी उम्र में भी मीरा का आध्यात्मिक ज्ञान वास्तव में स्पष्ट था। श्रीअरविंद ने भी लिखा है कि अध्यात्म के प्रति उनकी गहरी रुचि थी। उसके पास विशेष रूप से उसके लिए बनाई गई एक छोटी तकियावाली कुरसी थी और इसे बाईं ओर एक खिड़की के साथ रखा गया था। वह आमतौर पर वहाँ बैठती थी। छोटी बालिका के रूप में वह अपने भीतर एक 'चेतना' महसूस करती थी। उन्हें यह अनुभव लगभग पाँच वर्ष की आयु में हुए। इस छोटी उम्र में एक बच्ची को जिन चीजों में दिलचस्पी हो सकती है, मीरा को कभी उन चीजों ने अपनी ओर आकृष्ट नहीं किया। वे ज्यादा समय अपनी आरामकुरसी पर चिंतन की मुद्रा में बैठे चिंतन करती रहतीं। उनकी माँ ने उनके बारे में एक बार कहा था कि वह 'पूरे ब्रह्मांड का बोझ अपने सिर पर महसूस करती नजर आती थीं।'

बाल्यावस्था में श्रीमाँ

आध्यात्मिक अनुभवों की एक शृंखला

बालिका मीरा के पास ध्यान से जुड़ी अपनी अनुभूतियों/अनुभवों की एक शृंखला थी। उस समय के दौरान जब वह ग्यारह से तेरह साल की थी, एक साल तक हर रात वह खुद को अपने शरीर से बाहर निकलते हुए देखती थी। अपने बचपन की घटना का जिक्र करते मीरा ने बताया—

"जैसे ही मैं सोने के लिए जाती, मुझे ऐसा लगता कि मैं अपने शरीर से बाहर चली गई और सीधे घर से ऊपर उठ गई, फिर मैं पेरिस शहर के ऊपर पहुँच जाती। इन मौकों पर मैं अपने आप को एक शानदार सुनहरे चोगे में देखा

था, जो खुद से बहुत लंबा था; और जैसे-जैसे मैं ऊँचा उठती गई, वैसे-वैसे यह चोगा लंबा होता चला जाता और शहर के ऊपर एक विशाल आवरण की तरह मेरे चारों ओर एक घेरे में फैल जाता।

मुझे हर जगह से बाहर निकलते हुए पुरुष, महिलाएँ, बच्चे, बूढ़े, बीमार और दुर्भाग्यशाली लोग दिखाई दिए; वे बाहर निकले हुए आवरण के नीचे इकट्ठा होते, मदद की भीख माँगते, अपने दुःख, अपनी पीड़ा, अपने कष्टों के बारे में बताते। जवाब में वह कोमल और जीवित आवरण, उनमें से प्रत्येक की ओर व्यक्तिगत रूप से विस्तारित होता चला गया, जैसे ही वे इसे छूते, उन्हें आराम हो जाता और वे चंगे हो जाते थे। वे पहले से अधिक खुश और स्वस्थ होकर वापस अपने शरीर में चले जाते थे। इस का प्रभाव यह होता था कि मुझे कुछ भी अधिक सुंदर और रुचिकर नहीं लग लगा, मुझे कुछ में भी प्रसन्नता नहीं होती और सभी गतिविधियाँ नीरस और बेरंग लग रही थीं। रात की गतिविधि ही मेरे लिए सच्चा जीवन था।"

बाद में अपने बचपन के बारे उन्होंने कहा, "ग्यारह और तेरह के बीच मानसिक और आध्यात्मिक अनुभवों की एक श्रृंखला ने मुझे न केवल भगवान् के अस्तित्व का अहसास करवाया, बल्कि मनुष्य को उसके साथ एकजुट होने, उसे चेतना और क्रिया में अभिन्न रूप से महसूस करने, उसे पृथ्वी पर जीवन में प्रकट करने की संभावना से अवगत करवाया। कई शिक्षकों द्वारा नींद के दौरान इसकी पूर्ति के लिए एक व्यावहारिक अनुशासन के साथ मुझे इसका ज्ञान दिया गया था, जिनमें से कुछ को बाद में मैं भौतिक धरातल पर मिली।

बाद में जैसे-जैसे आंतरिक और बाहरी विकास के रास्ते पर मैं आगे बढ़ी, प्राणी के साथ आध्यात्मिक और मानसिक संबंध अधिक-से-अधिक स्पष्ट और निरंतर होते चले गए; हालाँकि मैं उस समय भारतीय दर्शन और धर्म के बारे में बहुत कम जानती थी। मैंने उन्हें (श्रीअरविंद को) 'कृष्ण' कहा और इसलिए मैं जानती थी कि उनके साथ ही (जिन्हें मैं जानती थी कि मैं एक दिन पृथ्वी पर मिलूँगी) यह ईश्वरीय कार्य संपन्न होना था।"

अपने स्कूल के बाद मीरा ने पेरिस के पेंटिंग स्कूलों में से एक स्कूल में दाखिला लिया। अब उनकी पेंटिंग्स के माध्यम से सामाजिक सच्चाई शानदार ढंग

से प्रकट होने लगी। अन्य चित्रकारों की तरह उन्होंने आर्ट में भी बाइबल से या उस समय के सम्मेलनों के रूप में छवियों को चित्रित नहीं किया, उसने उन सभी पेंटिंग को चित्रित करना शुरू कर दिया, जो अति सुंदर होती थी, कैनवास पर रंगों की अद्‌भुत छटा देखते ही बनती थी।

अधिक जानने की छटपटाहट

मीरा अपने स्कूल में कुछ सबसे प्रसिद्ध कलाकारों के बीच में थी। जीवन बाहरी लोगों से भरा था, फिर भी उनके भीतर कुछ नया करने के लिए तड़प थी। एक छटपटाहट! अधिक-से-अधिक जानने के लिए अधिक जानने की जिज्ञासा, जो उस समय उनकी उम्र और स्थान पर किसी के लिए सामान्य नहीं है।

वे कहती थीं, "मुझे याद है, जब मैं अठारह साल की थी, तब मुझे और अधिक जानने की गहरी ललक थी। मेरे पास जो अनुभव थे, वे हर किसी तरह के अनुभव थे, लेकिन उस परिवेश के कारण, जिसमें मैं रहती था, मुझे कभी भी बौद्धिक ज्ञान प्राप्त करने का कोई मौका नहीं मिला, जिससे मुझे उन सभी का अर्थ मिल जाता, जो मैं उनके बारे में नहीं बोल सकता था। मेरे पास अनुभवों पर अनुभव था। मेरे पास वर्षों के अनुभव थे, लेकिन मैं सजग थी कि उनके बारे में एक शब्द भी न बोलूँ—पिछले जीवन की सभी प्रकार की यादें, सभी प्रकार की चीजें, लेकिन बिना किसी बौद्धिक ज्ञान के।

बाल सुलभ जिज्ञासा और समर्पण ने बचपन से ही बालिका मीरा को दैवीय सत्ता से जोड़ दिया। वे आम बच्चों की तरह नहीं थीं, उनका मन-मस्तिष्क उस परम सत्ता को प्राप्त करने के लिए तट पर था, जहाँ जीवन के सभी प्रश्नों के उत्तर मिलते थे। उनका कहना था की अगर मानव का स्वभाव, उसका मन निर्मल है, उसमें पूर्ण समर्पण है तो ईश्वर कि प्राप्ति सहज हो जाती है

"फायदा यह था कि मेरे अनुभव कोई मानसिक ताने-बाने में उलझे नहीं थे, वे बिल्कुल सहज थे, लेकिन मुझे जानने की इतनी जरूरत थी···जानने के लिए, जानना है! आप देखिए, मैं सामान्य जीवन की चीजों, बाहरी ज्ञान के अलावा कुछ नहीं जानती थी। मुझे सीखने के लिए जो कुछ दिया गया, उसे मैंने सीखा। मैंने न केवल वह सीखा, जो मुझे सिखाया गया था, बल्कि और भी बहुत कुछ।"

श्रीमाँ जापान में
(1914 से 1918 के मध्य का चित्र)

लेकिन जब किसी आत्मा को प्रगति या विकास करने की तीव्र आवश्यकता होती है तो एक अप्रत्याशित तरीके से उत्तर दिया मिलता है। मीरा के साथ भी यही हुआ। यह विधि का विधान था। श्रीमाँ को अंततः अरविंद के सपनों को साकार करना था।

"अठारह से बीस वर्ष की उम्र के बीच, मुझे दिव्य उपस्थिति के साथ मेरा सचेत और निरंतर मिलन हुआ और मैंने यह सब अकेले किया, मेरी मदद करने के लिए कोई नहीं था। यहाँ तक पुस्तकों का साथ भी नहीं। कुछ देर बाद मैंने विवेकानंद के राजयोग का सहारा लिया कि यह मेरे लिए एक ऐसी अद्‌भुत चीज थी कि कोई मुझे कुछ समझा सकता है! इससे मुझे कुछ ही महीनों में वह ज्ञान प्रकट हुआ, जिसे प्राप्त करने मुझे सालों लगते।"

श्रीमाँ का एक रेखाचित्र

जब वह इक्कीस या बाईस की थी तो वह प्रो. ज्ञानेंद्रनाथ चक्रवर्ती से मिलीं, जो गणित के प्रोफेसर और बाद में लखनऊ विश्वविद्यालय के कुलपति हुए। प्रो.चक्रवर्ती ने उन्हें 'भगवद्‌गीता' पढ़ने की सलाह दी। उन्होंने कहा, "गीता पढ़ें और कृष्ण को आसन्न भगवान आंतरिक देवत्व के प्रतीक के रूप में लें।"

"यह सब उन्होंने मुझे बताया था, लेकिन एक महीने में पूरा काम हो गया था, पहली बार जब मुझे ज्ञात हुआ कि मुझे भीतर अपने को खोजना है, इससे ज्यादा महत्त्वपूर्ण और कुछ नहीं था, यह एक चक्रवात की तरह लगा और ऐसा प्रतीत हुआ कि कुछ भी मुझे रोक नहीं सकता।"

जापान में श्रीमाँ

कलात्मकता के अपने दिनों के दौरान मीरा ने अपने नाना के माध्यम से हेनरी मोरिसेट से मुलाकात की। 1897 में मीरा के संग हेनरी की शादी हुई और उसके बेटे आंद्रे का जन्म 1898 में हुआ। दुर्भाग्य वश यह विवाह ज्यादा दिन नहीं चला और हेनरी मोरिसट से अंततः उनकी शादी टूट गई।

अपनी अतृप्त प्यास के कारण वे अपने भाई मैटेयो के माध्यम से मीरा सबसे शक्तिशाली तंत्रिकों में से एक के संपर्क में आई। मैक्स थॉन और उनकी पत्नी मैडम अल्मा थोन तंत्र विद्या में काफी निपुण थे। मीरा ने 1906 के आसपास अल्जीरिया की यात्रा की और उनके मार्गदर्शन में तंत्र विद्या सीखी। कुछ समय में मीरा ने इस कला में इतनी महारत हासिल कर ली, इतनी कि वह अपने शिक्षक से भी आगे निकल गई।

लगभग 1908 में मीरा की बौद्ध धर्म में रुचि विकसित हुई और वे बौद्धों और लौकिक समूहों के साथ चर्चा में शामिल होने लगी। सन् 1911 में मीरा ने पॉल रिचर्ड से शादी की, जिन्होंने सेना में चार साल की सेवा के बाद दर्शन और धर्मशास्त्र के अध्ययन में खुद को शामिल कर लिया था।

इस अवधि के दौरान, माँ ने एक डायरी लिखी, जिसमें उन्होंने अपनी प्रार्थना और आह्वान दिव्यता के बारे में लिखा। इस पुस्तक जिसे बाद में 'प्रार्थना और ध्यान' के रूप में प्रकाशित किया गया, से पाठकों को पता चलता है कि

1912 तक श्रीअरविंद से मिलने से पहले ही मीरा पूर्णत: सात्त्विक आत्मा थीं। उनके अनुभव और आह्वान, जैसा कि इस पुस्तक में सामने आया है, गहन और उदात्त हैं। यह पुस्तक आज तक दुनिया भर के कई साधकों के लिए आध्यात्मिक प्रेरणा का स्रोत है। प्रार्थना और ध्यान की कुछ पंक्तियों से हमें पता चलता है कि तब तक युवा मीरा ने चेतना की बुलंदियों को छू लिया था।

"शांति और मौन में अनंत प्रकाट्य होते हैं; किसी को स्वयं को परेशान नहीं करने दें और अनंत प्रत्यक्ष उपस्थित होगा; सभी के सामने पूर्ण समानता होगी और अनंत वहाँ उपस्थित होगा।" उन्होंने लिखा—

अपने पुत्र के साथ श्रीमाँ

"हे परम गुरु! सनातन शिक्षक, मुझे एक बार फिर आपके नेतृत्व में असमान प्रभावकारिता को सत्यापित करने की अनुमति मिली है। तेरा प्रकाश कल मुझ पर प्रकट हो गया था और इससे मुझे कोई आपत्ति भी नहीं है; साधन तैयार था, कोमल था, चरम का इच्छुक था।

"यह तू है, जो प्रत्येक चीज और प्रत्येक कार्य में कर्ता को कला देता है और वह, जो बिना किसी अपवाद के सभी को देखने के लिए पर्याप्त है, वह जानता है कि प्रत्येक नियम को एक विचारधारा में कैसे बदलना है। आपमें विश्वास ही सर्वाधिक महत्त्वपूर्ण है, सदैव और हमेशा। इस सबके बीच उनका व्यक्तिगत जीवन ऊथल-पुथल वाला रहा।

पॉल एंटोनी रिचर्ड, (1874 -1967) मीरा अलफामा (माँ) के दूसरे पति थे। उनकी महत्त्वाकांक्षा के चलते माँ ने उन्हें पसंद नहीं किया। श्रीमाँ

पॉल रिचर्डसन के साथ श्रीमाँ जापान में

चाहती थीं कि उनके व्यवहार में कुछ परिवर्तन आ जाए। वे उनका रूपांतरण करना चाहती थीं, लेकिन बाद में निर्णय लिया कि यह असंभव है। स्कूल खत्म करने के बाद वह सेना में भर्ती हुए और अक्तूबर 1892 में उन्हें उत्तरी अफ्रीका भेजा गया, जहाँ उन्होंने चार साल तक सेवा की। 1897 में अपनी मातृभूमि में लौटकर वह मोंटैबन (फ्रांस के दक्षिण-पश्चिम) में बस गए, जहाँ उन्होंने धर्मशास्त्र का अध्ययन किया। उन्होंने दो साल के लिए मोंटाना में उपदेश दिया, बाद में 1900 में वे लिली (फ्रांस के पूर्वोत्तर में बेल्जियम के निकट) में सुधारवादी चर्च के सदस्य बने। इस समय के दौरान उन्होंने एम्सटर्डम की एक युवा महिला विल्हेल्मिन वैन ओस्टवीन से शादी की।

पॉल रिचर्ड भी एक महत्त्वाकांक्षी राजनीतिज्ञ थे उन्होंने पुडुचेरी से फ्रांसीसी सीनेट के लिए चुने जाने का प्रयास किया था, जो तब फ्रांसीसी नियंत्रण में था। अपनी प्रारंभिक विफलता के बावजूद वह एक दूसरा प्रयास करना चाहते थे और 7 मार्च, 1914 को मीरा ने रिचर्ड के साथ भारत की यात्रा की और 29 मार्च तक पुडुचेरी पहुँचे। पुडुचेरी पहुँचने के बाद, उन्होंने श्रीअरविंद के साथ एक मुलाकात तय की, जो तब पुडुचेरी में बस गए थे।

मीरा जब वह पहली बार 1914 में श्रीअरविंद से मिले तो मीरा ने उन्हें उस व्यक्ति के रूप में पहचाना, जिसे वह अपने सपनों में देखा करती थीं। बाद की मुलाकात के दौरान उसने किसी भी विचार से मुक्त होकर मन की एक पूरी चुप्पी का अनुभव किया। बाद में श्रीअरविंद से मुलाकात के बारे में उन्होंने निम्नलिखित शब्द लिखे—

"यह बहुत कम मायने रखता है कि घने अज्ञान में डूबे हुए हजारों प्राणी

हैं, जिन्हें हमने कल पृथ्वी पर देखा था; उनकी उपस्थिति यह साबित करने के लिए पर्याप्त है कि एक दिन आएगा, जब अँधेरा प्रकाश में परिवर्तित हो जाएगा, जब पृथ्वी पर वास्तव में आपका शासन स्थापित हो जाएगा।

जापान गुरुदेव रवींद्र के संग श्रीमाँ

"हे भगवान्, इस चमत्कार के दिव्य निर्माता, मेरा दिल खुशी और आभार के साथ भर जाता है, जब मैं इसके बारे में मनन करती हूँ और मेरी आशा कोई सीमा नहीं है। मेरी आराधना वर्णनातीत है, मेरी श्रद्धा मौन है।"

अगस्त 1914 तक मीरा पुडुचेरी में थीं, जिस दौरान प्रथम विश्वयुद्ध छिड़ गया और उन्हें फ्रांस और फिर जापान लौटना पड़ा। पेरिस में एक साल के बाद मीरा और पॉल रिचर्ड प्रथम विश्वयुद्ध के दौरान जापान चले गए। उनके वर्ष काफी कठिन और संघर्षपूर्ण थे। जापान में रहने के दौरान मीरा ने सौंदर्यशास्त्र की भावना की प्रशंसा की, जो जापान की पहचान थी।

श्रीमाँ के साथ नोबुका कोबायाशी जापान में

चार साल तक मीरा को अपना कलात्मक दृष्टिकोण विकसित करने में मदद मिली। उसने कहा—जापान में चार साल बाद, मीरा 1920 में 24 अप्रैल को पुडुचेरी लौट आई और इस बार फिर कभी वापस न जाने के लिए।

वर्ष 1926 तक, इन शुरुआती वर्षों में मीरा अपने सामान्य योग में श्रीअरविंद के साथ शामिल थीं। इस

अवधि के दौरान मीरा पृष्ठभूमि में रहीं और यह श्रीअरविंद थे, जिन्होंने अधिकांश बातचीत की। शाम को अधिकांश चर्चाएँ हुईं, चर्चाएँ काफी विविध थीं और विषयों की एक पूरी शृंखला को विस्तार देती प्रतीत होती थीं।

कई प्रारंभिक साधकों ने आना शुरू कर दिया, जिनमें से उल्लेखनीय हैं—ए.बी. पुरानी (एक स्वतंत्रता सेनानी, जो अपने बड़ौदा के दिनों से श्रीअरविंद से प्रेरित थे), चंपकलाल (गुजरात से, जो एक ऐसे गुरु की तलाश में आए थे, जो उनका मार्गदर्शन करे), दिलीप कुमार रॉय (बंगाल के एक बहुत ही कट्टर परिवार से), फिलिप (फ्रांस से, फिर से गुरु और गाइड की तलाश में), ऐसे बहुत से लोग थे, जो अपने आप को समझने और अपने जीवन को नई दिशा देने हेतु पुडुचेरी आए।

6 नवंबर, 1926 को उन्होंने अपनी शाम की बातचीत के दौरान कहा—मैंने देवताओं की दुनिया के बारे में बात की, क्योंकि इसके बारे में न बोलना गलत होगा। मैंने इसके बारे में बात की थी, ताकि मन न भटके। मैं इसे भौतिक रूप देने का प्रयास कर रही हूँ, क्योंकि इसमें अब देरी नहीं हो सकती है और फिर चीजें हो सकती हैं। पूर्व में इसके बारे में बोलना अवांछनीय था, लेकिन अब इसके बारे में नहीं बोलना खतरनाक हो सकता है।

24 नवंबर, 1926 को जो हुआ, उसके लिए हम एक प्रत्यक्षदर्शी ए.बी. पुरानी के कथन का उल्लेख करते हैं, नवंबर 1926 की शुरुआत से हायर पावर का दबाव असहनीय होने लगा, आखिरी 24 नवंबर को फिर महान् दिन आया। सूर्य लगभग अस्त हो चुका था और हर कोई अपनी गतिविधियों में व्यस्त था, कुछ लोग टहलने के लिए समुद्र के किनारे पर गए थे, जब माँ ने सभी शिष्यों को बरामदे, जहाँ सामान्यत: ध्यान लगया जाता था, में जल्द-से-जल्द इकट्ठा होने के लिए संदेश भेजा था। सभी तक संदेश पहुँचने में देर नहीं लगी। छह बजे तक अधिकांश शिष्य एकत्रित हो गए थे। अँधेरा हो रहा था।

श्रीअरविंद के दरवाजे के पास की दीवार पर बने बरामदे में उनकी कुरसी के ठीक पीछे एक काले रंग के रेशमी परदे पर सोने के फीते से बने तीन चीनी ड्रैगन के चित्रित थे। तीन ड्रेगन इस प्रकार बने थे कि एक की पूँछ दूसरे के मुँह तक पहुँच गई और तीनों ने अंत से परदे को कवर कर लिया था। हमें बाद में

पता चला कि चीन में एक भविष्यवाणी है कि सत्य पृथ्वी पर तब प्रकट होगा, जब तीन ड्रैगन (पृथ्वी, मन क्षेत्र और आकाश के ड्रैगन) का मिलन होगा।

शिष्यों के वहाँ एकत्र होने के बाद वातावरण में गहरा सन्नाटा था। कई लोगों ने देखा कि ऊपर से नीचे की ओर प्रकाश की महासागरीय बाढ़ आ रही है। उपस्थित सभी लोगों ने अपने सिर के ऊपर एक प्रकार का दबाव महसूस किया। पूरा वातावरण कुछ विद्युत् ऊर्जा से सरोबार था। उस मौन में उस वातावरण में केंद्रित अपेक्षा और आकांक्षा से भरे विद्युत् आवेशित वातावरण में सामान्य रूप से, फिर भी इस दिन काफी असामान्य प्रवेश द्वार के पीछे कुछ ध्वनि सुनाई दी। एक उम्मीद जगी। श्रीअरविंद और माता को आधे खुले दरवाजे के माध्यम से देखा जा सकता था, एक धीमी गति से पहले माँ बाहर आईं, उसके बाद श्रीअरविंद ने अपने राजसी ठाठ के साथ प्रवेश किया। इस दिन श्रीअरविंद की कुरसी के सामने, जो छोटी मेज हुआ करती थी, उसे हटा दिया गया था। माँ दाहिनी ओर एक छोटे से स्टूल पर बैठी थीं।

मौन ध्यान और आशीर्वाद के अंतराल में कई अलग अनुभव थे, जब सब खत्म हो गया तो उन्हें लगा, जैसे वे किसी दिव्य स्वप्न से जागे हैं, तब उन्हें इस अवसर की भव्यता, कविता और संपूर्ण सुंदरता का एहसास हुआ। ऐसा नहीं था कि मुट्ठी भर शिष्य अपने परम गुरु और धरती के एक छोटे से कोने में माता से आशीर्वाद प्राप्त कर रहे थे। अवसर का महत्त्व इससे कहीं अधिक था। यह निश्चित था कि एक उच्च चेतना पृथ्वी पर उतरी थी। उस गहरी खामोशी में बरगद आ गया था, जैसे बरगद के पेड़ का अंकुर, एक शक्तिशाली आध्यात्मिक कार्य की शुरुआत। इस क्षणिक अवसर ने मौन की दिव्य गरिमा में, अपनी अनमोल गरिमा और भव्यता में और अपने हर छोटे-बड़े काम की पूरी सुंदरता के साथ सभी को इसका महत्त्व दिया। दिव्यता का गहरा प्रभाव, जो सभी को मिला, वह उसके लिए एक अनमोल खजाना था।

मौन ध्यान और आशीर्वाद के स्वर्णिम अंतराल

निरपेक्ष मौन—केवल जीवंत मौन दिव्यता के साथ बह रहा था। ध्यान लगभग पैंतालीस मिनट तक चला। उसके बाद एक-एक करके शिष्यों ने माता

को प्रणाम किया। उन्होंने और श्रीअरविंद ने उन्हें आशीर्वाद दिया, जब भी कोई शिष्य माता को प्रणाम करता तो श्रीअरविंद का दाहिना हाथ आशीर्वाद की मुद्रा में उठ जाता। आशीर्वाद के बाद उसी सन्नाटे में एक लघु ध्यान था। श्रीअरविंद और माता अंदर गए। दत्ता तुरंत प्रेरित हुए। उस सन्नाटे में वह बोली, "प्रभु, आज भौतिक रूप में अवतरित हुए हैं।" पुराणी उन चौबीस व्यक्तियों का नाम प्रस्तुत करते हैं, जिनमें से अधिकांश चिर परिचित थे।

मौन ध्यान और आशीर्वाद के अंतराल में कई अलग अनुभव थे। जब सब खत्म हो गया तो साधकों को लगा जैसे वे किसी दिव्य स्वप्न से जागे हैं। तब उन्हें इस अवसर की भव्यता, कविता और संपूर्ण सुंदरता का एहसास हुआ। कदापि ऐसा नहीं था कुछ शिष्य अपने परम गुरु और माता से आशीर्वाद प्राप्त कर रहे थे। इस महान अवसर का महत्त्व इससे कहीं अधिक बढ़ गया क्योंकि यह निश्चित था कि एक उच्च चेतना या शक्ति पृथ्वी पर उतरी थी। एक शक्तिशाली आध्यात्मिक कार्य की शुरुआत। इस क्षणिक अवसर ने मौन की दिव्य गरिमा में, अपनी अनमोल गरिमा और भव्यता में और अपने हर छोटे-बड़े काम की पूरी सुंदरता के साथ सभी को इसका महत्त्व दिया। दिव्यता का गहरा प्रभाव जो सभी को मिला वह उसके लिए एक अनमोल खजाना था।

श्रीअरविंद और माता अंदर आ गए, तुरंत दत्ता प्रेरित हुए। उस चुप्पी में वह बोली, "भगवान् आज भौतिक रूप में उतर गए हैं।"

24 नवंबर, 1926–'सिद्धि दिवस'

श्रीमाँ का सोचना था कि उस 24 नवंबर को श्रीअरविंद के जन्मदिवस के बराबर महत्त्व दिया जाना चाहिए, क्योंकि उस दिन उनके मिशन की जीत के उच्च शक्ति के प्रतीक का वंशज हुआ था। 24 नवंबर, 1926 को इसकी स्थापना तिथि के रूप में जाना जाता है और इसे 'सिद्धि दिवस' (प्राप्ति का दिन) या 'विजय दिवस' के रूप में भी मनाया जाता है।

माँ ने कई साल बाद उस 24 नवंबर के बारे में कहा—उन्होंने सभी को एक आखिरी बैठक के लिए बुलाया। वह बैठ गए और मुझे अपनी बगल में बैठाया और कहा, "मैंने आपको यह बताने के लिए यहाँ बुलाया था कि आज

मैं साधना के कार्य से स्वयं को अलग कर रहा हूँ और माता अब सभी कार्यभार सँभालेंगी। आपको स्वयं को उन्हें संबोधित करना होगा। वे मेरा प्रतिनिधित्व करेंगी और वह सभी काम करेंगी।" यह एक नए युग की शुरुआत थी। यह वह वर्ष भी था, जब श्रीअरविंद का अनुसरण करनेवाले सभी साधकों ने श्रीमाँ को मीरा के बजाय माता के रूप में संबोधित करना शुरू किया।

उपर्युक्त अवतरण 1926 की महत्त्वपूर्ण घटनाओं की रूपरेखा प्रस्तुत करते हैं। श्रीअरविंद ने अपनी साधना को गंभीरता से आगे बढ़ाने के लिए एकांतवास में चले गए। इसके बाद वह पुडुचेरी का दौरा करने अपने शिष्यों और भक्तों को साल में कभी-कभी ही 'दर्शन' देते थे। यह वह वर्ष भी था, जब मीरा अलफांसा को 'द मदर' के रूप में संबोधित किया गया था और आध्यात्मिक साधकों के बढ़ते समुदाय का प्रत्यक्ष प्रभार उन्हें दिया गया था।

श्रीमाँ संगठनात्मक और आध्यात्मिक क्षमताओं की प्रतिमूर्ति

सन् 1926 वह वर्ष भी है, जब श्रीअरविंद आश्रम अस्तित्व में आया। सबसे अच्छी बात यह थी कि आश्रमों के साधकों को विभिन्न सामाजिक क्षेत्रों में कार्य करने के लिए प्रेरित किया। आज भी आश्रमों के कई प्रकल्प कृषि, शिक्षा, महिला बाल कल्याण, स्वास्थ्य, गरीबी उन्मूलन, कौशल विकास, उद्यमिता के क्षेत्र में उत्कृष्ट कार्य कर रहे हैं।

यहाँ पर यह उल्लेखनीय है कि दो साल के अल्प समय में ही साधुओं की संख्या चौबीस से बढ़कर अस्सी तक पहुँच गई। इसके अलावा जैसा कि श्रीअरविंद को योगी के रूप में अधिक-से-अधिक जाना जाता है, कई आगंतुक उन्हें पुडुचेरी में देखने आए। देश भर में मुट्ठी भर शुभचिंतकों के समर्थन के माध्यम से इस समुदाय के लिए उपलब्ध अल्प संसाधनों का उपयोग रचनात्मक रूप से बढ़ती माँगों को पूरा करने के लिए किया जाना था।

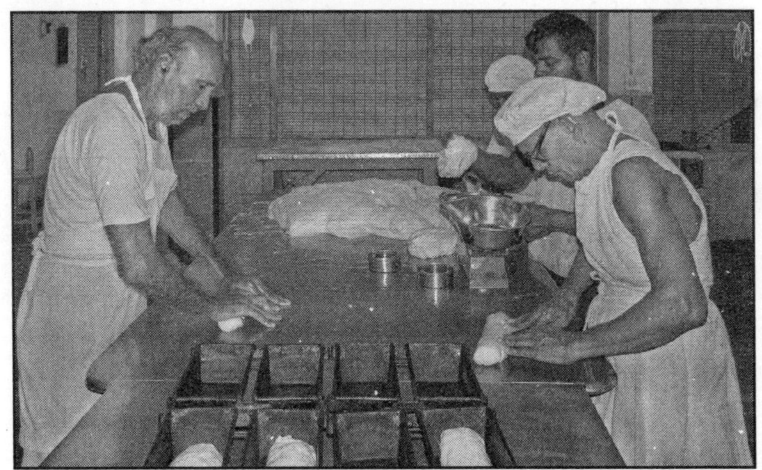

अरविंद आश्रम की बेकरी

इस अवधि में श्रीअरविंद आश्रम की कई इकाइयाँ अस्तित्व में आईं। बिल्डिंग सर्विसेज, बेकरी एंड डाइनिंग हॉल, वर्कशॉप (अटलियर), गार्डन सर्विस, फर्नीचर सर्विस आदि अस्तित्व में आए। प्रत्येक विभाग के पास माता और आश्रम समुदाय के प्रति समर्पण और सेवा की प्रेरक कहानियों के अपने स्वयं के भंडार थे। संगठनात्मक और आध्यात्मिक रूप से श्रीअरविंद ने माता को साधुओं और आश्रम का प्रभार दिया था। विस्तृत संगठनात्मक मामलों में

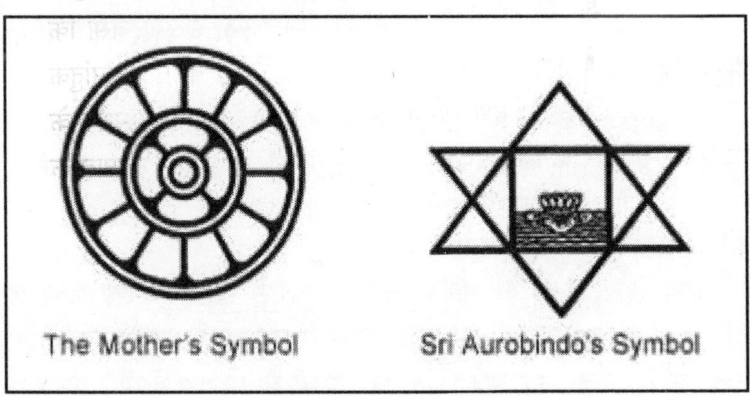

श्रीमाँ और श्रीअरविंद के प्रतीक

श्रीमाँ ने आध्यात्मिक दृष्टिकोण का संचार किया। यह एक आश्रम था, जो अन्य आश्रमों से भिन्न था। संगठन के हर पहलू को सुंदरता और पूर्णता के लिए अत्यंत सावधानी के साथ लिया गया था। काम की वृद्धि के कारण माँ को अपना अधिक समय इसे देना पड़ता था।

आध्यात्मिक सहयोग का अद्भुत संगम

दिन में कई बार माँ आशीर्वाद देतीं, ध्यान लगातीं और प्रणाम स्वीकार करतीं। अनिवार्य रूप से साधकों के बीच विवाद-झगड़े पैदा हुए। माता का अधिकांश समय संगठनात्मक व्यवस्था मजबूत करने में जाता। वह जोर देते हुए कहते हैं, 'बल केवल एक है, माँ का बल या यदि आप इसे इस तरह कहें तो माँ ही श्रीअरविंद का बल है,' दूसरे शब्दों में श्रीमाँ को वे अपनी उनकी शक्ति मानते थे। उनके अनुसार, माँ के बिना उनका अस्तित्व नहीं था और उनके बिना वह प्रकट नहीं होती थी। आध्यात्मिक सहयोग का ऐसा अद्भुत संगम इतिहास में अन्यत्र नहीं मिलता।

माँ में यह विशेषता थी कि अपनी गहन साधना को जारी रखते हुए उन्होंने आश्रम को व्यवस्थित करने के लिए समय भी निकाला। माँ ने प्रत्येक साधक को अपनी चेतना में रखा और साधकों की प्रगति में मदद करने के लिए आध्यात्मिक कठिनाइयों पर काम किया। श्रीमाँ और श्रीअरविंद की अद्भुत साधना इस बात को दरशाती है कि कैसे गुरु शिष्य कल्याण हेतु उन्मुख होकर साधना कर रहे थे! मेरा मानना है, साधकों के साथ आत्मीय संबंध रखने में श्रीमाँ को निपुणता हासिल थी।

श्रीअरविंद ने लिखा है, "माँ और मैं दो अलग-अलग शरीरों में होते हुए भी एक हैं' और 'माँ और मैं स्वयं दो रूपों में एक ही शक्ति के लिए खड़े रहते हैं।"

श्रीमाँ सार्वजनिक भूमिका में

सन् 1926 से माँ की भूमिका कई पहलुओं में महत्त्वपूर्ण रूप से बदल गई। 1926 से पहले वह श्रीअरविंद के शिष्यों में से एक थीं; हालाँकि उन्हें एक उन्नत साधक माना जाता था। 1926 तक, शिष्यों के समुदाय में माता की कोई

सार्वजनिक भूमिका नहीं थी, हालाँकि इस समय भी उसने श्रीअरविंद के के प्रति अन्य वरिष्ठ साधकों के दृष्टिकोण को प्रभावित किया। बंगाल से श्रीअरविंद के साथ आनेवाले सबसे शुरुआती साथियों में से एक, नोलिनीकांता गुप्ता का कहना है कि श्रीमाँ ने उन्हें सिखाया कि श्रीअरविंद को सम्मान देना चाहिए और उनके बराबर नहीं, बल्कि उनके पैर के बराबर बैठना चाहिए। उसने विशेष रूप से श्रीअरविंद के उपयोग के लिए तौलिया, रुमाल आदि को अलग कर दिया, तब तक वे सभी सुविधाओं को साझा कर रहे थे।

सन् 1926 से, माता ने श्रीअरविंद आश्रम के भक्त समुदाय को संगठित करने में एक अधिक सार्वजनिक भूमिका निभाई। अगले दो दशकों में श्रीअरविंद आश्रम के कई नए विभाग बनाए गए। नए अतिथिगृह बनाए गए। बच्चों के लिए एक स्कूल की स्थापना की गई। औषधालय और अस्पताल सेवाएँ प्रदान की गईं। बड़े खेतों का अधिग्रहण किया गया था, ताकि साधकों के लिए पौष्टिक सब्जियाँ और फलों की आपूर्ति की जा सके। दूध की आपूर्ति के लिए गौशाला बनाई गई थीं। इनमें से अधिकांश प्रकल्प आश्रम के भक्तों द्वारा चलाए गए थे। जहाँ अत्यंत आवश्यक था, वह स्थानीय श्रम का उपयोग किया गया।

श्रीअरविंद आश्रम व्यवस्था की दृष्टि से हमेशा ही अद्वितीय रहा और

मौजूदा स्वरूप में श्रीअरविंद आश्रम, बड़ौदा

श्रीअरविंद आश्रम स्थित श्रीमाँ का कक्ष

समाज में आज भी इनका विशिष्ट स्थान है। यहाँ पर व्यक्ति की साधना केवल ध्यान, पठन, प्रणाम और दर्शन तक ही सीमित नहीं थी। 'पूर्ण योग' के माध्यम से दिन के प्रत्येक क्षण को आध्यात्मिक साधना में बदलने का एक स्पष्ट दृष्टिकोण था। इसके अलावा जबकि व्यक्तिगत प्रगति आवश्यक थी, 'सामूहिक साधना' पर भी बहुत जोर दिया गया था। आध्यात्मिक रूप से आगे बढ़ते हुए प्रत्येक व्यक्ति के लिए दूसरों के साथ तालमेल बैठाना महत्त्वपूर्ण था। वास्तव में सामुदायिक अंत:क्रिया की कठिनाइयाँ वह परीक्षण स्थल (क्रूसिबल) थीं, जिसमें एक व्यक्ति की आंतरिक प्रगति के परिणामों का परीक्षण होता था। 'इंटीग्रल योग', अर्थात् 'पूर्ण योग' दुनिया में सक्रिय रूप से काम करते हुए और प्रत्येक के कर्मों के फल के स्वत: त्याग का आह्वान करता है—कर्मयोग का यही सार है।

पुरुषों और महिलाओं की समानता पर माँ के जोर ने सुप्त पड़े पुडुचेरी में हलचल मचा दी। आश्रम की लड़कियों और महिलाओं को शॉर्ट्स और शर्ट के साथ टोपी पहनने के लिए कहा गया था, ताकि वे व्यायाम कर सकें। हमेशा व्यावहारिक रहने पर बल दिया गया। साड़ी शारीरिक व्यायाम के लिए अनुपयुक्त थी। महिलाओं को इस पोशाक में देखना उस समय एक नवीन और सबके लिए जिज्ञासा से भरा प्रयोग था, फिर भी, कुछ समय में आश्रम ने लड़कियों के बीच प्रसिद्ध एथलीटों को तैयार किया। अस्सी वर्षीय तारा जौहर, जो आज श्रीअरविंद आश्रम दिल्ली शाखा के प्रमुख हैं, ऐसी अग्रणी महिलाओं में शामिल थीं, जिन्होंने शारीरिक फिटनेस में उत्कृष्ट प्रदर्शन किया। 800 मीटर की दौड़

में उनका रिकॉर्ड श्रीअरविंद आश्रम स्कूल में 50 वर्षों तक अटूट रहा। अरविंद आश्रम में कई ऐसे उत्कृष्ट कार्य हुए, जिसमें आश्रम के साधकों की वहाँ के नेतृत्व की सृजनात्मकता कौशल और अथक परिश्रम प्रतिबिंबित होता था।

यहाँ पर यह लिखते मुझे अत्यंत प्रसन्नता है कि श्रीमाँ और श्रीअरविंद के प्रेरणा से उनके प्रकल्प सामाजिक सेवा में न केवल उत्कृष्ट कार्य कर रहे हैं, बल्कि दूसरों के मानक स्थापित कर रहे हैं। अरबिंद सोसाइटी द्वारा शैक्षिक गुणवत्ता सुधारने हेतु एवं नवचारयुक्त शिक्षा को बढ़ावा देने हेतु अनेक कार्यक्रम चलाए जा रहे हैं। मानव संसाधन विकास मंत्रालय के अतिरिक्त कैंब्रिज विश्वविद्यालय जैसे उत्कृष्ट संस्थानों के साथ सहयोगात्मक कार्यक्रमों के माध्यम से सोसाइटी द्वारा विश्व का सबसे बड़ा शून्य निवेश नवाचार अभियान चलाया जा रहा है, जिसमें दो मिलियन अध्यापकों के सुझावों को एकत्रित कर उन्हें लागू करने की कार्ययोजना पर कार्य किया जा रहा है।

कैंब्रिज के कुलपति और श्रीअरविंद सोसाइटी के साथ सहयोगात्मक परियोजना पर चर्चा

श्रीअरविंद आश्रम के साधकों ने अद्भुत कुशलता के साथ गोलकुंडे गेस्ट हाउस का निर्माण किया। डिजाइन, आर्किटेक्ट एंटोनिन रेमंड, फ्रेंकोइस सैमर और जॉर्ज नकाशिमा द्वारा बनाया गया था। कई साधकों ने दिन-रात काम किया, भक्ति के साथ शारीरिक श्रम किया और एक इंजीनियरिंग चमत्कार बनाया। सन् 1942 में पूरा होने के बाद गोलकोंडे को भारत में पहली आधुनिक इमारत माना गया। यह भारत में पहली प्रबलित, कास्ट-इन-प्लेस कंक्रीट बिल्डिंग थी। यह गीता के प्रसिद्ध श्लोक के लिए एक नई पट्टी थी—'योग: कर्मसु कौशलम्' अथवा कुशलता से कर्म करना ही योग है। योग कार्य में उत्कृष्टता का दूसरा नाा है।

वर्ष 1926 और 1938 के बीच की अवधि आश्रम के इतिहास में गहन साधना का युग रहा। 1926 में सिद्धि की बात करते हुए बाद में श्रीअरविंद ने निरोदबारन को एक नोट में लिखा कि दिव्य चेतना भौतिक में अवतरित हो गई थी। विभिन्न घटनाओं को 'ओवरमाइंड का वंशज' भी कहा जाता था। यह एक ऐसा समय था, जब ईश्वर ने तीव्र साधना का प्रत्युत्तर दिया। आश्रम के अनेक साधकों में अपनी शक्तियों को प्रकट किया। श्रीमाँ ने दृढ़ता से काम किया और परिणाम चमत्कार से कम नहीं थे। कई साधकों को अनेक आध्यात्मिक अनुभव प्राप्त हुए जो कहीं-न-कहीं यह परासत्ता के निकट जाने के प्रमाण थे।

सन् 1927 तक श्रीअरविंद ने संकेत दिया कि आश्रम का आध्यात्मिक वातावरण ऐसा था कि एक नए धर्म की स्थापना की जा सकती है, जो दुनिया में दूर-दूर तक फैलेगा; हालाँकि उन्होंने श्रीमाँ को कहा कि यह उनका उद्देश्य नहीं था। उसका उद्देश्य सुपरमाइंड को पदार्थ के रूप में अवतरित करना था।

सुपरमाइंड वह था, जिसका श्रीअरविंद अकसर आध्यात्मिकता के धरातल पर उल्लेख करते थे और जो भौतिक, महत्त्वपूर्ण और मानसिक के निचले गोलार्ध और सत्, चित और आनंद के ऊपरी गोलार्ध के बीच था। यह चेतना का वह क्षेत्र है, जो स्थलीय प्रकटन को बदलने और पृथ्वी को उसके अज्ञान से छुड़ाने की शक्ति रखता है। इस महत्त्व को समझते हुए श्रीमाँ ने कुछ घंटों के लिए अपने कमरे में संन्यास लिया और उस पूरे गठन को भंग कर दिया, जिसे बनाने में वर्षों लगे थे।

साधना के एक नया अध्याय यहीं से शुरू हुआ। श्रीअरविंद ने मामले में

सुपरमाइंड की अभिव्यक्ति के लिए अगले तैंतीस वर्षों के लिए अपनी साधना समर्पित की। इस यात्रा में श्रीमाँ कदम हर मोड़ पर उनकी अभिन्न सहयोगी थीं।

श्रीअरविंद के एकांत में जाने के बाद वे वर्ष में कभी-कभी ही दर्शन देते थे। प्रारंभ में तीन दर्शन दिन थे—श्रीअरविंद का जन्मदिन (15 अगस्त), 'द मदर्स बर्थडे' (21 फरवरी) और 'सिद्धि दिवस' (24 नवंबर)। 1938 के बाद, चौथा 'दर्शन दिवस' जोड़ा गया—अप्रैल 24 (पुडुचेरी में 1920 में माता के अंतिम आगमन का दिन)।

इन चार दिनों के दौरान, साधकों और आगंतुकों को माता और गुरु को देखने का अवसर मिला। श्रीमाँ एक बड़े सोफे पर श्रीअरविंद के दाईं ओर बैठती थीं। प्रत्येक साधक गुरुओं के सामने एक क्षण के लिए खड़ा होता और आगे बढ़ता। कुछ भक्तों ने गुरुओं से निकलने वाली 'चुंबकीय शक्ति' महसूस की। 'प्रत्येक दर्शन उनके लिए उस प्रगति का सर्वेक्षण करने एक अवसर था, जो हमने पिछली प्रगति के बाद की और हमें आगे बढ़ने की नई प्रेरणा देने के लिए किया गया,' निरोद बारन ने ऐसा लिखा।

प्रत्येक दर्शन दिवस तीव्र आध्यात्मिक बल के अवतरण का दिन था, जो पृथ्वी की प्रगति को गति देने के लिए है। प्रत्येक साधक ने अपनी आध्यात्मिक यात्रा में गुरुओं से आवश्यक मार्गदर्शन और बल प्राप्त किया।

सन् 1920 और 1930 के दशक के दौरान साधना की तीव्रता बनी रही, हालाँकि यह काम अब और भी चुनौतीपूर्ण हो गया था। दिव्य शक्तियों की सहायता न होने के कारण कई साधकों ने गहन कठिनाइयों का अनुभव किया। अवचेतन और विसंगति ने अनेक चुनौतियाँ उत्पन्न की। इसके साथ 'सामूहिक साधना' का तत्त्व भी था, जहाँ गहन आध्यात्मिक दबाव में साधकों को एक साथ सहयोग और काम करना पड़ता था।

एक अवधि के लिए, माँ शाम को आठ बजे साधकों को सूप वितरित करती थी। इसने आश्रम में 'सूप वितरण' नाम प्राप्त कर लिया। चंपकलाल माँ के सामने सूप की एक डेग रखते और माँ सूप के ऊपर अपनी बाँहें फैलाती, मानो सूप में आध्यात्मिक बल डाल रही हों। इसके बाद प्रत्येक साधक को माता से एक कप में सूप प्राप्त होता। प्रत्येक कप को साधक को सौंप देती थी। यह

गुरु का सचेतन रूप से भोजन में आध्यात्मिक रूप से बल देने, उसमें भाग लेने और फिर भक्त को प्रसाद सौंपने का एक दुर्लभ उदाहरण था। पूरा सूप समारोह एक घंटे से अधिक समय तक चलता और सभी साधक अपने निर्धारित स्थानों पर तब तक ध्यान लगाते, जब तक कि सूप के लिए उनकी बारी नहीं आ जाती। पूरा वातावरण मंद प्रकाश से भरा था। कई लोगों ने गहन और घने आध्यात्मिक वातावरण को महसूस किया।

माँ सुलभ गुरु थी, जो कठिनाइयों को दूर करती और आवश्यक आध्यात्मिक मार्ग प्रशस्त करती। कई बार माँ भी किसी भक्त को आशीर्वाद देते समय प्रसन्न अवस्था में होती हैं। माँ की दिनचर्या चुनौतीपूर्ण और कठोर थी। वह मुश्किल से हर रात कुछ घंटे ही आराम कर पाती थी। कभी-कभी शाम को किया जानेवाला ध्यान का अभ्यास आधी रात तक चलता था। इसी बीच श्रीअरविंद को कोई स्वास्थ्य संबंधी परेशानी होती तो माँ ही देखभाल करती।

सन् 1938 में श्रीअरविंद अपने कमरे किसी चीज से उलझ कर गिर गए और उनकी दाहिनी जाँघ की हड्डी टूट गई। इस दौरान उनकी देखभाल के लिए परिचारकों के दल को लगाया गया। 1926 से 1938 तक बारह वर्ष श्रीअरविंद एकांत में थे, केवल माता और उनके परिचारक चंपकलाल, जो उनकी सेवा करते थे, उनके पास जा सकते थे। अब निदोबरन सहित साधकों की एक टीम उनकी देखभाल करने लगी। एक उल्लेखनीय संस्मरण श्रीअरविंद के साथ बारह वर्ष, 1938 और 1950 के बीच, बारह वर्ष के बारे में निरोदबारन द्वारा श्रीअरविंद की वापसी के वर्ष के बारे में लिखा गया था। यह श्रीअरविंद के कमरे की सेटिंग और उनके काम और आश्रम के विकास में माता की भूमिका का विवरण देता है।

श्रीअरविंद के कमरे में द्वितीय विश्वयुद्ध के दौरान के वर्ष अत्यंत अहम थे। 1939 और 1945 के बीच श्रीअरविंद ने सभी मोर्चों पर सैन्य घटनाक्रमों का गहनता से अनुगमन किया। अपनी पुस्तक में उनके शिष्य निरोदाबारन ने लिखा कि कैसे उसने देखा कि एक आध्यात्मिक गुरु जर्मनी में वैश्विक सभ्यताओं के लिए एक खतरा बनी गुप्त ताकतों, जिन्होंने हिटलर को प्रभावित किया था, से

अरविंद सोसाइटी द्वारा शिक्षा सुधारों पर कार्यशाला

शिक्षकों पर जबरदस्त जिम्मेदारी के साथ बच्चों को सजा देना वर्जित था और पढ़ाए जा रहे प्रत्येक विषय में बच्चे की जिज्ञासा को जगाने में शिक्षकों की भूमिका अहम थी। शिक्षक साधक थे और उनसे आध्यात्मिक साधक या योगी के मूल्यों का प्रदर्शन करने की अपेक्षा की जाती थी। कई बार मुझे यह देखकर आश्चर्य होता कि आज सौ साल बाद जिन शैक्षिक सुधारों की बात हम कर रहे हैं, उन्हें श्रीमाँ ने अपने विद्यालय में तब लागू किया था।

वर्षदर वर्ष आश्रम विद्यालय का विकास तेजी से हुआ और आज इसे भारत में सीखने के सबसे अग्रणी केंद्रों के रूप में मान्यता प्राप्त है। लगभग 400 की छात्र शक्ति के साथ स्कूल आज भी विकसित हो रहा है और कई सामान्य साधक और आध्यात्मिक साधक स्कूल में पढ़ा रहे हैं।

5 दिसंबर, 1950 को श्रीअरविंद ने एक संक्षिप्त बीमारी के बाद देह त्याग दी। श्रीअरविंद ने मृत्यु के पीछे परम वास्तविकता का शॉर्ट-कट खोजने के लिए मृत्यु में प्रवेश किया। वास्तविकता यह थी कि उनका देह त्यागना अमरत्व की ओर ले जाने के लिए एक सचेत प्रविष्टि थी। एक महान् योगी

स्वयं को अवगत रखता था। माता ने श्रीअरविंद के लिए आवश्यक व की—एक रेडियो, कई समाचार-पत्र और कई बार तत्काल हाथ से संदेश, ताकि श्रीअरविंद को युद्ध के सभी महत्त्वपूर्ण घटनाक्रमों की जानक जा सके। यह दर्ज है कि कैसे श्रीअरविंद और माता दोनों ने एडोल्फ हिट हराने के लिए अपनी सहयोगी सेना की ओर से हस्तक्षेप करने के लिए आध्यात्मिक बल का उपयोग किया।

युद्ध के इन वर्षों के दौरान आश्रम के लिए एक महत्त्वपूर्ण घटनाक्र था कि कई भक्त पुडुचेरी चले गए और माता और श्रीअरविंद के साथ रह अनुरोध किया। इस आमद ने समुदाय की प्रकृति को बदल दिया। एक इसने आश्रम के पहले से ही सीमित संसाधनों पर गंभीर दबाव डाला और व युद्धकाल के दौरान, जब सभी वस्तुओं की कीमतें काफी बढ़ गईं। दूसरी कई परिवार जो पुडुचेरी में स्थानांतरित हो गए, वे भी अपने बच्चों और रिश को अपने साथ ले आए। बच्चों की संख्या में लगातार वृद्धि हुई और उनकी की अप्रत्याशित आवश्यकता थी।

इस तरह एक स्कूल 2 दिसंबर, 1943 को खोला गया था। कई साल स्कूल को 'श्रीअरविंद इंटरनेशनल सेंटर ऑफ एजुकेशन' (SAICE) के से जाना गया। अधिक अनौपचारिक रूप से इसे आज 'आश्रम विद्यालय' व जाता है, जैसा कि माता के हाथों से ढाला गया था, उस समय के सामान्य स्कू की तुलना में स्कूल का दृष्टिकोण बहुत अलग था। माता ने 'एकात्म शिक्षा' बीड़ा उठाया। शिक्षा को आजीविका के लिए आवश्यक कौशल प्रदान क के साधन के रूप में देखने के बजाय, माँ ने शिक्षा को एक आत्मा की म करने की प्रक्रिया के रूप में धीरे-धीरे और अपने आप को प्रकट करने के रू में देखा। शिक्षक, मार्गदर्शक और सूत्रधार थे, लेकिन बच्चों को सीखने के लि मजबूर करने के लिए प्राधिकारी नहीं थे। स्कूल का दृष्टिकोण बच्चों को उनके अभिन्न व्यक्तित्व, शारीरिक, महत्त्वपूर्ण और मानसिक संकायों को विकसि करने में मदद करना था। शिक्षक से छात्र अनुपात एकल अंकों में था। प्रत्येक छात्र अपनी पसंद के आधार पर अपने विषयों को चुनने के लिए स्वतंत्र था और उसे अपने शिक्षकों को चुनने की अनुमति भी थी।

की तरह जीवन और मृत्यु के जंजाल से बहुत ऊपर थे। उनके साथ रह रहे साधकों के पास उनकी सचेत प्रविष्टि के कई प्रमाण है। कहीं-न-कहीं यह सब उनकी प्रामाणिकता, रचनात्मक आग्रह और इच्छाशक्ति को प्रकट करता है। आश्चर्यजनक बात यह है कि श्रीअरविंद के निधन से बहुत पहले माता और श्रीअरविंद के बीच बातचीत हुई थी, जिसमें श्रीअरविंद ने संकेत दिया था कि लौकिक परिवर्तन की साधना के तेजी से प्रगति करने के लिए उनमें से एक को शरीर छोड़ना होगा और एक अलग स्थान से काम करना पड़ेगा। माँ ने आसानी से अपना शरीर छोड़ने की पेशकश की; हालाँकि श्रीअरविंद ने संकेत दिया कि सुपरमेंटल फोर्स के द्वारा माता का शरीर शारीरिक परिवर्तन के लिए अधिक उपयुक्त था और उन्हें देह त्यागनी होगी। जल्द ही मूत्र संक्रमण के कारण श्रीअरविंद ने अपना शरीर छोड़ दिया।

श्रीअरविंद के शरीर छोड़ने के बाद, माँ ने कहा कि "उनके शरीर से सभी अतिसूक्ष्म बल मेरे शरीर में आ गए हैं।" श्रीमाँ ने कहा कि उसे अपने शरीर में प्रवेश करने वाले बल का घर्षण महसूस हुआ। यह एक योगी के देह त्यागने से पूर्व अन्य में तपोशक्ति स्थानांतरित करने का एक वर्णन है, ताकि तपस जारी रह सके और इसे जारी रखा गया।

श्रीअरविंद के जाने के समय वह सुपरमेंटल फोर्स को भौतिक पदार्थ के रूप में में नीचे लाने पर काम कर रहे थे। माँ ने संकेत दिया कि 1940 के उत्तरार्ध के दौरान उन्होंने श्रीअरविंद को 'सुपरमेंटल को नीचे की ओर लाते (पुलिंग द सुपरमेंटल)' देखा। श्रीअरविंद इस फोर्स का एक अवतार बन गए। वास्तव में जब उन्होंने अपने शरीर को छोड़ दिया तो चार दिनों के लिए, इसने एक सुनहरी चमक बिखेर दी—सुपरमेंटल प्लेन से जुड़ा रंग।

गुरु के रूप में माता के साथ शिष्यों और भक्तों के की साधना आगे भी जारी रही। आश्रम के भविष्य और उसकी व्यवहार्यता और अस्तित्व के बारे में कई संदेह और आशंकाएँ पैदा हुईं, जैसा कि यह पता चला है, आश्रम का तेजी से विस्तार हुआ और माता द्वारा अधिक से अधिक नई पहल की गई। उनके काम में एक गतिशील आध्यात्मिक शक्ति थी और इस बल की प्रकृति लोगों को

उनकी निम्न प्रवृत्ति को छोड़ने और उच्चतर बलों के लिए खोलने के लिए प्रेरित करने के लिए थी।

29 फरवरी, 1956 को एक शाम खेल के मैदान में ध्यान के बाद एक महत्त्वपूर्ण घटना हुई। माता ने घोषणा की कि जिस प्रयास के लिए श्रीअरविंद ने अपने शरीर को छोड़ा था, भौतिक पदार्थ में अतिशय बल की अभिव्यक्ति वास्तव में हुई थी। अपने शब्दों में माँ ने कहा—

"आज शाम ठोस और द्रव्य रूप में दिव्य आपके बीच मौजूद था। मेरे पास जीवित सोने का एक रूप था, जो ब्रह्मांड से बड़ा था और मैंने दुनिया को दिव्य से अलग कर रहे एक विशाल और विशाल सुनहरे दरवाजे के सामने खड़ा था और जैसे ही मैंने दरवाजे की ओर देखा, चेतना के एक क्षण में, मुझे पता था और मेरी इच्छा थी कि 'समय आ गया है,' और दोनों हाथों से शक्तिशाली सुनहरा हथौड़ा उठाकर मैंने एक प्रहार किया, दरवाजे पर एक प्रहार और वह दरवाजा टुकड़ों में बिखर गया था, तब अलौकिक प्रकाश और बल तथा चेतना एक निर्बाध प्रवाह में पृथ्वी पर पड़ने लगा।'

"यह न केवल श्रीअरविंद आश्रम के भक्तों के लिए, बल्कि समग्र रूप से मानवता के लिए महत्त्व का क्षण था। पृथ्वी के विकास में, चिंपांजी से मनुष्य में परिवर्तन एक अचेतन संक्रमण था। अगले उच्च मील के पत्थर की ओर मनुष्य की यात्रा पूर्ण योग (इंटीग्रल योग) की साधना है। माँ और श्रीअरविंद ने खुद को इस कार्य के लिए चुना और उनका पूरा जीवन इस खोज को समर्पित था और अंत में उच्च चेतना वास्तव में पृथ्वी पर उतरी। अधिकांश मानवता के लिए अज्ञात, चेतना के दायरे में मानव जाति के लिए एक विशाल छलाँग दक्षिण भारत के एक छोटे से शहर में सन् 1956 में लगाई गई थी।

"दुनिया अनजान है, दुनिया के लिए वह खड़ी थीं।"—सावित्री

जैसे ही श्रीअरविंद आश्रम में आनेवाले भक्तों की संख्या में वृद्धि हुई, देश भर में केंद्रों की स्थापना का अनुरोध किया गया। धीरे-धीरे जैसे-जैसे केंद्र आते गए, उन्हें श्रीअरविंद सोसाइटी के तहत औपचारिक रूप से संगठित किया गया। केशव देव पोद्दार को माता द्वारा इस संस्थान को विकसित करने का काम सौंपा गया था। यह औपचारिक रूप से 1960 में स्थापित किया गया था

और देश भर में 300 से अधिक केंद्रों और शाखाओं के साथ आज भी जारी है। 'श्रीअरविंद सोसाइटी' का प्राथमिक कार्य भारत की जनसंख्या के लिए श्रीअरविंद के शिक्षण को सुलभ बनाना था। आज श्रीअरविंद सोसाइटी विभिन्न क्षेत्रों, जैसे—इंटीग्रल एजुकेशन, इंटीग्रल हेल्थ, वुमेन वेलफेयर, युवा कल्याण इत्यादि में काम करती है।

1960 के दशक के दौरान अस्सी वर्ष की आयु में माँ की सेहत नाजुक हो गई और उन्होंने आश्रम के विभिन्न विभागों में जाना कम कर दिया। प्रणब कुमार भट्टाचार्य (प्रणबदा) ने इस अवधि के दौरान माता के स्वास्थ्य और कार्य की देखभाल की और वे उनके निरंतर साथ रहे। चंपकलाल, निरोदबरन, माधव पंडित और कई अन्य लोगों ने आश्रम के विभिन्न पहलुओं का ध्यान रखने के लिए श्रीमाँ के साथ मिलकर काम किया।

साधक और आगंतुक उनसे आश्रम के भवन में मिलते, जहाँ वे आशीर्वाद प्रदान करती। सुबह में वह बालकनी में दिखाई देती थी और यह 'बालकनी दर्शन' बन गया। आरंभ में कुछ मुट्ठी भर साधकों को ही माता के दर्शन होते थे। धीरे-धीरे पूरी सड़क भक्तों और आगंतुकों से भरने लगी, जो माता की एक झलक पाने के लिए लालायित रहते थे। भीड़ में खड़े कई लोगों ने महसूस किया कि माता ने उन्हें एकटक देखा है और वे उनकी आँखों के रास्ते उनके शरीर में प्रवेश कर गई हैं। कइयों को आध्यात्मिक दर्शन और अनुभव हुए।

1960 के दशक के उत्तरार्ध में जब माँ 90 वर्ष की थीं तो भविष्य की मानवता के अग्रदूत के रूप में एक भव्य आध्यात्मिक दृष्टि प्रकट हुई—ऑरोविले। बचपन से माँ का सपना था कि एक ऐसी जगह होनी चाहिए, जहाँ लोगों को आध्यात्मिक खोज करने की अनन्य स्वतंत्रता हो, जबकि उनकी भौतिक आवश्यकताओं का ध्यान रखा जाता हो; वह चाहती थीं कि मनुष्य जीविकोपार्जन के बोझ से मुक्त हो जाए और परमात्मा को साकार करने के एक उच्च, अधिक उच्च उद्देश्य के लिए उसकी ऊर्जा को दिशा प्रदान करें। यह वह सपना था, जिसने ऑरोविले में भौतिक आकार लिया। ऑरोविले पर माता के शब्द इस प्रकार हैं—

"पृथ्वी पर कहीं ऐसा स्थान होना चाहिए, जिस पर कोई भी राष्ट्र अपना दावा न करता हो, जहाँ सद्भावना के साथ दुनिया के सभी मनुष्य, नागरिकों के रूप में स्वतंत्र रूप से रह सकते हैं और एक ही ईश्वर की आराधना कर सकते हों, सर्वोच्च सत्य; शांति का एक ऐसा स्थान, समीपता और सौहार्द, जहाँ मनुष्य की सभी लड़ाई वृत्ति आपसी विद्धेष का उपयोग विशेष रूप से उसके कष्टों और दुःखों के कारणों पर विजय पाने के लिए, उसकी कमजोरियों और अज्ञानता को दूर करने के लिए, उसकी सीमाओं और असमानताओं पर विजय प्राप्त करने के लिए किया जाएगा; शांति का एक स्थान, एकांत और सद्भाव जहाँ मनुष्य की लड़ने की सभी प्रवृत्तियों का उपयोग विशेष रूप से उसके दुःखों और दुःखों के कारणों को जीतने के लिए किया जाएगा, अपनी कमजोरियों और अज्ञानता को, अपनी सीमाओं और असमानताओं पर विजय पाने के लिए; एक ऐसी जगह जहाँ इच्छाओं की जरूरत और प्रगति की चिंता इच्छाओं और जुनून की संतुष्टि, खुशी और भौतिक आनंद की तलाश को वरीयता दी जाएगी। इस स्थान पर बच्चे अपनी आत्माओं के साथ संपर्क खोए बिना अभिन्न रूप से निरंतर आगे बढ़ने और विकसित होने में सक्षम होंगे; परीक्षा उत्तीर्ण करने या प्रमाण-पत्र और पद प्राप्त करने के लिए नहीं, बल्कि मौजूदा संकायों को समृद्ध करने और नए लोगों को लाने के लिए शिक्षा दी जाएगी। इस स्थान पर, शीर्षक और पदों को सेवा और व्यवस्थित करने के अवसरों द्वारा प्रतिस्थापित किया जाएगा; प्रत्येक की शारीरिक आवश्यकताओं को समान रूप से प्रदान किया जाएगा और बौद्धिक, नैतिक और आध्यात्मिक श्रेष्ठता को सामान्य संगठन में जीवन के सुख और शक्तियों में वृद्धि से नहीं, बल्कि बढ़े हुए कर्तव्यों और जिम्मेदारियों द्वारा व्यक्त किया जाएगा। अपने सभी कलात्मक रूपों, पेंटिंग, मूर्तिकला, संगीत, साहित्य में सौंदर्य सभी के लिए समान रूप से सुलभ होगा; जो आनंद लाता है, उसे साझा करने की क्षमता केवल हर एक की क्षमता से सीमित होगी और सामाजिक या वित्तीय स्थिति से नहीं। इस आदर्श स्थान के लिए धन ही सर्वोच्च नहीं होगा; व्यक्तिगत मूल्य का भौतिक संपत्ति और सामाजिक प्रतिष्ठा की तुलना में कहीं अधिक महत्त्व होगा।"

अरविंद सोसाइटी द्वारा कृषि क्षेत्र में उत्कृष्ट प्रशिक्षण

माँ का मानना था कि विकास की प्रक्रिया जारी जो इस दुनिया से संतुष्ट है उनके लिए ओरविल्ले मायने नहीं रखता। माँ ने श्रीअरविंद के उस विजन को सामार किया जिसमें सामूहिक जीवन द्वारा सबके प्रकाशमय भविष्य की कामना की गई थी।[47]

माँ के अदम्य कार्यकर्ताओं, नवजात, जिन्हें उन्होंने 'माई फेथफुल' कहा, ने पुडुचेरी के बाहरी इलाके में एक नया शहर बनाने के दुर्जेय प्रयास का शुभारंभ किया। अपने अथक प्रयासों से वह भूमि के बड़े क्षेत्रों को एक साथ लाने और ऑरोविले को स्थापित करने में मदद करने में सफल रहे। ऑरोविले का जन्म 28 फरवरी, 1968 को हुआ था।

ऑरोविले के स्थापित होते ही माँ ने इसके विकास हेतु विस्तृत निर्देश और मार्गदर्शन प्रदान किया, जबकि आश्रम को एक ऐसी 'प्रयोगशाला' माना जाता था, जहाँ मानव प्रकृति को रूपांतरित किया जा रहा था, ऑरोविले ने वैश्विक

47. द मदर 1966

स्तर पर इस प्रयास का विस्तार किया। पूरे विश्व में इससे प्रेरित अनेक लोग मानवता की इस नई सुबह में योगदान देने के लिए ऑरोविले आए।

आज लगभग पचास वर्षों के बाद ऑरोविले में लगभग 60 देशों के 2,500 निवासी हैं। 1980 के दशक की लाल बंजर भूमि से आज ऑरोविले हरे-भरे जंगल की भूमि में तब्दील हो गया है। ऑरोविले, वास्तुकला, जलवायु परिवर्तन, पर्यावरणीय स्थिरता और कई अन्य क्षेत्रों में सबसे अग्रणी अनुसंधान संस्थान है।

इस तरह माँ और श्रीअरविंद के काम का 1950 और 1970 के बीच काफी विस्तार हुआ, लेकिन यह केवल बाहरी परिवर्तन था। सुपरमेंटल अभिव्यक्ति का आंतरिक कार्य तीव्रता से जारी रहा। माँ ने अपने शरीर को सुपरमेंटल बल प्राप्त करने के लिए वाहन बनाया। 'द मदर्स योगा' (2 खंड) पुस्तक में दिए गए विस्तृत रिकॉर्ड से, शरीर में इस काम की सूक्ष्मता और इसके कारण होनेवाली जबरदस्त उथल-पुथल के बारे में पता चल जाता है।

काम की प्रकृति को और अधिक समझने के लिए एक सादृश्य खींचा जा सकता है। पृथ्वी पर जीवन की प्रगति पानी में हुई। मछली वे प्रजातियाँ थीं, जो पृथ्वी पर मौजूद थीं। मछली को एक उभयचर में बदलने के लिए शायद लाखों साल बीत गए और मछली का शरीर, जो पानी में रहने और साँस लेने के लिए इस्तेमाल किया गया था, को जीवित रहने और हवा में साँस लेने में सक्षम होना पड़ा। शरीर के अंगों को एक परिवर्तन से गुजरना पड़ा और यह शायद एक सुखद या तत्काल प्रक्रिया नहीं थी। मछली से लेकर उभयचर तक प्रकृति द्वारा संचालित एक प्रक्रिया थी और प्रजातियाँ स्वयं विकास के प्रति सचेत योगदानकर्ता नहीं थीं।

श्रीअरविंद और माँ के मामले में उच्च चेतना को शरीर में लाने का एक सचेत प्रयास था। दिव्य शक्ति, शांति और प्रकाश प्राप्त करने के लिए मानव शरीर को सेलुलर स्तर पर तैयार किया जा रहा था। पदार्थ को स्पष्ट महसूस करने का यह एक साहसी प्रयास था, 'ईशावास्यमिदम व्यक्तिञ्च जगत्यां जगत में संकेतित सत्य: ईसावासयमलदासरवम।' (यह ब्रह्मांड प्रभु की अभिव्यक्ति के लिए है)।

उनके अनुभवों का विवरण जो प्रलेखित किया गया था, ऐसे परिवर्तन की कठिनाई में अंतर्दृष्टि प्रदान करता है। शरीर कभी-कभी नई चेतना के लिए शानदार ढंग से प्रतिक्रिया करता है, दृष्टि और अनुभवों के साथ। कई बार प्रतिरोध दुर्जेय होता है और बहुत दर्दनाक भी। डॉक्टर उपलब्ध थे, किंतु लेकिन शरीर रचना विज्ञान और उच्च चेतना के प्रादुर्भाव के बीच का अंतर को पाटना चिकित्सा ज्ञान के लिए कठिन था। कभी-कभी दवा से कुछ राहत मिलती, लेकिन माँ का शरीर भी दवाओं के प्रति काफी संवेदनशील था, इसलिए एक नियम के रूप में इसे कम-से-कम किया गया था। 1973 की दूसरी छमाही के दौरान माँ को अकसर साँस लेने में कठिनाई होने लगी।

17 नवंबर, 1973 को अपने 95वें वर्ष में माँ ने अपना शरीर छोड़ दिया भौतिक रूप में अपने भक्तों से विदा ली। माता की जीवन यात्रा बहुत ही व्यावहारिक और शिक्षाप्रद है। 1910 की शुरुआत में एक पूर्ण आत्म-सिद्धि, पृथ्वी पर एक नवीन संतति के आगमन, एक नई चेतना के उद्भव के लिए माँ ने एक और 63 वर्षों तक 'साधना' की।

सिंगापुर स्थित श्रीअरविंद आश्रम

माँ के विषय में सबसे महत्त्वपूर्ण बात यह थी कि वे संगठन को न केवल खड़ा करना जानती थी बल्कि उसके सफल संचालन का मूलमंत्र भी शिष्यों तक पहुँचा पाती थी। मातृ मंदिर उनके हृदय के बंहद करीब था वे कहती कि यह सर्वव्यापी माँ का मंदिर है जिसके चार स्तंभ माहेश्वरी, महाकाली, महालक्ष्मी, महासरस्वती है।[48]

यह स्वाभाविक था कि प्यारी माँ, Douce Mere, जैसा कि उन्हें फ्रांसीसी भाषा में संबोधित किया गया था, के देहांत से कई भक्त और शिष्य गहरे दु:ख में डूब गए थे, हालाँकि शिष्यों में कई आध्यात्मिक रूप से उन्नत साधक थे। उन्हें काफी सारे आध्यात्मिक अनुभव हो चुके थे। वे जानते थे माँ सदैव उनके बीच विद्यमान है। कई अन्य लोगों ने उनकी उपस्थिति पर सहमति जताई। उनमें से कुछ ने महसूस किया कि जब वे माता का आह्वान करते थे तो उन्हें मिलनेवाली आध्यात्मिक मदद बढ़ जाती थी। माँ प्रत्यक्ष रूप से उनकी सहायता करती प्रतीत होती हैं।

ऑरोविले : महिला सशक्तीकरण कार्यक्रम

श्रीअरविंद ने यह साबित किया कि जीवन-यात्रा में सबसे बड़े सहायक के रूप में ध्यान ही आपकी जीवन नैया पार लगा सकता है। जीवन की कठिन

48. The Mother Story of Her Life G.V. Vrekhem

से कठिन परिस्थिति में अत्यंत निराशा के अँधेरे स्थान पर भी ध्यान योग से आत्मा का दिव्य प्रकाश अनुभव करा सकते हैं। ध्यान, आध्यात्मिकता में वह परम शक्ति है कि बुरी-से-बुरी वस्तु में भी वह अपना सौरभ उत्पन्न कर सकती है। आध्यात्मिकता में वह क्षमता निहित है, जो मनुष्य को दानव से देवता बनाने में सक्षम है।

मुझे लगता है एक महान् योगी के रूप में श्रीअरविंद इस बात को स्थापित करने में सफल हुए कि शरीर और सांसारिक मोह-बंधनों का का जितना कम ख्याल हो, वही श्रेयस्कर है। शरीर से ममता, सांसारिक मोह माया, शरीर का या अपनी क्षमताओं का अभिमान ही हमारे दु:खों का मूल कारण है। जिस दिन हम यह समझ जाएँ कि हम सब उस दिव्य आत्मा का अंश है, शरीर केवल उस दिव्यता का धारण करने का माध्यम मात्र है तो स्वत: ही हमारी परेशानियाँ समाप्त हो जाएँगी। हमें सामनेवाले के गुण-दोषों को न देखकर उसके भीतर की दिव्यता के दर्शन करने चाहिए। यह विश्व और इस पृथ्वी के हमारे सारे संबंध, यहाँ की अच्छाई-बुराई, सुख-दु:ख, चित्रपट की रेखाकृतियाँ हैं और इस सबमें हमें अपनी-अपनी भूमिका निभानी है और फिर विदा होना है। यही जीवन का रहस्य है। दुनिया भर में फैले हुए श्रीअरविंद के आश्रम उनके इसी संदेश के संवाहक का कार्य भली-भाँति से निभा रहे हैं।

दुनिया भर में फैले आश्रम युवाओं को आध्यात्मिकता की शिक्षा दे रहे हैं

श्रीअरविंद आश्रम का दर्शन-कक्ष

श्रीअरविंद आश्रम की सच्ची परंपरा में कोई अन्य गुरु या उत्तराधिकारी नियुक्त नहीं किए गए। माँ और श्रीअरविंद आश्रम के एकमात्र गुरु रहे हैं। श्रीमाँ और श्रीअरविंद की समाधि, श्रीअरविंद आश्रम, पुडुचेरी की मुख्य इमारत में

श्रीअरविंद आश्रम की समाधि

ऑरोविले : वैश्विक आध्यात्मिक केंद्र

स्थित है। कई लोग इसे गहन आध्यात्मिक आवेश का स्थान मानते हैं और यह दुनिया भर के साधकों के लिए समाधि से प्रेरणा और मार्गदर्शन का स्रोत है।

संपूर्ण विश्व से ज्ञान-पिपासा लिये साधक परासत्ता का अनुभव करने, अपनी चेतना विकसित करने पुडुचेरी आते हैं। भले ही भौतिक रूप में श्रीमाँ और श्रीअरविंद हमारे मध्य नहीं है। पर उनके आश्रमों में हर पल उनकी उपस्थिति का अहसास होता रहता है।

ऑरोविले : चेतना विकसित करने का महत्त्वपूर्ण गंतव्य

साधना में लीन साधकों के चेहरे पर दिव्य तेज बरबस आपको इस बात का स्मरण कराता है कि ध्यान के द्वारा हम अपनी भौतिक भावनाओं से अपने आपको स्वतंत्र कर लेते हैं और अपने ईश्वरीय स्वरूप का अनुभव करने लगते हैं। ध्यान करनेवाला व्यक्ति बाहरी साधनों पर अवलंबित नहीं रहता। वैसे भी श्रीअरविंद ने कहा है—

" 'मेरा उद्देश्य' योग से आंतरिक आत्म-विकास को अर्जित करना है, जो व्यक्ति समयबद्ध तरीके से योग को अपनाएगा, वह स्वयं की खोज कर सकता है। मानसिक, आध्यात्मिक और सांसारिक चेतना की तुलना में वह अपने भीतर एक उच्च चेतना को विकसित करता है, एक ऐसी चेतना, जो उसे पूर्ण रूप से रूपांतरित कर उसकी मानव प्रकृति को दिव्य बना देती है।"

। शमिति।

□□□